바보들이
난세를
만든다

바보들이 난세를 만든다

펴 낸 날 | 2018년 10월 25일 초판 1쇄

지 은 이 | 강철수
펴 낸 이 | 이태권

펴 낸 곳 | (주)태일소담
서울특별시 성북구 성북로8길 29 (우)02834
전화 | 02-745-8566~7 팩스 | 02-747-3238
등록번호 | 1979년 11월 14일 제2-42호
e-mail | sodambooks@naver.com
홈페이지 | www.dreamsodam.co.kr

ISBN 979-11-6027-146-1 03810

이 도서의 국립중앙도서관 출판시도서목록(CIP)은 서지정보유통지원시스템 홈페이지(http://seoji.nl.go.kr)와 국가자료공동목록시스템(http://www.nl.go.kr/kolisnet)에서 이용하실 수 있습니다.(CIP제어번호: CIP2018030091)

• 책값은 뒤표지에 있습니다.
• 잘못된 책은 구입하신 곳에서 교환해드립니다.

바보들이 난세(亂世)를 만든다

강철수 에세이

소담출판사

| 차례 |

• 머리말

늘 웃는 얼굴, 친절한 편의점 알바 청년.

나는 그가 마음에 들어 그 편의점만 다녔다. 어느 날 청년이 안 보여 주인한테 물어보니, 좋은 데 취업을 해 나갔단다. 섭섭하면서 기분이 좋았다. 마음으로나마 축하해주었다.

며칠 후 우연히 치킨집에서 그를 만났다. 혼자 소주를 마시고 있었다. 알고 보니 편의점에서 잘리고 실업자 신세였다. 나는 위로 대신 맥주와 노가리를 시켰다. 그가 쓸쓸히 웃으며 한마디 던졌다.

"살기 참 힘드네요."

그 말은 젊은 날 내 애창곡 '사는 게 뭐 이래'와 비슷했다. 세상이 너무 빨리 변한다고 야단이지만, 겉만 요란했지 뭐가 변했다는 것일가? 정치? 경제? 서민 살림살이?

"돈도 실력이다! 가난한 네 부모를 원망해!"

이 한마디가 세상을 발칵 뒤집었었다. 그러나 나는 별 충격을 못 느꼈다. 전에도 흔히 있던 말이고, 더한 갑질 조롱도 매일 듣고 살았다.

가난한 부모를 충분히 원망도 했다. 금수저들 세상 휘젓는 꼴이 배아파 죽을 뻔한 적도 많다. 그런데 편의점에서 잘린 청년의 생각은 달랐다.

“나를 낳고 길러준 부모가 고맙지 원망은요. 나는 남이 잘되는 거 너무 기분 좋아요. 축구선수, 야구선수, 한류스타, 빌보드 1위…. 신나서 밤에 잠도 안 와요. 빈부 갈등이요? 자본주의 국가가 다 그렇죠 뭐. 취업이요? 곧 될 거예요. 설마 굶어죽겠어요.”

참으로 긍정적 사고, 낙천주의 청년. 나는 진실로 경의를 표하고 싶었다. 그런데 청년의 뜻밖의 고백.

“아저씨… 저 사실은 지병이 있나 봐요. 어느 순간 갑자기 화가 막 나요. 몰라요. 이유도 없이요. 그냥 열이 받쳐 소리를 지를 때도 있어요. 분노조절 장애… 혹시 그걸까요?”

그와 헤어지고 집에 와 나는 얼른 잠들지 못했다. 나도 같은 ‘증세’가 있기 때문에. 나뿐 아니라 주위에도 많다. 분노를 삭이며 사는 사람들.

의사는 일종의 스트레스란다. 푹 쉬고 잘 먹고 잘 자면 된다고 껄껄 웃기만 했다.

한국인은 누구나 조금은 일본에 대한 응어리를 안고 산다. 특히 우리 노땅 세대는 거의 평생을 반일, 극일 속에 살아왔다. 혹시…그게 원인일까?

너무 오랜 기간 남을 미워하고 저주를 하면 그것이 뱅뱅 돌아 자기 가슴에 와 꽂힌다는 소리.

나는 모든 것을 상세히 알고 싶었다. 처음으로 고백하지만 나는 고등학교 때부터 일본에 관해 아주 열심히 공부해 왔었다. (일본에 복수하겠다는 터무니없는 일념으로)

나는 '연구'에서 '본격조사'로 급선회했다.

5천 년 역사를 자랑하는 이 나라가 일본 고작 삼십 몇 년 침탈에 그리도 망가질 수 있었나. 겨우 나라를 되찾고 '일본 놈 나쁜 놈들' 칠십 몇 년을 똑같은 패턴 똑같은 삿대질이 아닌, 보다 효율적 진보적 대응책이 그리도 없었나. 우리 조상들은 무얼 하다가 그 많은 고초를 겪었고, 일본은 왜 그리도 이 땅에 눈독을 들일까?

일부 역사 책은 영웅담이 가득 찬 '승자의 기록' 같아 믿음이 안 갔고, 인터넷도 현지에 가보면 오류투성이였다.

나는 오직 내 두 눈, 두 발로 일본 열도 곳곳을 현미경처럼 살펴나갔다. 마음 같아서는 아예 진을 치고 눌러 앉아 시간을 벌고 싶었지만, 비자 문제, 막대한 비용…무엇보다 가족을 먹여 살려가며 뛰다보니, 항공 티켓 끊을 때마다 허리가 휘고 뼛골이 쑤셨다. 주위에서는 툭하면 일본에 가 있는 나를 '혹시 보따리상 부업을 하나' '혹시 현지

처가 있나' 별별 의심을 다 했다.

인간의 DNA에 침략, 살인, 충신, 간신 따위는 없다. 그러나 한일 양국 역사의 두루마리를 펼치면 온통 피와 눈물, 참혹한 주검들의 홍수다.

나는 낡고 빛바랜 기록에 의지하며, 때로는 반신반의하며, 서울에서 도쿄로, 에도(江戸)에서 한양으로.

도쿄에서 경성(京城)으로. 다시 조선에서 오사카로.

오늘은 이것을 알아보고 다음 주는 저 사건을 들춰보고…10년…다시 20년…되돌아보니 장장 30년을 집시처럼, 떠돌이 무사처럼 일본 전역을 훑었다.

교통비를 아끼느라 하루 20킬로미터씩 걷기도 했다. 낯선 도시와 해안에서 길을 잃고 헤매다가 깡패를 만나고 술주정뱅이를 만나 곤욕을 치르기도 했다. 호텔비가 아까워 공항과 시골역 대합실에서 웅크리고 잔 날도 많다.

이 책은 내 고집과 땀으로 쓴 '스토리가 있는 조선·일본 보고서'다. 이곳저곳에 흩어져 있는 의미 있는 흔적들을 돋보기로 살핀, 글로 쓴 동영상이기도 하다.

30년이 흐르는 사이 두 나라 모두 놀랄 정도로 변모하고 발전했다. 내가 즐겨가던 100년 된 우동집 자리에 고층건물이 들어섰고, 해변 갈매기랑 같이 앉아 참치회를 먹던 횟집은, 쓰나미로 마을이 통째 사라지고 없다. 성가셔하면서도 애써 기억을 더듬어준 양국의 노인들이, 신세를 갚을 기회도 주지 않고 많이들 돌아가셨다. 두 손 모아 명복을 빈다.

참혹한 전란과 민초들의 애환을 종이에 적다가 나는 확고한 사실 하나를 알아냈다.

세상에 태생적 살인마는 없다.

다만 절대 권력 주변을 늘 세 줄기 안개가 휘감고 있을 뿐….

악마는 언제나 그 속에 있었다.

무지, 탐욕, 오만.

2018년 10월

강철수

일본
가보니 어때

"일본 어떻더냐"고 하면 처음 가본 사람, 열 번 가본 사람, 몇 년 살다 온 사람, 거의 이렇게 대답한다.

- 깨끗하고 친절하다.
- 어려서부터 남을 배려하는 법을 가르친다.
- 아름다운 섬나라 풍광, 싸고 풍부한 해산물.
- 어디를 가나 절이나 신사, 라면 종류도 엄청 많다.
- 열차나 버스 시간표를 칼같이 지킨다.
- 애니메이션 천국인데 책도 많이 읽더라.
- 야쿠자(깡패)가 많다는데 밤거리가 안전.

나쁜 말은 별로 없고 칭찬 일색이다. 그러나 우리나라에서 "일본이 좋더라" "선진국 맞더라" 하면 듣기 싫어한다. 친일파로 찍혀 왕따를 당할 수 있다.

친미, 친중은 되는데 친일은 왜 안 될까? 설마 나라를 팔아넘긴 친일 매국노와 저가 항공, 맛집 여행을 동일시하는 것은 아닐 테지.

아무리 미운 나라라도 그쪽 사정을 아는 사람이 있어야 한다. 좋은 외교 관계 유지를 위해서, 무역하기 위해서도 그렇다.

일본하고는 '이성보다 감정이 먼저'라고 하는데, 감정이란 무엇일까. 옷에 묻어서 잘 안 지워지는 페인트 자국 같은 것일까. 그럼에도 한국인이 제일 많이 가는 나라가 일본이다.

페인트는 페인트, 여행은 여행일까.

일본에 한이 많다는 노인들이 유독 많이 간다. 위안부 할머니 연배거나 조금 아래 세대들이다. 동남아나 중국보다 일본이 끌리는가 물어보면 "가기는 가지만 만감이 교차한다"라고 말한다. 그러면서 다시 간다. 한국에도 좋은 온천이 많은데 벳푸, 홋카이도를 가야 가슴속 응어리가 풀리는 걸까. 응어리 같은 것은 모르고 그저 잠시 쉬러 간다는 그룹이 의외로 많다.

지금은 일본어를 하는 노인이 드물지만 8~90년대만 해도 일본 관광지 선술집에서 엔카(戀歌)를 흥얼대는 한국인이 꽤 있었다. 호텔 노래방에서 '사치코'를 가수 빰치게 부르는 할머니가 있었는데 말끝마다 '게다짝'• '왜놈들' 하면서도 애틋한 향수를 느끼는 듯했다. 욕을 한 게 아니고 윗대 어른들 말투가 몸에 뱄다고 웃으며 해명했다.

여고 동창끼리 일본에 여행왔다는 40대 주부는 미국, 유럽 다 가봤는데 일본이 자기한테 딱이란다. 그러면서 "일본이 좋으면서 싫다"고 마음에 없는 소리 하는 인간이 가증스럽다고 했다.

그러고 보니 어디서 들은 것도 같다. 일본이 싫다고 해야 애국심이 있어 보인다는 말. 왕따를 안 당하려는 몸 사리기 모드였을까.

그렇다면 "일본을 절대로 용서할 수 없다"는 소리도 그냥 분위기에 휩싸여 해본 소리…일까. 요즘 들어 그 소리도 별로 안 들리지만.

도대체 우리는 시간 들여 돈 들여 출국심사, 입국심사, 경비 쪼개서 가족들 선물 사느라 골이 아픈데, 여행을 하면서까지 민족이니 애국이니 언제까지 일본을 손가락질해야 하나. 그래서 얻는 것은 무엇일까. 일본이 대체 무슨 짓을 했는데 "일본은 선진국" "임금님 귀는 당나귀 귀" 하면 안 되나.

• 일본 사람들이 신는 나막신을 낮잡아 이르는 말.

나라를 거저 넘긴 사람들

영국, 프랑스는 바다를 끼고 마주보고 산다. 한국, 일본과 똑같다. 두 나라는 오랜 세월 치고받고 뺏고 죽이던 앙숙이자 라이벌이었다. 그런데 현재의 두 나라는 어떤가. 바다 밑으로 길까지 만들어 사이좋게 오가며 사이좋게 선진국이다.

왜 한국과 일본은 그렇게 못 했을까.

영국, 프랑스와 다른 점. 한국은 침략을 받기만 했고 한 번도 일본 본토를 공격한 적이 없다. 우리 민족이 너무 평화를 사랑해서일까. 그래서 2천 번도 넘게 외세 침략을 받았을까.

수나라, 당나라, 청나라… 열거하기도 벅찬 북방 제국들이 이 땅을 먹자고 세세년년(歲歲年年) 군사를 보냈다. 전쟁을 잊고 편히 잠을 잔 날이 많지 않다. 그런데 이상하다. 그렇게 오랜 세월 시달렸으면 북쪽을 향해 눈을 흘겨야지, 왜 우리는 반대 방향에 있는 일본을 미워할까.

'일제 36년'을 날수로 계산하면 36년이 아니고 34년 11개월 17일이다. 수천년 역사를 자랑하는 대한민국이 고작 35년도 안 되는 그 짧은 기간에 북방의 2천 번 침공을 능가하는 무엇이 있다는 것일까.

한국에 관심 있는 일본 노인들을 만나면 요즘도 은근 우쭐댄다. "우리 일본이 조선에 기찻길 깔아주고 다리도 놓아준 거 아시오? 서울 한강철교 아직도 튼튼히 잘 서있죠?"

사실이다. 철도, 다리뿐인가. 학교도 일본이 많이 지었다. 언뜻 들으면 참 고마운 일본. 선의의 통 큰 외교였다면 환대하고 업어 모셨을 것이다. 그러나 철도는 전쟁 물자를 실어 나르려고, 학교는 일본어를 가르치려는 식민 지배의 서곡이었다.

왜 우리는 그것을 몰랐을까.

참으로 이해할 수 없는 것은 이 나라 문무대신 고관대작들이 솔선수범 대문을 활짝 열어주었다는 사실이다. 일본 군대는 군가를 부르며 이 나라 심장부를 걸어 들어왔다. 하기야 상감마마까지 한통속이었으니 말해 무엇하랴.

그렇다면 절대로 침략이 아니었다는 일본의 변명이 거짓말이 아니네?

임진왜란 때 조선은 일본의 총포에 방선이 뚫렸었다. 200년 후 조선은 일본의 줄기찬 잔 펀치에 무너졌다. 일본은 총을 등 뒤로 감추고 치밀한 전방위 회유와 겁박성 강온 외교로 야금야금 한반도에 흙발을 대다가, 어느 날 통째로 삼켜버린 것이 치욕의 1910년 국권침탈이다.

역사 퍼즐
재조합

일본 패망과 함께 한반도에 서식하던 호랑이도 사라졌다. 사실은 오랜 남획으로 이미 멸종 상태였다.

조선호랑이는 송아지를 통째로 물고 초가 담장을 넘는다는 괴력의 맹수였다. 많은 승려들이 산행 중 호환을 당했다. 사람들은 산길을 갈 때 반드시 횃불을 밝히고 무리를 지어 재를 넘었다. 그러나 지금 누구 한 사람 호랑이를 탓하지 않는다. 호랑이가 없다 보니 멧돼지가 왕질을 한다고 애석해한다. 여러 전문가들이 호랑이의 이동 경로를 추적하며 혹시 돌아올까 목을 빼고 기다렸다.

조선호랑이와 똑같이 사라진 일본군은 혹시 다시 올까 염려했다. 그러나 호랑이 배설물을 연구하면서 나라를 통째로 빼앗았던 적국을 슬그머니 잊는 것은 이상하다.

'패전의 잿더미를 어떻게 극복했을까?' '지금의 한국을 어떻게 생각하고 있을까?' 일본이 아닌 우리 자신을 위해서도 파악할 필요가 있다.

"전쟁광 왜놈들, 원자탄 맞아도 싸!" 그것으로 끝이면 참으로 인간미가 없다. 아주 박정한 민족이 되어버린다. 일본에 한국 동포 수백만이 살고 있어 더욱 그렇다.

사랑하는 여인한테서 결별 통보 전화를 받고 스마트폰을 내동댕이치는 청년을 본 적이 있다. 무슨 말에 그리 화가 나는지 청년은 부서진 전화기를 다시 망치로 내려쳤다. 내가 그때 하고 싶은 말은 딱 한마디 "전화기가 무슨 죄"였다. 그는 망치질로 마음이 진정되었을까. 두 남녀는 처음부터 잘못된 만남이었을까.

우리는 광복 후 80년을 쉼 없이 일본을 손가락질하면서 불편한 마음을 감추지 않았다. 그러나 아무런 소득도 위안도 얻지 못했다. 그렇다고 실연당한 청년처럼 망치질을 해본 것도 아니다. 아무 결과물 없이 지쳐버린 것은 양 나라 국민들이다. 그러나 애초에 잘못된 만남이었어도 이성적 매듭은 지어야 한다.

조선시대를 돌아보면 참 답답한 왕과 신하들이었다. 언제나 그들 몇몇이 백성들을 전쟁에 내몰았다. 권력에 짓눌린 아랫것들은 평생 가난하게 살았다.

솔직히 일본도 별반 다르지 않다. 임진왜란도 태평양전쟁도 그쪽 몇몇 전쟁광들의 일장춘몽이 아니고 무엇이랴. 그들 세치 혀끝에 모래알보다 많은 젊은이들이 죽어갔다. 일본 국민 모두가 피해자요 억울한 가해자다.

많은 날이 흘러갔고 세상은 바뀌고 있다. 전화기를 부수는 격한 감정을 잠시 내려놓고 조용히 지난 역사를 살피고 추스릴 때가 되었다.

호화 궁궐보다 보통 사람들이 살던 집과 골목, 서민들 땀이 밴 물건들, 허름한 선술집 한숨 섞인 담배 연기, 허리 굽은 시골 할머니의 탄식…대개 그 속에 천심이 있다. 작은 것에 묻어 있는 진실이 소리 없는 역사의 증언이다.

나는 한국인과 일본인을 천평 저울에 달면 무게가 똑같다고 생각하는 사람이다. 똑같은 스마트폰 노예, 다 같은 외로운 술꾼, 똑같은 생활겁쟁이들이다. 다른 점이 있다면 단지 이것뿐이다. 한국인은 한국말을 하고, 일본인은 일본 말을 한다.

일본과 대화가 안 된다고? "해보기나 했어?" 세계적 기업 '현대 신화'가 정주영 회장의 그 한마디로 시작되었다. 진정한 대화를 해보기나 했는가.

옛날 일본의 북쪽 지방 사무라이와 남쪽 지방 사무라이가 외나무다리에서 만났다. 결투를 하고 싶은데 서로 사투리가 너무 심해 대화가 안됐다.

일본 무사는 싸우기 전에 "나는 무슨 검법류(流)의 아무개다. 당신은 누구냐?" 그러면 상대가 "나는 일찍이 무슨 스승께 사사한 무슨 류의 아무개다. 지금 결판을 낼까. 따로 날을 잡을까?" 이래야 되는데 도무지 말이 통하지 않았다. 한참 훗날, 다시 만난 두 사무라이는 그런 내용들을 노래로 불러 전달했다고 한다.

한국 정치인 중에는 일본 관료를 '단키'(短気: 급한 성미)라고 생각하는 이들이 많은데 반만 맞다. 일본인 중에는 지진으로 집이 흔들리는 데도 대화에 이력이 난 인물들이 널렸다.

옛날 우리 장수들은 어떻게 싸웠을까. 결투 같은 형식은 없었고, 굳이 맞붙는다면 전쟁터다. 그러나 우리 조상 쪽이 훨씬 급하고 직선적이다.

"곧 죽을 자가 무슨 말이 그리 긴고. 닥치고 내 검을 받아라!"

영화나 소설 속에 묘사된 한반도 칼잡이들이다. 굳이 비교하고 논평할 필요는 없다. 우리는 그저 조용히 지난 흔적들을 살피고 느끼면 된다. 빼지도 더 하지도 않은, 글로 쓴 지난날의 동영상을.

5천500만 명이 죽은 전쟁

패전 일본을 알려면 당시 시대 배경을 알아야 한다. 조선과 중국이 짓밟히던 시대와 제2차 세계대전이 맞물려 있다.

"중고등학교 때 배웠는데 다 잊어버렸다."

"제2차 세계대전이 언제 있었지? 누구랑 누구랑 싸웠지?"

"조그만 일본이 겁도 없지. 그 큰 미국과 무슨 배짱으로 싸웠지? 그게 무슨 전쟁이야?"

1939년 8월, 독일, 폴란드 침공으로 제2차 세계대전 발발.

1940년 6월, 파리 함락.

1940년 9월, 일본이 인도차이나 침공.

1941년 12월, 일본이 진주만 기습.

1943년 9월, 이탈리아 항복.

제2차 세계대전은 나치 독일이 이탈리아와 손잡고, 전 유럽과 아프리카까지 먹자고 한 전쟁이다.

같은 시기 일본의 대동아전쟁, 즉 태평양전쟁은 일본이 아시아를 다 먹고, 미국을 굴복시키려 벌인 다윗과 골리앗의 전쟁이다. 전설과는 반대로 골리앗(미국)이 이겼다. 독일, 이탈리아와 동맹을 맺은 일본은 진주만을 기습 공격, 초반에 기세를 올렸지만 물량의 골리앗을 당하지 못하고 손을 들었다. (1945년 무조건 항복)

'가미카제'라는 자살특공대까지 띄웠지만 기울어진 전세를 되돌릴 수 없었다. 바다와 하늘에서 수많은 젊은이가 죽었다.

히로시마, 나가사키에 투하된 원폭으로 종전을 앞당겼다고 하지만 많은 민간인, 어린이가 희생되었다. 미국은 전쟁에서 이겼지만 "아이들 물총 싸움에 수류탄을 던진 것과 무엇이 다르냐"는 비난을 두고두고 들어야 했다.

〈제2차 세계대전 나라별 사망자 수〉

- 소련(러시아) – 2,900만 명
- 중국 – 2,200만 명
- 독일 – 569만 명
- 일본 - 150만 명
- 프랑스 - 59만 5천 명

- 이탈리아 – 53만3천 명
- 영국 – 49만5천 명
- 미국 – 41만3천 명

오늘날 미국에서 총기사고로 10명만 죽어도 '대참사'니 '대량학살'이니 하는데, 제2차 세계대전으로 5천500만 명이 사망했다.

우리 할머니는 대한제국(고종) 때 태어나 국권침탈과 태평양전쟁, 8·15광복, 6·25전쟁까지 겪고 5·16 이후에 돌아가셨다.

한글도 모르던 할머니는 유독 일본을 미워했다. 이유는 시집올 때 애지중지 싸온 숟가락, 젓가락, 놋대야를 전쟁 물자로 징발당했기 때문이다. 일본은 전쟁 막바지 농촌의 개울 작은 다리 난간도 뜯어가고 학교 철문도 떼어갔다. 할머니는 단지 그것이 원통했다. 광복이 되고 한참을 지나서도 한이 안 풀려 입버릇처럼 중얼댔다.

"왜놈들, 그렇게 못된 짓하고 얼마나 잘사는지 내 눈으로 꼭 보고 죽을 거야!"

그러나 할머니는 끝내 '내 눈으로' 못 보고 돌아가셨다.

1945년 일본 도쿄 다시 보기

제2차 세계대전이 막을 내리자 세계는 명암이 갈렸다. 연합군 '명', 독일 '암'. 갑자기 광복을 맞은 조선 '명', 무조건 항복한 일본 '암'.

해외여행을 좋아한다면 누구나 한번은 가봤을 일본 도쿄. 그때의 도쿄는 어떤 모습이었을까.

지금이야 빽빽이 들어선 고층빌딩이 미국의 뉴욕이나 크게 차이가 없지만, 광복 전 도쿄는 우리나라 6~70년대 서울과 흡사했다. 그러나 패전 후 도쿄는 6·25가 휩쓸고 간 1950년대 참담한 서울 거리를 닮았다고 해야 할 것이다. 오늘 같은 초고층 빌딩이 없었던 것이 천만다행이라면 다행이었다.•

그러나 고층 다세대가 없었던 만큼, 미군기가 투하한 폭탄도 지금

• 일본은 지진 때문에 높은 건물을 짓지 않았다. 건축기술자들이 좌우, 상하 진동을 견디는 내진설계에 눈을 뜬 것은 불과 반세기도 안 된다.

같은 고성능이 아니었다. 대신 폭격 횟수가 잦았다.

지긋지긋한 공습이 해를 거듭하면서 도쿄 시민 대다수가 소개(피난)를 떠났지만, 그래도 희생된 민간인이 적지 않았다. 공습 대피 사이렌이 연일 울려 퍼지던 1945년 여름 어느 날. 공원 숲으로 몸을 피했던 시민들이 오랜만에 찾아온 적막을 불길하게 음미했다. 그 지역 공습이 무슨 일인지 며칠째 뚝 멈췄다. 그것은 한숨보다 절망과 체념의 시간이 되었다.

"드디어 올 것이 왔는가."

"전쟁은 끝내 우리가 지나 봐."

일본 국민들은 어렴풋이 느끼고 있었다. 이윽고 8월 15일, 천황이 '무조건 항복'을 선언하자 전 국민이 집단 쇼크, 집단 멘붕에 빠졌다.

1931년 만주 침략을 시작으로 '대일본제국' 국민들은 근 15년을 전쟁과 함께 살아왔다. 아무도 지겹다고 말하지 않았다. 그러나 끝내 나라가 피투성이가 되어 쓰러졌다. 많은 이들이 황궁 앞에 엎드려 통곡을 했고, 슬픔과 분노를 참지 못하고 스스로 목숨을 끊기도 했다.

다시 일어서자! 외치고 싶어도 힘이 없었다. 살아남았지만 실제로 쌀이 귀해 배가 고파 기운이 없었다. 폭격에 나뒹굴던 전신주는 치웠지만 불에 타다만 집들…. 철골을 드러낸 금이 가고 뒤틀린 시멘트 기둥, 유리창이 모두 깨지고 검게 그을린 건물들….

소독액을 뿌려대는 보건요원들의 움직임에 활기가 없었다. 아무 표정 없이 서있는 구경꾼들도 그랬다.

군함을 만들고 가미카제 전투기를 띄우던 대일본제국은 깨진 기왓장과 잡동사니, 동물 사체를 치울 장비가 절대 부족했다. '세상만사 여신(女神)의 마음'이라던 히비야 공원 점쟁이 노파의 말도 함께 적중했다.

오랜 미군기의 폭격으로 도쿄 시가지는 온통 벌집이 되고 쑥대밭인데 도쿄역은 홀로 건재했다. 잡초가 무성한 테니스코트도 폭탄이 비껴가고(하긴 그런 곳 폭격해서 뭐하게) 주인 없는 개들이 보물이라도 찾는지 맹렬하게 땅을 파댔다. 창틀 하나 안 다치고 멀쩡히 살아남은 새집 같은 전통가옥도 가끔 많았다.

폭격기가 굴뚝만 보이면 귀신같이 폭탄을 퍼부었는데 굴뚝이 껑충 높은 '센토'(銭湯: 대중목욕탕)도 늠름하게 살아남았다. 그 와중에도 목욕탕 영업을 하는지 중년 여인과 할머니들이 아이들을 데리고 분주히 들락거렸다.

남의 나라 힘든 시기를 놓고 조금 객쩍은 얘기지만, 일본 센토는 따로 밀폐된 탈의실이 없다. 입욕비를 받는 노인이 버젓이 여자 손님들 알몸을 다 봤다. 일본 여성들은 뜻밖에 그런 것에 대수롭지 않아 했다.

옛날도 아니고 불과 한 세대 전까지 도쿄의 센토들이 그랬는데, 엉큼한 '노조키'(覗き: 엿보기) 시대는 끝이 났다. 센토 내부 구조가 바뀌

었기 때문이다. 무척 신기하게도 일본은 태고 때부터 혼욕문화라는 게 있었다. 신기한 쪽은 이방인의 눈이고, 온천을 좋아하는 일본인들에게 혼욕은 하나의 문화요 생활의 일부다. 옛날이 아니고 지금도 규슈 쪽이나 도쿄를 기점으로 북으로 가면 남녀가 함께 들어갈 수 있는 노천탕이 많다. 생판 모르는 남녀가 탕 속에서 담소를 나누는 것을 보면 아, 이것이 바로 '문화의 차이'인가 싶다.

남녀 혼욕은 메이지유신(明治維新) 이후에도 도쿄에 보란 듯이 성행했다. 끔찍한 것은 혼욕 센토에 전등이 없었다. 복도에 고작 촛불 한두 개 뿐. 욕탕 안은 그야말로 깜깜무드. 그 분위기에 달아올랐을까. 알몸의 남녀들이 시시덕거리며 장난을 쳤고 마침내 센토는 야릇한 사교의 장으로 발전했다. 재미를 붙인 남녀들은 빨리 밤이 되기를 기다렸고 센토 주인은 실내를 더 어둡게 했다. 당연히 연중, 연일 만원사례였다. 일반 센토가 파리를 날리는 동안 온갖 스캔들, 온갖 추문이 난무했다.

결국 사회 정화 차원에서 국가가 나서서 1차, 2차에 걸쳐 혼욕 금지령을 내렸다.

전쟁이 장기간 계속되면 젊은 남자들이 모두 전선으로 가버려 여자들만 남을 것 같은데, 어찌된 셈인지 도쿄에 골목마다 아이들이 바글바글했다. '우구이스다니(鶯谷: 일본 도쿄 다이토구)'에 우구이스(휘파람새) 소리는 없고 애들 소리만 들렸다. 오차노미즈(御茶ノ水: 일본

도쿄 분쿄구), 유라쿠초(有楽町: 일본 도쿄 지요다구) 일대 유치원 뜨락에는 남루한 옷을 걸친 꼬맹이들이 맨땅에 오글오글 앉았고 흑인 병사가 뭔가를 나눠주고 있었다.

또 다른 살아남은 집 텃밭에는 머리숱이 듬성듬성한 노인이 열심히 물을 주다가 수건으로 연신 땀을 닦는다. 한 번도 목욕해본 적이 없는 듯한 더러운 고양이가 할머니와 그늘에 앉아 졸고 있다. 할머니가 눈을 비비고 돋보기를 찾아 쓰더니 무언가를 다시 꿰매기 시작한다.

완장을 찬 청년들이 미 주둔군 장교를 불러내 짧은 영어로 악을 쓰듯 장비 지원을 요청하고 있는 군부대 앞.

미군들은 느릿느릿. 사사건건 일본인을 무시하고 갑질을 했다. 미국은 강하고 위대할지 몰라도 군인들은 거만하고 몰상식했다.

당시 일본 여성들은 키가 크고 잘생긴 미군을 좋아했다. 자기 나라를 망하게 한 미군 병사와 눈이 마주치면 마음에 있든 없든 헤프게 웃었다. 노인들, 할머니들이 그걸 보고 혀를 차고 화를 냈다.

도쿄 포장마차

몇 주가 지나자 도쿄 거리는 먼지를 덮어쓴 자동차에 물을 끼얹은 듯 제법 말쑥해져 갔다.

지역에 따라 복구가 빠른 곳은 아주 재빠르게 '야타이'(屋台: 포장마차)가 터를 잡고 손님을 끌고 있었다.

시부야, 시나가와에 생선 초밥 '야타이 가게'도 출현했다. 노인들이 사 먹지는 않고 생선을 어떻게 조달하느냐, 자꾸 물으며 주인을 귀찮게 했다. 야타이 주인은 그래도 꼬박꼬박 대답을 해주는 것 같았다.

야타이 옆으로 어느새 빈 궤짝을 놓고 그 위에 귤 바구니를 잘 보이게 펼쳐놓고 호객하는 노파가 등장했다. 그 난리에 어디서 귤을 구해 왔을까.

일본인들은 과일을 고를 때 절대로 집었다 놓았다 하지 않는다. 과일이 상할 수 있고, 자기 때문에 다른 사람이 흠 있는 것을 사갈 수 있기 때문이다. 특히 야타이 생선 초밥은 일단 손을 대면 사야 한다. 손을 대고 그대로 가버리면 주인은 그것을 집어내 자신이 먹든지 버리든지 한다.

그 점을 노리고 약삭빠른 초등학생 꼬마가 한 개 값을 가지고 와 초밥 두 덩이를 만진다. 주인이 불같이 화를 내지만, 결국 한 개 값에 두 개를 준다. 꼬마는 길모퉁이를 돌자마자 "얏타"(やった: 해냈다) 환호성을 지르고, 기다리고 있던 친구와 초밥을 나누어 먹는다. 그걸 무용담처럼 집에 가서 얘기하면 아버지는 웃고 말지만 엄마는 호되게 야단을 친다. 옛날 일본 엄마들은 다 그랬다. 아주 엄했다.

초밥 야타이 한 블록 저쪽으로 갑자기 시끄러워졌다. "처음 보는데 어떻게 외상을 달라고 하느냐" 큰소리로 다투고 있는 어묵 수레. 해산물 천국 일본은 원래 어묵의 나라다. 그 옆으로 다이야키(鯛焼き: 붕어빵) 수레. 새로 마련한 듯한 완전 신품 빵틀에 야심찬 기름걸레질을 하는 중년 사내도 보인다. 아이를 업은 부인이 담배에 불을 붙여 사내 입에 물려준다.

도쿄 유부초밥

세상 어디나 전쟁이 그러하듯, 패전을 몸으로 감당하는 일본 국민들의 참담함은 말로 표현할 수가 없었다. 사람이 아무리 궁핍해도 최소한의 주거 공간이 필요하다. 집이다. 아니, 집까지는 사치스러워 그만두고 당장 드러누울 수 있는 공간, 땅이 필요했다. 옷을 갈아입을 수 있는 곳이면 아무 데나 땅을 파고 기둥을 박고 판자를 대고 못질을 했다.

비행기가 뜨고 내리던 활주로 좌우에 성냥갑 같은 판잣집이 꼬리 긴 열차처럼 줄지어 들어섰다. 손바닥만 한 방 한 칸에 다섯, 여섯 가족이 새끼고양이처럼 엉켜서 잤다(6·25 직후 우리네 힘들었던 시절 그대로다).

거리마다 일자리를 찾는 실업자들이 양 떼처럼 몰려다녔다. 공원과 거리 곳곳에 노점상, 행상들이 전을 벌여도 구경꾼만 많고 사는 사람은 드물었다.

그 북새통에 굉장한 음악 소리와 함께 '일본 최고 미남자 선발대회'도 열렸다. 최고 미남자로 뽑히면 상금도 타고 신문에도 나는데, 무엇보다도 부상이 쏠쏠했다. 칫솔 한 개와 치약 한 통, 그 시절 그 정도면 획기적인 기획에 파격적인 상품이었다(칫솔, 치약이 서민들한테 너무너무 귀했다).

그날 이벤트에 선발된 일본 최고 미남자는 부상으로 받은 칫솔, 치약을 혹시 도난당하지 않을까, 귀가 후 문단속에 각별히 신경 썼을 거라는 추측 기사도 지역 신문에 실렸다.

그 지역은 그래도 호화판 상품이 오가는 괜찮은 세상이었지만 절대다수가 이용하는 교통망은 참으로 울고 싶은 도쿄였다. 종전 후 수도권 외곽에서 도쿄역과 우에노역 방향 출퇴근 승객들은 참담했다. 열차 전량에 의자가 한 개도 없었기 때문이다. 한 사람이라도 더 태우려고 전량 입석. 아예 차량 기지에서 의자를 만들지 않았다. 남녀노소, 부장님, 과장님, 대학생, 초등학생, 여학생, 남학생, 할머니, 할아버지 모두 서서 오고, 서서 갔다.

나중에는 승객을 더 빈틈없이 꽉꽉 태우기 위해 푸시맨까지 등장했다. 등짝을 사정없이 떠밀린 여고생들이 호러 영화 여주인공 같은 비명을 질러댔다. 그것을 재미있어하는 엉큼한 남학생들도 많았다.

나라 형편이 조금 나아질 무렵까지 그 난리가 계속 되었다. 아침저녁 출퇴근 때마다 열차에서 무슨 동물농장 같은 괴성이 합창처럼 울려 퍼졌다.

그때 생긴 유행어가 "가엾은 월급쟁이 이나리즈시"다. '이나리즈시(稲荷寿司)'는 밥알을 꽉 채운 유부 초밥을 말한다.

1945년
우리나라

'그날이 도적처럼 온다'고 했던가. 정말 꿈같은 날이 왔다. 꿈같은 조선 해방. 도적처럼 온 광복(光復). 글자 그대로 빛을 다시 찾은 것이다.

그러나 해방이라는 말은 썩 마음에 안 든다. 곰이나 사자를 우리 속에 가둬 놓았다가 풀어준 느낌이기 때문이다.

8·15는 광복절이자 '일본 퇴각의 날'이다. 수많은 우국지사가 차가운 감옥에서, 이역만리 타국에서 죽어갔지만 순수 우리 힘으로 나라를 찾은 것은 아니었다. 광복 후 미국에 많은 신세를 졌지만, 그들이 조선 독립 때문에 피 흘려 싸운 것은 아니다. 여러 나라 계산법이 다 다르지만, 조선 광복의 결정타는 일본 패망이었다.

전쟁광 일본이 과욕을 부렸고, 미국을 치다가 참패하면서 일제강점기가 막을 내린 것이다. 후손들은 이것을 잊어서는 안 된다. 한번 빼앗긴 땅을 되찾기가 얼마나 어려운가를.

결과적으로 일본의 광적 스퍼트가 스스로 목을 죄어 제풀에 쓰러졌다. 품에 안고 있던 조선을 토해내고, 중국을 비롯 태평양 여러 지역을 되넘겨준 것이다.

일본은 기세등등 진주만을 공격할 때 이미 돌아올 수 없는 강을 건넜다. 그것이 운명적 패망의 전조였다.

일본군은 돌아오는가

내 고향 S산골은 TV와 라디오는 당연히 없었고, 신문은 누가 읍내에 가서 날짜 다 지난 것을 한 장 얻어오면 동네 어른들이 보물지도 살피듯 돌려가며 봤다. 그나마 여자들은 우리 할머니, 어머니를 포함하여 한글을 몰라 읽을 수도 없었다.

삼촌이 전화라는 기계를 만져봤다고 허풍을 떨었지만, 면사무소에서 누가 통화하는 것을 봤을 뿐이었다. 그 당시 전화는 듣고 말하는 장치가 따로따로 된, 무척 크고 기괴하게 생긴 '전화 기계'였다. 그나마 관공서나 힘 있는 일본인이 만질 수 있는 그 시대 최고 첨단 기기였다.

아니 그런 원시시대 산간벽지에 인터넷도 없이 인간이 어떻게 살 수 있나 하겠지만, 놀랍게도 그곳에도 인터넷 버금가는 정보망이 있었다. 도청, 해킹 절대 불가. 그게 과연 무엇일까. '소문'이라는 정보망이었다.

모든 바깥세상 소식이 소문의 드론을 타고 착착 들어왔다. 밑도 끝도 없는 뜬소문, 낭설, 가짜 뉴스도 많았지만 어쨌든 빨랐다.

조선이 광복했다는 '긴급 소문'도 금세 날아왔다. 마을 사람들이 만세도 안 부르고 그저 입만 딱 벌린 채 다물 줄을 몰랐다. 연이어 엄청난 정보가 날아왔다.

"미국이 원자폭탄을 터뜨려 일본이 다 없어졌단다."

다시 입이 딱 벌어졌다.

"일본에 돈 벌러 간 친척들도 함께 물귀신이 된 거냐?"

"시신을 어떻게 찾아 장례를 치르냐?"

사방에서 웅성거렸다. 그러자 다시 정보가 떴다.

"만주, 상해에서 쫓겨난 일본인들이 돌아갈 나라가 없어져서 조선으로 다 온단다. 아이고, 큰일났네." 했다가

"일본이 다 없어진 것이 아니고 반만 가라앉았단다."

"아니다. 가라앉은 것이 아니고 사람만 다 죽고 개, 고양이만 남았단다."

이 시대가 가짜 뉴스에 시달리듯 그 시대도 뺑튀기 풍문이 꼬리를 이었다. 그러나 산골 농촌도 나름의 엘리트 그룹이 있었다. 그들은 나라가 광복을 찾았다는 데도 아주 심각했다. 수시로 마을 정자에 모여 국제 정세를 분석하고 심도 있는 논의와 토론도 했다.

"해방됐다고 들떠서 김칫국부터 마시면 안 돼."

"맞소, 일본이 그렇게 간단히 물러날 놈들이 아니야!"

"내 말이 그 말! 임진왜란 때 물러나는 척했다가 다시 쳐들어왔잖아요. 정유재란!"

"아냐. 미군한테 완전 박살이 났던데 다시 싸울 젊은이가 어딨어. 이젠 못 올 거야."

"왜놈들 출산력을 모르시오. 인구가 1억이지 않았소. 금방 또 불어나 총칼 들고 오고도 남을 놈들이야."

"맞소. 임란 200년 지나 결국 또 야금야금 먹어왔지. 놈들은 꼭 다시 올 거야. 나라에서 방비를 여물게 잘 해야 할 텐데…."

그러나 전혀 기우에 지나지 않은 '걱정도 팔자'였다. 일본은 필리핀 근해에서 침몰한 '전함 무사시(武蔵)'처럼, 바다 깊숙이 가라앉기 시작한 지 이미 오래였다.

미 주둔군이 본토 상륙을 끝냈고, 간신히 목숨을 연명한 일본 앞에는 패전만큼 쓰라린 고난의 진창길이 기다리고 있었다. 당시 주둔군 사령관은 훗날 '인천상륙 작전'으로 유명해지는 맥아더였다. 일본은 그의 군홧발에 꼼짝없이 짓눌려 다시 일어서기는커녕 기어갈 힘도 없었다.

도쿄역 미스터리

"원폭을 사용했다고 비난해서는 안 된다. 만약 끝이 안 보이는 소모전이 그대로 계속되었다면, 일본 본토는 한동안 인간이 살 수 없는 땅이 되었을 것이다. 일본 국민은 그 점을 알아야 한다."

전후 미군 장성들이 여러 번 했던 말이다.

전혀 틀린 말은 아니었다. 전쟁 막바지 미 공군은 일본의 심장부 도쿄는 말할 것도 없고, 일본 전토를 사흘이 멀다 하고 맹폭했다. 연일 B29 등이 새카맣게 새 떼처럼 날아와 우박처럼 폭탄을 퍼부었다. 사람이 있든 없든 성한 땅이 없었다.

군사시설은 물론이고, 무언가 생산되고 있다 싶은 건물은 굴뚝만 보여도 때렸다. 달리는 열차, 트럭 위로도 폭탄을 화초에 물을 뿌리듯 쏟아부었다. 화물차가 아닌 민간인 객차까지 공격했다. 기관사들은 비행기 소리만 나면 열차를 멈추고 승객을 대피시켰다. 물론 본인도.

일본군의 각종 전쟁 물자는 전국의 크고 작은 공장에서 생산 조달되고 있었다. 공장마다 부속 의료 시설이 있었는데, 잦은 폭격으로 공장 내 병원이 흔적도 없이 사라졌다. 많은 의사, 간호사도 함께 저세상으로 갔다.

각 공장 야간조는 공습경보와 동시에 일제 소등하곤 했지만 미군기의 무차별 융단 폭격에 야간조 전원이 건물과 함께 몰사했다. 징집이 보류되었던 고령, 가벼운 지체장애 남자들과 젊은 주부, 중년 여성들이 전국 도처에서 참변을 당했다.

유명한 우에노(上野) 공원 바로 코끝 '닛포리(日暮里)'는 오늘날 한국, 중국, 동남아 유학생들이 많이 가는 일본어학원가다. 전쟁이 막바지로 치닫던 1944~1945년의 초여름.

그 당시 그곳에 무슨 공장이 있었는지 미군기가 장장 두 시간이나 폭격을 했다. 상당히 먼 곳에서까지 섬광이 보였다고 한다. 일반 주택은 대부분 피난을 떠나고, 노인들만 남아 텃밭을 지키다가 모두 저세상으로 갔다. 형체를 도저히 알아볼 수 없는 시신이 많았고, 종전 후에까지 못 찾은 시신도 적지 않았다.

일본은 원래 귀신이 많기로 유명한 나라인데, 귀신의 조화인지 전쟁통에도 신기한 일이 많았다.

절이나 신사는 부처님이나 신령이 지켜주었다고 하지만, 원래 그런 곳은 군사시설이나 생산 기지와 거리가 멀다. 폭격기 조종사가 불교

신자가 아니라도 폭격할 이유가 없었다.

역시 두고두고 신기한 것은 도쿄역이다. 군소 도시의 조그만 역이 아니다. 부지만 해도 상당히 넓은, 도시 한복판에 서있는 세계적 도쿄역사 아닌가. 그 우람한 도쿄역이 그렇게나 잦은 폭격에도 무사했다.

작은 가내공업 낮은 굴뚝까지 때렸던 폭격기가 그 큰 도쿄역을 못 봤을 리가 없다. 때렸는데 빗나갔을까. 그렇게 여러 차례 빗나갈 수가 있을까. 누군가 조화를 부려 떨어지는 폭탄을 옆으로 채 갔단 말인가.

역대 도쿄 역장들은 그것을 지금까지도 자랑스럽게 이야기한다고 하니 그저 불가사의하다고 할 수밖에.

인간의 힘으로 함부로 할 수 없는 영역이 정말 있을까.

'긴자'의 선술집에서 미국인 항공사 직원들과 우연히 테이블을 같이 한 적이 있었다. 좋은 기회다 싶어 영어를 잘하는 친구를 시켜 말을 붙여봤다.

"당신들 미국 공군 말이야. 스텔스기까지 있는 요즘 같지 않겠지만 암만 그래도 그렇지. 그때 그 무슨 폭격기가 그렇게 실력이 없냐. 그 큰 도쿄역 하나를 못 맞히다니 무슨 초짜 파일럿이었냐?"

그러자 40대 공군 출신 미국인이 뭐 좀 안다는 듯 변명했다.

"그때 폭격기 조종사가 전쟁 전에 일본에 왔었다. 그런데 어느 날 무임승차를 하다가 들켰다. 도쿄역 사무실로 끌려가 망신을 당하게 생겼는데, 역장님이 외국인이라고 특별히 봐줬다. 너무 고마웠는데,

결국 전쟁 중에 은혜를 갚은 거다."

킥킥킥 웃는 것으로 보아 당연히 농담이다. 그러나 실제로 그랬다고 하더라도, 그 많은 폭격기 조종사들이 모두 무임승차를 했겠는가. 도쿄역은 언제 봐도 그저 신기하다.

노벨문학상 수상자의 거리

패전은 했지만 참 대단한 국민들이었다. 그 힘든 시절에도 야구를 했다. 그 와중에도 빅게임이 있었고 관중이 와글와글 했다.

일본은 지금도 그렇지만 야구를 광적으로 좋아했다. 연장전 들어가면 TV 인기연속극, 가요 프로 다 죽는다. 연장전 끝날 때까지 중계한다. 아나운서도 해설자도 같이 죽는다.

지금부터 무려 70여 년 전, 우리에게도 익숙한 부산 건너편 후쿠오카 빅매치. 요즘 같은 프로야구는 아니고 지역 연고전 성격이었다. 열전(熱戰) 9회 말이 끝나고 원정팀 선수들이 시합 수당을 탔다. 쌀이었다.

그것도 요즘처럼 번듯하게 포장된 비닐포대가 아니었다. 목이 길고 두툼한 국방색 군인 양말에다 쌀을 채우고 끈으로 꽉 묶어 보물단지 건네듯 선수들에게 주었다. 다들 입이 함박만큼 벌어져 도쿄로 가지고 갔다.

양말 자루를 받아 든 부인들이 너무 좋아서 자루에 뽀뽀하고 껴안고 춤을 추었다. 그 장면이 지역 신문에 났는데, 독자들이 '부인' 얼굴보다 쌀 양말만 뚫어지게 봤다. 한동안 사람 많은 곳마다 쌀 양말이 화제였다. 쌀이 너무 남아돌아 골머리를 앓는 오늘날은 상상조차 안 되는 그렇게나 물자가 귀했던 일본이다.

진짜로 그랬나? 일본의 야구인을 굳이 찾아가 물어봤다. 60대 초반의 대학 시절 포수였다는 H씨가 기억을 더듬어주었다.

"직접 보지는 못했죠. 선배들한테 얘기는 많이 들었어요. 그 많은 선수 모두 쌀을 받은 것은 아니고요. 감독이랑 고참급 몇 명이 아니었을까요. 무슨 팀 누구였는지는 제가 그때 태어날까 말까 할 때라서…."

쌀 양말 얘기에 조금 짠했던 나는 그 고등학교 운동장에 한참을 우두커니 학생들 연습 베팅을 구경했다.

일본이 재기할 수 있었던 것은 양말의 추억을 잊지 않아서였을까. '무조건 항복' 일본은 석탄 한 덩이 밀가루 한 포까지 미국의 눈치를 살펴야 했던 군정시대였다.

일본 해군의 자랑이었던 요코스카항(横須賀港)도 사세보항(佐世保港)도 욱일승천기는 사라지고 성조기가 거만하게 펄럭였다.

떠들썩하게 야구를 한다고 했지만, 이 거리 저 거리에는 전쟁고아들이 미군만 보면 껌과 초콜릿을 외쳐댔다. 부모가 멀쩡히 있는데도 괜히 끼어 손을 내미는 아이도 많았다. 우리나라 6·25 직후 뽀얀 먼지를 일으키며 달리는 미군 지프, 달려가는 남루한 차림의 우리 아이들, 흑인 병사가 비스킷을 던져주던 그 모습 그대로였다.

일본은 우리보다 일찍 개방의 문호를 열었다. 많은 것이 우리보다 앞서 갔다. 그러나 전쟁고아가 소리치는 것까지 앞서 갈 필요는 없었는데….

노벨문학상을 받은 '가와바타 야스나리'(川端康成)는 전후 이런 글도 썼다.

> 여름밤… 붕대를 칭칭 감은 아이를 업고 장바구니를 든 여자가 상점 앞으로 간다. 갑자기 노래를 부르기 시작한다.—노랫값 좀 주세요. 우리 아기를 치료…
>
> 그녀는 여자 거지다. 또 다른 소녀가 배고파 죽게 생겼다면서 풀썩 바닥에 쓰러진다. 그리고 일어나서 뭔가를 꺼내 사람들에게 사 달라고 조른다. 둘 다 사쿠라…
>
> -『강이 흐르는 우리 동네』 중에서

여기서 '사쿠라'는 야바위 조직을 말한다. 전후 쏟아져 나온 대개의 소설들이 피폐한 군상들이 투영된 패전 일본의 거울이었다. 영화도,

연극도, 만화까지 지독한 가난이 흘러넘쳤다.

그래도 벚꽃이 만개해 참으로 아름답던 도쿄의 밤. 그러나 극장과 술집, 파친코와 카바레 불빛 저쪽 골목 안은 매춘부와 깡패, 주정꾼, 거지들의 세상이었다.

전쟁고아만이 아니고 성인 거지까지 넘쳤지만, 파산한 일본 정부가 해줄 것이라고는 아무것도 없었다.

젊은 남녀 한 쌍이 주택가 현관문을 노크하고 있다. 집주인인 듯한 중년 여인이 문을 열고 나온다. 젊은 남자가 힘이 하나도 없는 목소리로 호소한다.

"저는요…아침밥만 굶었는데요…얘는요. 어제도 온종일 아무것도 못 먹었답니다. 보실래요?"

동시에 젊은 여자가 픽 쓰러진다. 중년 여인이 깜짝 놀라 안으로 뛰어 들어가서 돈이나 먹을 것을 가지고 뛰어나온다. 당시 유행하던 커플 거지의 기본 스킬이었다.

현재 일본에 홈리스(노숙자)는 있어도 거지는 없다. '한푼 줍쇼' 해도 일본 국민은 절대로 거지를 동정하지도, 도와주지도 않는다. 네 스스로 일어서라는 것일까.

그러면 한국처럼 껌 장사라도 하지 싶겠지만 일본 국민은 절대로 안 사준다. 일본인은 그런 면에서 아주 냉정하다. 잘 알려진 얘기지만 프랑스 파리는 거지 천국이다. 거지들이 비록 얻어먹지만 '우리는 적어도 파리의 거지다' 외칠 정도로 자부심을 가지고 있다. 그러나 국제 거지들은 명심해야 한다. 세느 강변을 누비는 우아한 파리 거지가 될지언정, 일본에 가서 얻어먹을 생각은 않는 게 좋다.

일본인은 거지라고 경멸하지 않지만 절대로 돈도 물건도 주지 않는다.

대한민국
황혼의 애국자들

나라의 주권을 넘긴 매국노는 밀실 속의 몇몇인데, 수십만 힘없는 백성들이 독립 만세를 부르며 일어났다.(1919년 3월 1일)

전국적으로 50만 명이 일본 관헌에 맨몸으로 대항했다. 일본 군대가 출동해 550명이 죽고(대부분 사살) 9천400명이 체포됐다. 저택의 몇몇 고관들이 호화 마차를 타고 자동차를 탈 때 만세를 부른 이들은 매를 맞으며 감옥으로 끌려갔다.

일본은 자고 깨면 내선일체• 노래를 불렀지만 자국민은 우대하고 조선인은 차별, 박대했다.

그러나 천년을 간다던 천황시대는 길지 못했다. 태평양전쟁이 끝나면서 총독부••에 나부끼던 일본기가 끌어내려졌다.(1945년 8월 15일)

• 일본과 조선은 하나다.

종로 거리에 만세 소리가 터져나왔다. 일본 고등계 형사한테 하도 맞아 누워만 있던 이도, 하도 고문당해 다리를 절던 이도 눈물을 흘리며 웃었다.

오랜 망명 생활을 끝내고 미국에서 돌아온 초대 대통령 이승만은 라디오 방송에 목이 멘 소리로 이렇게 그날을 회상했다.

"내가 고국으로 돌아오던 날, 논두렁의 귀뚜라미도 모자 벗고 인사합디다."

그러나 그의 희끗희끗한 머리 위로 황혼이 내리고 있었다. 우리나라는 왜 꼭 중대한 시기에, 왜 모두 하나같이 고령으로 나타나실까, 그 힘차고 지략 넘치던 날에는 무얼 하시다가 모든 정치 거물들이 한참 늦게 경로잔치 하듯 무대에 오르실까. 언젠가 현충원에 갔을 때 주위를 슬쩍 살피고 사람이 없는 것을 확인 후, 누워 계신 대통령께 그렇게 물어본 적이 있다. 당연히 아무 말씀 없었지만, 내 귀에는 이런 말이 들리는 것 같았다.

"그러게 국민들이 빨리빨리 검증 좀 해주시지."

•• 철거된 경복궁 앞 옛 중앙청.

일본은
정말 다 갔는가

조선이 광복되고 서슬 퍼런 일본 순사도 일본군도 물러갔지만 일제 잔재가 동시에 씻겨나간 것은 아니었다. 일본에 빌붙어 이득을 취하던 친일 뻰뻰이들은 일본 패망을 한없이 아쉬워했다.

웃지 못할 촌극이 전국 곳곳에서 벌어졌다. 지방 소도시 ○○시장통. 작은 극장 앞에 장날도 아닌데 사람들이 잔뜩 모여 웅성거리고 있었다. 바닥에 꿇어앉은 30대 남자를 여럿이 빙 둘러 에워쌌는데, 손에 손에 몽둥이가 들려있었다. 포위당한 남자는 일본인이 운영하던 극장의 영사기사였다. 사장이 극장을 내놓고 일본으로 가버리고 동네 사람들이 '일본 놈한테 붙어먹던 기생충을 때려죽이자'고 나선 것이었다.

사색이 된 영사기사가 목숨만 살려달라고 애원했지만 응징자들은 단호하게 몽둥이를 쳐들었다. 그때였다. 누군가가 "잠깐!" 하고 소리쳤다. 응징자들이 멈칫했다. 가만히 중년 신사가 걸어 나오며 조리 있는 어조로 영사기사를 변호했다.

"이 사람 죽이면 안 돼! 이 사람 죽이면 우리는 앞으로 영화 못 봐."

응징자들은 잠시 고뇌에 빠졌다. 결국 영사기사는 변호인 잘 만나 목숨을 건졌다.

일본인들은 모두 떠났지만 도처에 일본이 남아 있었다. 일본은 결코 모두 가지 않았고, 우리도 모든 것을 떠나보내지 못했다. 지금이야 막강 전력을 자랑하는 세계적인 강군 대한민국 국군이지만, 광복 후 한국군은 솔직히 군대랄 수도 없었다. 탱크가 다 무언가. 변변한 대포, 번듯한 기관총 하나 없었다. 자주포는커녕 비슷하게 그린 그림도 없었다. 일본군이 쓰던 병영, 그들이 버리다시피 남겨준 녹슨 검과 총. 신병 훈련도 거의 일본식이었다. 물통과 식판도 한동안 그대로 썼다.

짬밥(잔반), 총기 수입(총기 손질) 같은 엉터리 일본 말이 고쳐지지도 않고 수십 년간 그대로 썼다. 일본 말을 한다고 무슨 범죄는 아니지만 제대로 알고 써야 품위를 잃지 않고 이상한 사람 취급을 당하지 않는다. 지라시(散らし: 전단지), 산마이(三枚目: 조연배우), 잇빠이(一杯: 가득), 가오마담(顔マダム: 얼굴마담), 히야시(冷やし: 차게 함), 마치 우리말같이 섞어 쓰지만 모두 한글 학자들이 불쾌해하는 단어다.

그런데 이 말만은 제발 쓰지 말기 바란다. 땡깡(癲癇)이라는 일본

말로, 중년 남녀들이 TV에 나와 아무렇지도 않게 '떼를 쓰다'는 의미로 쓰는데, 땡깡은 떼가 아니다. 간질 환자가 간질을 일으킨다는 말이다.

"일본의 조선강점기 36년은 하느님의 축복이었다"라고 말해 오해를 산 장로님이 있었다. 그것은 아마 일본에 주권을 한때 빼앗겼으나 그것을 계기로 백성들이 눈을 떴다, 내 조국의 소중함을 알았고 불같은 독립 의지로 뭉쳐 싸울 수 있었다. 그런 내용을 전하려 하셨을 것이다.

그러나 전 재산을 털어 독립 자금을 보태고 목숨까지 잃은 이의 후손한테 '축복'까지는 저항이 따랐을 것이다. '광복돼서 나라 찾고 자존심은 찾았지만 당장 삶이 나아진 게 뭐냐'는 사람도 있었다. '삶이 아무렴 어때. 광복되니 그냥 마냥 즐겁다'는 이도 있었고, '그까짓 돈, 그까짓 집, 그까짓 회사, 다시 만들면 되지!' 하는 사람도 있었다. 한국인들은 실제로 그렇게 했다.

세계 최빈국 GNP 100달러도 안 되던 거지 나라로 분류되었던 대한민국이 GNP 3만 달러, 세계 10위권 경제 대국. 그야말로 꿈이 현실이 되었다.

시련이 먼저 있고 나중에 축복이 온 것일까. 갑자기 배가 부르고 마음이 풀어지니 거듭 대인의 풍모를 보이고 싶다.

"일제 삼십 몇 년, 그리 유쾌하지 않았지만 결과적으로 의미는 있었어. 일본 녀석들 욕심이 조금 과하고, 과격했지. 하지만 수뇌부 윗대가리들이 나빴지. 일본 국민이야 무슨 죄. 따지고 보면 슬픈 피해자들이지, 뭐."

그런데 참 알 수가 없다. 그렇게 통 크게 훌훌 털어버리면 간단할 것 같은데…. 사람 좋게 용서해버리면 될 것 같은데 그게 그렇지가 않다. 이상하게 어딘가 걸리고 뭐가 안 된다. 우리가 원래 그렇게 뒤끝 있는 민족일까.

그러나 민족성하고 결이 다른 무언가가 분명 있는 것이다. 나는 그것을 밝혀내기로 했다.

신이 보낸 바람

일본은 신의 나라다. 어디를 가도 '가미사마(神様), 가미사마.' 일본은 아무리 가난한 집에 가도 '가미다나(神棚)'라는 신령을 모시는 감실이 작게나마 꼭 있다.

돌아가신 조부모 혼령도 함께 모셔놓고 아침저녁 인사를 드린다. 차와 과일, 고인이 좋아했던 음식도 자주 올려놓는다. 평생 불효를 한 나는 그걸 볼 때마다 가책을 느낀다.

"신 같은 게 어딨어. 있으면 그렇게 빌었는데 전쟁에 져?" 하는 사람도 집에 가보면 가미다나를 모시고 산다. 아닌 것 같으면서 일본 국민 대다수가 신에 의지하는 것 같다. 그 옛날(13세기) 몽고가 강대한 중국을 굴복시키고 먼 유럽까지 휩쓸었다. 한반도 고려까지 수중에 넣은 질풍노도 몽고는 마침내 바다 건너 일본 정복에 나선다.

건국 이래 한 번도 외침(外侵)을 받아본 적이 없던 일본은 깜짝 놀란다. 사나운 몽고 전사들을 가득 실은 전함이 새카맣게 일본 앞바다를 메웠을 때였다. 이번에는 몽고군들이 깜짝 놀란다. 갑자기 지척을 분간할 수 없는 초대형 태풍이 불어닥친 것이다. 초원을 휘젓던 무적 불패의 몽고군도 성난 바람 앞에는 속수무책. 일본 땅을 미처 밟아보지도 못하고 처참하게 쓸려갔다.

일본인들은 그것을 조상신이 보낸 신풍(神風)이라 여겼다. 이른바 귀신 바람.

태평양전쟁
자살특공 비행단

태평양전쟁 막바지, 특공전투기도 신의 바람이라 불렀다. '가미카제(神風: 귀신 바람).'

그러나 특공비행단 발족 때, 가미카제는 가미카제가 아니었다. '심뿡'이었다. 그런데 누가 바꾸어 부르기 시작했는지 '가미카제'가 되었다. 뜻이야 그 말이 그 말이지만, 귀로 듣기에 신풍인지 심뿡인지 심풍인지 귀에 얼른 안 잡혀 가미(神)와 카제(風)로 풀어쓴 것일까. 발음이 성가셔 미군 측이 그랬다는 설도 있지만 정확하지 않다. 그러나 가미카제는 미 해군의 혼을 쏙 빼놓은 과연 신풍, 과연 귀신 바람이었다.

'가미카제 특공비행단'은 애초부터 교전이 목적이 아니었다. 폭탄을 가득 적재하고 조종사와 함께 적함에 격돌해 치명적 손상을 입히는 '자살 비행단'이었다.

과연 가미카제는 시작과 동시에 미 해군 중형항공모함 2척과 순양함 1척을 통타, 바다 밑으로 가라앉혔다. 불과 5대의 가미카제 자살기가 올린 믿어지지 않는 대전과였다. 태평양 미 해군 사령부는 물론 워싱턴이 발칵 뒤집혔다. 졸지에 참변을 당한 미 함장들이 훗날 이렇게 회고했다.

"호휘 항모 '선데이' 쪽으로 일본기 한 대가 접근하는 게 육안으로 보였다. 우리는 기수를 돌려 귀환하려는 것으로 봤고 기총도 쏘지 않았다. 그런데 일본기는 그대로 함 후부 엘리베이터로 돌진했다. 선체가 크게 요동치면서 불길에 휩싸였다."

가미카제의 '미친 공격'에 의해 불과 1개월 사이 미 해군 328명이 전사했다. 전투기도 50대나 박살이 나거나 고철 덩어리가 됐다고 〈워싱턴포스트〉 등이 대서특필했다. 일본도 '전세 완전 역전'이라고 신문, 라디오가 떠들어댔는데, 조선에까지 그 기사가 과대 포장됐다.

"가미카제가 미국을 다 때려 부수고 있다"는 도깨비방망이 같은 소문이 돌면서 경성(장안)이 술렁거렸다. 그러나 실제 전세는 그 반대로 일본의 패색이 완연했다. 1945년 여름에 천황이 항복하는데, 가미카제 창설은 1944년 10월이었다.

가미카제는 일본이 마지막 불꽃을 태운 '최후의 촛불'이었다. 처음 잠깐 기세를 올렸을 뿐. 가미카제 창설자 오오니시(大西) 중장조차도 "이 길은 정상이 아니다"라고 단언했었다. 해석에 따라 '마지막 미친

짓'의 의미로도 들렸다. 실제로 미친 짓이었다.

첫 출격에 놀라운 전과를 올렸지만 후속이 문제였다. 쟁쟁한 국가 대표급 파일럿들의 곡예하는 듯한 비행술(이들 몇몇 베테랑들이 전과를 올렸다). 그러나 후배 파일럿들은 그것을 흉내 내기조차 어려웠다. 참으로 아이러니하게도 아까운 인재 순으로 가미카제는 사라져갔다.

일본의 수뇌부는 대만의 대중(臺中), 대남(臺南) 기지에서 초짜 파일럿들을 불과 1주일—'발동, 이륙, 집합 1일' '편대비행 4일' '격돌 1~2일'—총 7일간 훈련을 시킨 다음 가미카제에 태워 출격시켰다. 적재 폭탄 250킬로. 이미 몸이 무거워져 공중전 기능은 상실 상태다.

거기다 자살 공격에 몇 차례 혼쭐이 난 미 해군은 일본기의 깨알 같은 형체만 식별돼도, 기관포를 비롯해 대소기총 수천 문이 불을 뿜었다. 날벌레, 모기조차도 그 집중 포화를 피할 수 없었다. 군함에 채 접근도 못하고 청대 같은 일본 파일럿들이 천황폐하를 외치며 산화했다.

인간의 무덤,
물고기의 무덤

가미카제는 총 2,482기가 출격, 약 10퍼센트인 244기가 적함에 격돌했다는 일본 측 집계가 있었다. 그러나 미군 측은 1퍼센트인 20대 정도가 자살 공격에 성공했을 뿐이라고 일축했다. 격돌에 성공한 가미카제 전몰 용사는 일본의 '전쟁신'으로 모셔진다. 국가에서 비석을 세워주고 유족에게 위로금이 주어진다.

우국충정의 영웅들을 위해 전 국민 1엔(지금의 1,500엔 가치) 모금운동을 벌였다. 신문이 매일 명단을 커다랗게 실었다. 태평양전쟁의 얼개는 쉽고 간단하다.

일본은 필리핀 등지로부터 각종 자원을 본토로 보내고, 일본 본토에서는 각종 보급품을 역수송한다. 그것을 미국이 도처에서 길목을 막고 저지했다. 미국은 중국 육군의 도움을 받아 대만과 필리핀 일대의 일본군을 샌드위치로 몰아 궤멸시키고, 하늘과 바닷길을 확보. 일본 본토에 해병대를 상륙시킬 계획이었다. 일본은 그것을 온몸을 던져 막아야 했다. 그래서 하늘과 바다에서 처절한 격전이 벌어졌다. 글자 그대로 태평양전쟁이다. 당시의 끔찍했던 싸움을 미 함대 기총수 출신 노병이 우스꽝스럽게 회고했다.

"그때는 바다 속 물고기들도 어디로 피해야 조용히 식사를 할 수 있을까. 어디로 가야 편히 알을 낳아 물고기 자손을 이어 나갈 수 있을까. 고기들도 무척 바빴을 것이다."

1944년 겨울을 넘기고 1945년, 매화가 막 꽃을 피우려 시동을 걸 때, 일본군은 서서히 시동이 꺼져가고 있었다. 가미카제의 아버지 격인 오오니시 중장(종전 후 자결)은 그래도 포기하지 않고 '1억 특공'을 꿈꾸었다고 한다. 1억 특공은 일본 국민 모두가 가미카제가 되어 옥쇄하겠다는 사무라이식 발상이다.

일본은 물량에서 도저히 이길 수 없는 전쟁이었다. 당시의 여러 기록들이 뼈아프게 증언해주고 있다.

"일본은 배 한 척, 전투기 한 대 만드는 데 물자와 인력이 부족해 잠조차 못 자는데, 미국은 우리가 군함 한 척을 천신만고 끝에 격침시키면 곧바로 두 척이 나타났다. 비행기 한 대를 격추시키면 석 대가 나타났다."

자살특공대 후폭풍

종전 후 논란이 된 것은 역시 가미카제 자살특공대였다. 조종사 본인이 "조국을 위해 죽겠다! 나를 보내 달라"한 것이 아니었다. 대장이 파일럿들을 쭉 둘러보다가 "너! 너!" 무작위로 지명했다.

당시 신문은 "천황을 위해 죽는 영광의 기쁜 얼굴"로 썼지만 아니었다. 출격 전날 당사자들은 잠을 못 이루고 생각에 잠겨 있었다고 생존한 동료들이 증언했다. 또 다른 수중특공대로 투입되었다가 살아돌아온 '요시다 미쓰루(吉田滿)'는 훗날 출판된 책에 이렇게 썼다.

"기계적으로 준비된 죽음은 육체의 파괴이기는 하지만 인간의 죽음이라 할 수 없다.…특공대에게 강요되는 획일적인 죽음에는 오히려 실험실 냄새가 나서 생명의 연소가 희박하다."

그러나 여론의 논점은 '그들의 숭고한 넋을 모독한다' '가미카제에 겁쟁이는 없었다'가 아니었다.

일본은 오랜 전란기를 겪었고, 오랜 기간 많은 곳에서 전쟁을 수행해왔다. 지휘관은 그때마다 '죽기를 각오하고 싸워서 이겨라' 독려했다. 그러나 단 한 번도 가서 죽어라 하지 않았다. 국가가 앞길 창창한 젊은이들을 "가서 죽고 혼백만 돌아오라"고 한 것이다. 젊은이들은 명령대로 가서 죽었다. 그러나 논란이 있다가 말았을 뿐, 국민들은 조용히 묵념해주고 입을 다물었다.

조국이 무엇이고 천황폐하가 어떤 존재였는지, 전쟁을 시작할 때와 끝났을 때가 같지 않았다.

전쟁 때마다 깨닫는 사실이지만, 전쟁이란 상상 이상으로 참혹했고 죽은 자는 말이 없다.

패전 후 일본 각지로 귀향군(제대 장병)이 돌아오면서 사회는 또 한 차례 술렁거렸다. 가족이 돌아온 가정, 돌아오지 못한 가정, 한 집은 부둥켜안고 울고, 한 집은 조용히 울었다.

아이를 업은 할머니가 관공서에 가 "뒷집은 살아 돌아왔는데 우리 자식은 왜 안 오느냐" 자꾸 물었다. 와이셔츠에 흥건하게 땀이 밴 관공서 직원이 말없이 일어나, 창밖의 먼 하늘을 보면서 안경을 닦고 있었다. 할머니는 더 이상 말이 없었다. 여러 신사에 모셔진 전쟁신들도 아무 말이 없었다.

하늘에서 불꽃처럼 산화한 꿈 많던 파일럿 청년들은 신의 바람을 타고 갔을까.

원폭의 버섯구름이 피어오를 때 왜 신의 바람은 불지 않았을까. 멈추라고. 양쪽 모두 멈추라고 소리쳤는데 들리지 않았던 것일까.

후손들은 많은 것을 묻지만 신들은 아무 대답이 없다. 신풍은 여전히 불고 있는데 후손들이 듣지 못하는 것일까.

연락두절
남자 동창들

도쿄 시민을 울린 것은 거지와 전쟁고아만이 아니었다. 폭격을 피해 시골로, 섬으로, 숲으로, 소개를 떠났던 아이들이 돌아오면서였다.

그 험한 날들을 견뎌내고 살아주어서 너무 고맙고 반가워 노인들은 '게다'도 신지 않고 맨발로 뛰어나왔다. 할아버지, 할머니 품에 안긴 손자들은 너무 못 먹어 바싹 말랐고 초췌했다. 속옷과 머리에 이가 바글댔다. 노인들은 눈을 의심했다. 시골구석까지 전쟁 물자로 쌀을 징발당해 피난 생활이 얼마나 힘들었는가를 머릿니가 보여주었다. 노인들은 기어 다니는 이를 잡아주며 한없이 울었다. 이런 것이 전쟁인가. 목 놓아 울었다.

천황폐하의 나라는 무너졌고 앞날이 캄캄했다. "일본은 교회도 별도 안 보이고 절에는 관광객만 드나들더라" 소리는 일본을 겉만 보고 하는 소리다.

일본은 그 어떤 민족보다 조상을 섬기고 '가미사마'에 의지한다. 한국인을 한의 민족이라고 하지만 사실은 한(恨)으로 말한다면 일본이다.

그 긴 세월, 전란기에 살아남고 참으로 악몽 같은 지진과 쓰나미를 견뎌냈는데, 다시 또 누구를 위해 왜 낯선 땅에 가서 죽고 또 죽고, 죽이고 왜 죽여야 하는지…. 일본인들은 눈물로 소리치지 않고 그저 하늘을 본다. 아파도 억울해도 그저 물끄러미 하늘을 본다.

수필가 '다카다 토시코(高田敏子)'의 글에는 총소리도 탱크 소리도 없지만 전쟁의 아픔이 절절하다.

"소학교 때 내 성적은 중간…우리 선생님 이름은 '고스케 신사쿠' 25세 남자랍니다. 우리 모두 존경했지요…선생님은 애들을 부를 때 이름보다 '이봐 배추가게!' '이봐 쌀집!' '유리가게' '콩집'…그 애들 집 가게 간판으로 불렀어요. 지금이라면 비난받을지 몰라도 그 당시 소도시 서민층 애들한테는 아주 친근하고 정겨운 호칭이었어요.

'이봐, 배추 너 그래가지고 장사 못한다!' 산수에 약한 애를 지적하면 모두가 웃었어요.…수업 중에 장난치다가 복도로 쫓겨나가 벌을 설 때도 모두 웃었지만, 그 애는 인기 만점이기도 했어요.…여자애들은 비슷비슷한데 남자들은 모두 개성이 강했어요. 붓글씨를 잘 쓰는 아이, 달리기선수, 그림을 무척 잘 그리는 아이…어떤 애는 연필을 너무 잘 깎아 내 필통 속의 연필도 몰래 깎아 놓아서 감동했지요.…성적이 제일 나쁜 애견센터 남자애는 늘 기가 죽어 있었는데, 학교 밖에서 엄청 큰 개를 끌고 다녔어요. 너무 멋졌어요. 늠름하고….

…졸업식을 하고 정든 모교를 떠나던 날…선생님은 제자들 한 명 한 명 일일이 눈을 맞추시고, 반드시 훌륭한 사람이 되라 하셨지요.…세월이 흘러 우리는 성인이 되었어요. 전쟁이 끝나고 어느 날…우리는 다섯 명 정도 여자들끼리 학교를 찾아갔어요. '고스케' 선생님을 모시고 조촐한 동창회를 연 것이지요. 남자들은 도대체 연락이 안 된다고 하니까 말없이 고개를 끄덕이셨어요. 소집영장을 받고 전쟁에 나가 전사했기 때문이라면서….

잠시 말을 끊었다가 선생님은 띄엄띄엄…다 말해주었어요. '배춧집 애도…쌀집 애도…유리집 애도…콩집 애도…애견센터 애도…그때 너희 반 남자는 거의 전멸했다.'"

그것이 패전 일본의 흔적이자 슬픈 역사였다.

마음이 짠하고 아프기보다 왜 화가 날까. 그런 일만은 우리보다 앞서 가지 않아도 되는데.

그쪽 전쟁이 끝나고 5년 후 한국전쟁 6·25가 터졌다. 금순이 아빠도, 갑석이 아빠도 죽고, 자야 삼촌도 만돌이 큰형도 옥분이 외삼촌도 전사했다.

군사우편 왔다고 버선발로 뛰어나온 새댁이 싸리문 앞에 쓰러져 하늘이 꺼진 듯 울어댄다.

앉으나 서나 눈 빠지게 기다리던 할머니가 외손자 유골을 끌어안고 혼절했다.

아무리 일본에 배울 게 많다 해도, 이런 것까지 일본을 따라 갈 필요는 없었는데….

누명 쓴 일본 신문들

도대체 그 참혹한 전쟁의 비극을 누가 만들까. 그리스, 로마신화에 나오는 전쟁신이? 남의 나라 신한테 미안하지만, 제발 거지 같은 신들, 거기도 세대교체 좀 했으면 소원이 없겠다.

전쟁이란 병사가 총을 들었다고 무조건 쏘는 행위가 아니다. 쏘라고 명령을 해야 교전이 벌어진다. 누가 쏘라고 했을까. 결국 몇몇 결정권자였을 것이다.

전후 일본의 여러 미디어가 "왜 일본은 패전국이 될 수밖에 없었나" 등등 수많은 왜 자(字) 붙은 특집을 다뤘다. 많은 지식인들이 돌아가면서 한마디씩 했다. 그러나 '소금은 짜고 설탕은 달다' 같은 명확한 결론은 누구 하나 내지 못했다.

내가 본 가장 최근의 NHK '일요스페셜'은 '전쟁의 광기 어디서 왔는가'였다. 그런데 전혀 뜻밖의 결론을 내놓고 있었다.

엉뚱하게도 전쟁을 직간접적으로 부추긴 장본인이 신문이라는 것이다. 신문이? 신문이 조선을 강점하고, 만주를 점령해 침략군 베이스캠프를 치게 하고, 진주만을 공격케 했다고? 나이 드신 신문쟁이들이 펄쩍 뛰지 않았을까.

물론 아주 일리가 없지는 않다. 없지는 않으나…신문이 무엇인가. 싫든 좋든, 재미가 있든 없든 사회 실상을 가감 없이 전하는 공익보도물 아닌가. 그때 신문들은 그렇게 했다. 당시 세상을 보자. 당시 일본은 나라 안팎이 온통 전쟁 무드, 전쟁 일색이었다. 군인도 아닌 일반인까지 일상의 대화라는 게 "상해는요?" "난징은?" "필리핀은요?"였다.

자고 깨면 '우국충정, 천황폐하께 영광을' 군가가 신문사 편집실까지 들려왔다. 그대로 보도하지 않을 수 없었다. 안 하면 폐간까지 각오해야 한다. 당시 '난센스 문학'이라고 하여 기발하고 유머 풍부한 새 장르가 꽃을 피웠고, 편집국장이 폭소를 터뜨리며 박수를 쳤었다. 그러나 일본 군부는 이 엄중한 시기에 무슨 수작들이냐며 군홧발로 걷어찼다(우리나라 군사 독재 시절, 계엄군이 툭하면 신문에 빨간 줄을 긋던데 그 영향을 받은 게 아닌가, 지금도 나는 의심한다).

연재소설도, 칼럼도 시대에 반하는 글은 천황을 모독하는 행위로 간주했다. 어느새 독자들도 거기에 길들어져 있었다.

전쟁 막바지는 종이 부족으로 조석간 달랑 한 장을 발행했는데 그

손바닥 지면조차 전쟁 뉴스로 꽉 채웠다.

전쟁 피로감이 왜 없었겠는가. "폭주기관차는 안 된다!" "평화적 출구도 생각해야 한다"는 다른 우국도 분명히 있었다. 그러나 먹히지 않았다. 전쟁의 광기가 모든 심약하고 하찮은 소리를 삼켜버려서 들리지도 않았다.

그러나 폭주기관차도 발차 신호가 있었기에 기관사에 숙지, 실행했다. 결국 '전쟁의 광기'는 밀실의 몇몇 소수의 결정이자 발원지였다. 천황을 에워싼 우국충정의 몇몇이 천황의 이름으로 1억 국민을 화염 속으로 인도한 것이다.

태평양전쟁의 천문학적 소모전을 끝내려고 히로시마에 투하한 원폭도 전쟁 특성상 미 상하원이 투표나 거수로 정한 게 아니다. 국민다수 의견을 긴급 도출한 것도 물론 아니고, 폭탄 스위치를 누른 이는 한 사람이지만, 그 결정 역시 밀실 속의 몇몇이었다. 누가 옳고 누구의 잘잘못을 따지기에 앞서 원폭을 터뜨린 사실 자체는 그렇다.

이미 다 지나간 오래전 일인데 왜 갑자기 무섭고 쓸쓸한 기분이 들까.

한니발이나 알렉산더 시대도 아닌데 수십, 수백만 생명을 좌지우지하는 신의 대리인은 1인 혹은 1인 주변의 몇몇 사람이라는 사실이 새삼 놀랍다.

절대다수 국민이 뽑아준 몇몇 사람이 절대다수가 알지 못하게 절대다수의 목줄을 쥐고 있는 것이다.

대한민국 광명의 암흑시대

초대 대통령 이승만은 일본을 극도로 싫어했다. 대통령 가까이서 모셨던 이들 말에 따르면, 일장기만 봐도 경련을 일으킬 정도였다.

한때 거리의 당구장 아크릴을 단속하던 시절이 있었다. 빨간 당구공 표시가 '일장기'를 연상시킨다는 이유에서였다. 그러나 많은 이들이 어이없어 했다. 아마도 측근 누군가가 대통령 마음을 지나치게 헤아린 것이 아닌가 싶지만, 증거는 없다. 그렇게 따진다면 빨간 앵두나 사과, 잘 익은 토마토도 숨겨놓고 팔아야 하는 것 아닌가.

이승만 시절, 학교마다 '방공 반일' 구호가 나붙었다. 아이들은 뜻도 정확히 모르면서 구구단 외우듯 복창했다. 공산당 다음으로 나쁜 나라가 일본이라고 배웠다.

일본을 하도 미워해 축구를 하러 온 일본 국가대표팀 입국도 막던 쓴웃음 그 시절.

어째 좀 수상쩍다. 세상이 이상하게 돌아간다 했더니 마침내 정국 혼미, 나라가 다시 흔들려 요동치고 있었다. 여야 정쟁보다 대통령을 에워싼 고관대작들이 문제였다. 1950년대 후반기 역사는 그때를 이렇게 적고 있다.

"진정한 애국 일꾼보다, 그저 한자리 해먹겠다는 소인배들이 경무대• 주변에 파리 떼처럼 들끓었다."

무능한 간신들에 둘러싸인 노쇠한 대통령의 비운일까. 사람들이 다 자기 같은 줄 알고 아무나 등용한 인선의 실패였을까. 아무리 그렇더라도 그는 참으로 인복이 없었다. 그가 불러서 쓴 인물들은 대한제국 말엽 고종의 주변 인물과 별 차이가 없었다. 백성들은 끊임없이 개혁과 쇄신을 주문했지만 "소귀에 경 읽기". 이승만도 그의 측근들도 귀담아듣지 않았다. 백성들의 원성이 대통령한테 전혀 전달되지 않는다는 소문도 자자했다.

1960년, 부정선거를 발화점으로 마침내 국민봉기(4 · 19). 대통령의 눈과 귀를 가린 몇몇이, 몇백만 시민을 거리로 불러냈다. 결국 그 몇몇들이 나라를 망가뜨리고 자기들 명줄도 재촉했다.

당시 시위 군중을 향해 총을 겨누게 한 장관이라는 사람이 이렇게 말해 많은 기자들을 놀래 자빠지게 했다.

• 청와대 옛 이름.

"총은 쏘라고 준 것이다!"

일본 국민들이 늘 전쟁을 끌어안고 살았다고 한다면, 한국 국민 역시 참으로 등골 으스스한 시대를 살았다. 그러나 이승만의 영결식 때, 다시 시위 군중만큼 인파가 몰려나와 눈물을 흘렸다.

보릿고개를 아시나요

백성들은 최루탄에 울고, 떠나는 대통령에 울고, 보릿고개가 힘겨워 울었다. 보릿고개는 농촌의 묵은 곡식이 바닥이 나고 햇보리는 아직 여물지 않아 가장 살기 힘든 4, 5월을 말한다. '살아 넘어가기 힘든 고개.' 농민이 곤궁하니 도시 서민도 연쇄적으로 곤궁, 하늘만 바라보던 시절이었다. 8 · 15광복에 환호했던 대다수 국민이 한숨과 탄식이 없는 날이 별로 없었다.

그 혹독한 6 · 25전쟁까지 견디고 살아남았는데, 미래가 안 보이는 혼돈의 한국 정치는 조선시대 파벌 싸움의 연장선에 있는 것만 같았다. 백가쟁명(百家爭鳴). 도대체 누가 충신이고 누가 애국자인지 알 수도 종잡을 수도 없었다. 그렇다고 전체 국민들 살림살이가 풍족했느냐. '풍족'은 국어사전 속에나 있는 말이었다. 여러 기록을 보면 당시 남한의 경제 사정은 지하철을 우리보다 먼저 도입한 북한 쪽이 더 나왔다고 한다. 그러나 솔직히 "도토리 키재기". 남과 북 모든 국민이 염원하는 '이 밥에 고깃국'은 아직 너무 먼 밥상이었다.

북한은 어떻게 살았는지 알 수 없지만, 남녘은 봄만 되면 "서울 가자" "돈 벌러 부자 많은 서울로 가자" 무작정 상경하는 농촌발 남녀들로 서울역은 북새통이었다. 많은 시골 처녀들이 꾐에 빠져 윤락녀가 되었다.

당시 엄청 유행했던 노래 '앵두나무 처녀'의 가사 일부만 보아도 절절했던 시대상을 읽을 수 있다.

"물동이 호밋자루 나도 몰래 내던지고 말만 듣던 서울로…복돌이도 금순이도 단봇짐을 쌌다네."

그때는 실업자 통계를 굳이 낼 필요도 없었다. 국민 대부분이 하루는 놀고 하루는 쉬었으니까. 고등학교를 졸업하고(당시 고등학교는 고학력이었다. 중학교도 못 가는 아이들이 많았다) 대학에 진학하는 비율이 약 10퍼센트. 청년 열 명 가운데 한 명 정도가 대학생이었다. 대학 갈 성적이 안 된 것이 아니고 등록금이 없어 못 갔다.

정말 머리 좋은 수재들이 집이 가난해 눈물을 흘렸다. 알바라도 하지 싶지만, 요즘 생각이고, 알바 할 자리가 있었으면 아버지가 벌써 했다.

허울 좋은 대학 졸업장이 이때부터 값이 뛰고 거품이 끼어갔다. 이때부터 입시 장사꾼들이 고수익 '황금어장'에 눈을 떴다. 이 나라 교육은 이때 단춧구멍을 잘 끼웠어야 했다.

"내가 배우지 못했으니 내 자식들만은 가르쳐야 해! 대학을 보내야 해!"

세계 일등 교육열을 나쁘다고 할 수 없다. 그러나 선진국으로 가는 교육 백년대계는 신중하고 또 신중해야 했다. 결국 출발에서부터 각종 입시 장사꾼들의 아수라장이 되고 말았다. 양식 있고, 양심 있는 교육자가 있다면, 이 시절 이후 반세기를 한국 교육의 흑역사로 기록할 것이다. 경제적 보릿고개를 넘었을지 몰라도 교육의 보릿고개는 끝내 넘지 못했다.

군인들의 시대

나는 중학교를 다닐 때까지 여성들 직업은 학교 선생님과 간호사, 버스 차장과 공장 여공 말고 본 적이 없다. 영화를 보다가 '사장 비서'라는 직업도 있구나! 처음 알았다. 스무 살이 넘어 처음으로 은행이라는 데를 갔더니 '어! 술집도 아닌데 여자들이 있네!' 하고 깜짝 놀랐다.

동네마다 불량 청소년들이 우글우글해 여학생들이 몸을 사렸지만 그들은 불량 청소년이 아니었다. 그냥 돈 없어 학교 못 가고, 일 시켜 주는 회사 없고, 놀러 가자니 차비도 없어 그냥 공터나 숲에 멀뚱히 앉아 있는 것뿐이었다. 절대로 깡패가 아니었다. 그러나 그들 중에서 소년원에 가는 애가 나왔고 진짜 깡패가 된 아이들이 적지 않았다.

요즘 들어 동남아 빈국이 어떻고 아프리카 청년 실업률이 어쩌고 하는데, 우리 올챙이 때가 훨씬 더 비참했다. 5·16으로 군사정권이

들어서면서 사회악을 일소하고 부강한 나라를 만든다고 백성들이 환호했다. 쿠데타냐, 혁명이냐, 하극상이냐 두고두고 논란을 일으켰지만 저만치 물러나 냉정한 시각으로 보자면, 정정이 불안한 후진 빈국에 흔히 있는 국가 현상의 하나였다.

"아무리 그렇더라도 군 병력이 군부대를 벗어나 자국의 수도로 진격할 수 있느냐"고 호된 지적을 한 지식인도 많았다(그들은 한동안 쫓겨 다니고 숨어 지냈다고 한다).

돌연 새 시대 희망으로 부상한 박정희는 홀로 동분서주, '산업화'에 한 획을 그었고 상당한 결실을 얻었다고 국내외의 평가가 있었다. 그러나 세상은 쉽게 송두리째 바뀔 수 있는 공간이 아니었다.

조선 말엽 정약용이 진단했었다. "조선은 썩을 대로 썩었다." 그것이 박정희 혁명에 동기를 부여했는지도 몰랐다. 다 썩은 조선은 열강들의 각축장, 일본마저 야금야금 숟가락을 얹었었다. 어느 날 주인이 바뀐 조선 그리고 혹독한 '일제 36년'을 벗어나기 바쁘게 6·25전쟁이 터졌다. 겨우 잿더미를 걷어내고 보니 다시 4·19, 거기다 그 정신없는 격변기 속에서도 강고한 각계각층 부패 사슬들….

박정희는 그 척박한 조국을 설명하며 국민들로부터 믿음을 얻어야 했다. 그러나 잡아 넣고 잡아 족치고 소탕을 해도 끝이 없었다. 국민들 역시 숨이 가빴다. 잘 살아보자는 의욕이 넘쳐 '빨리빨리병'이 생겼다. 그러나 무질서성 과속을 콘트롤 할 수 있는 개념조차 정리되지 않았던 시절, 군사정권에는 더 다급한 숙제가 늘 밀려 있었다.

국가가 발전했다고 해서 혁명 과정에 발생하는 여러 개인에게 끼친 허물들이 정당화될 수 없었다. 박정희는 너그럽고 과감한 배려를 하지 않았다. 그가 만든 적들은 더 많은 숫자로 세포분열해 갔고 끝내 독이 되었다.

모두가 한번쯤 심호흡하고 숨 고르기를 해야 할 중대한 시기였다. 그러나 불쑥불쑥 등장하는 강렬한 복병들. 그것은 살기 바쁜 서민들의 혼을 쏙 뺐다. 전 국민을 열광시킨 프로레슬링, 김일의 박치기, TV 세계타이틀 권투. 어디 스포츠뿐이랴. 이미자 '동백아가씨' '맨발의 청춘'과 신성일, 김지미…. 연이어 TV 일일 연속극이라는 괴물까지 출현, 국민들은 자식들에게 예의범절이라는 것을 가르칠 시간도 여유도 없었다.

권력자들 자제까지 어른의 잔소리를 따분한 촌티로 받아들였다. 그때까지만 해도 일본 문화가 발도 못 붙일 때였는데 못된 것만 일본을 그대로 따라가고 있었다. 그 무렵 '사회지도자'급 인사들이 조금만 힘을 썼으면 '무질서하고 남을 배려할 줄 모르는 매너 없는 한국인'이라는 뼈아픈 지적을 받지 않았을 텐데…. 권력자는 권력에 취하고 국민들은 국민들대로 무엇인가에 단단히 취해 있었다.

그래도 여전히 가난했던 나라

'군인들 세상'이 되니 많은 군 출신 정치인들이 등단했다. 전방에서 고생만 한 군인들을 잘 대우하자는 데 반대하는 국민은 없었다. 그러나 슬금슬금 볼멘소리가 터져 나왔다.

"군바리만 사람인가?"

공장에서 일하는 사람, 장사하는 사람은? 일반 월급쟁이는? 인기배우, 인기가수만 잘 살고 무명은 밥을 굶는 게 조국 근대화냐. 실제로 공무원 처우, 특히 경찰관, 소방관 실수령액보다 연탄공장 찍돌이 수입이 훨씬 많다는 불편한 진실이 쫙 퍼졌다. 야당 국회의원이 "그게 다 알아서 해먹어라 소리"라고 독설을 퍼부었다.

그러나 나라 재정이 어려운 시절인 것은 사실이었다. 궁여지책으로 화폐개혁을 단행했지만 결과적으로 별무신통(別無神通) 안 하는 게 나았다. 박정희는 내심 '졸부들의 비자금'이 쏟아져 나올 것을 기대했지만 환전 과정에서 뭉칫돈은 확인되지 않았다.

각 가정의 장롱 속 숨은 돈도 실망스러운 액수였다. 당시 한국이 얼마나 가난한 국가였는가를 공연히 들통낸 화폐개혁이었다. 박정희가 밤잠을 설치며 고뇌한 것도 사실일 것이다. '자원 없는 나라 수출만이 살길. 오직 수출' 그 결심은 올바른 방향이었다.

길을 가는 처녀에게 불쑥 다가가 "아가씨 웬만하면 머리카락 팔아요. 잘 쳐드릴게요"로 시작된 가발 수출은 궁핍했던 시대의 눈물겨운 전설로 남아 있다. 가발뿐이랴. 솔직히 가발 정도는 새 발의 피에 속한다. 이 나라 경제의 초석은 공돌이, 공순이(남녀 공원들의 비하 섞인 애칭)들의 피와 눈물이었다. 그런 것을 전혀 모르는 사람이 뜻밖으로 많다.

돈과 '빽'이 춤추던 시절

그러나 이 나라는 왜 늘 그럴까. 그렇게 강인 무쌍, 청렴결백의 새 정부가 주야장천 칼을 휘두르는데도, 여전히 힘 있고 빽 있는 사람들 세상이었다. 가난한 시인은 세끼 밥도 못 먹었다. 이름 없는 문화 예술인은 쌀을 꾸러 가기 창피해서 그냥 집에서 굶었다. 국가는 선진국을 꿈꾸고 있었지만 문화 예술가들 사회적 대접은 후진국 밑바닥을 벗어나지 못했다.

취직하기 어려워 좋아하는 음악이라도 하려 하면 '딴따라 말년이 얼마나 비참한지 아느냐?' 기를 죽였다. 그림이나 글을 쓰겠다고 하면 '굶어 죽고 싶어 기 쓰냐'며 가족들이 펄쩍 말렸다. 타고난 재능으로 성공하는 사람은 '백만 명에 한 명이 될까 말까' 하늘이 노래지는 불문율이 떠돌며 사람들을 절망시켰다. 특히 연예계는 바늘구멍이었다. 그저 제일은 금수저. 누가 뭐라고 우겨도 '빽'이 최고. 연줄이 있어야 무엇을 할 수 있었다. '빽' 중에서도 군 장성 '빽'이 약발이 제일 잘 먹혔다는데, 내가 아는 군 출신은 모두 병장이나 상병 제대였다. 돈이 돈을 버는 세상인데, 그 돈도 연줄이 있어야 꾸어주었고, 은행은 특히 심했다. 은행이 그렇게 사람을 봐가며 차별을 하는 곳인지 보통 서민들은 아무도 몰랐다.

군사정권이 정치를 잘해서인지, 기업이 수출을 잘해서인지 국민소득이 늘었다. 깡패가 많이 잡혀가고 '조국 찬가'가 여기저기서 울려 퍼졌다. 그럴수록 정직하고 투명한 사회가 돼야 하는데 수면 밑으로 더 많은 부조리가 용암처럼 흘렀다. 보통 사람 눈으로도 그것이 훤히 보일 때가 많았다. 어찌 보면 당연한데 참 신기했다. 힘 있는 사람 힘은 더 세지고, 국민소득에 맞춰 뇌물액수도 점점 올라갔다. 가끔 신문에 안 났으면 일반 서민들은 그런 큰돈이 세상에 굴러다니는 것도 몰랐다. 종종 배달 사고라는 것이 있었지만 곧 위험수당이라는 파생상품이 생겼다. 이래저래 돈 가진 사람들의 세상. 그들만의 리그였다.

바보라는 별명을 가졌던 전전 대통령 노무현은 "정의가 실종되고 부패 비리가 득세한 세상"이라고 했다. 당장 여기저기서 "자유민주주의 국가 부정이냐" 맞받아쳤지만, 딴 건 몰라도, "정의가 실종된 사회"는 분명 맞다. 무서운 것은 정의가 실종된 사회라고 함부로 떠들다가는 쥐도 새도 모르게 '골로 가는' 세상이었다.

실제로 어떤 기원에서 큰 소리로 "당하는 놈만 억울한 세상"이라고 했다가 붙들려 간 남자도 있었다. 알고 보니 상수(上手)의 꿈수에 자꾸 대마(大馬)가 죽어 짜증이 나서 한 소리였다. 6급 실력의 그는 매는 맞지 않고 금방 풀려났다. 그러나 그 웃기는 일 하나만 보더라도 당시 사회 감시망이 어느 정도였는지 알 것 같지 않은가.

앉아! 일어서! 빵!

그런데 진짜 무서운 세상은 또 다른 곳에도 있었다. 당시 여기저기 순댓국, 감자탕집에 중장년 혹은 노인들이 둘러 앉아 이렇게 탄식하는 이들이 있었다.

"아! 그래도 그때가 좋았어."

한 사람이 운을 떼면 여럿이 동조했다. "그때가 좋았지"의 그때는 일제강점기였다. 그들은 놀랍게도 그때를 그리워하고 있었던 것이다. 일본인들이 들었으면 얼마나 좋아했을까.

사실은 어느 시대든 불평불만 향수파들이 꼭 있다. 이 사람들은 좋은 세상이 와도 또 곧 "그때가 좋았어" 할 게 뻔하다.

그 시절, 솔직히 나도 여러 번 불려 다니고 온갖 공갈 협박 다 받았지만, 용케도 감옥에 가거나 매를 맞지는 않았다. 그렇다고 커피 한 잔, 김밥 한 줄 얻어먹은 적도 없다. 내가 그만큼 미미한 존재였기 때문이다. 그럼 그냥 벌어먹고 살게 내버려 두지, 마치 심심하면 강아지 부르듯 불러놓고 "손! 이쪽 손! 요쪽 손! 앉아, 일어서! 빵!" 할 필요가 있었을까. 어떤 이는 군부 소리만 나오면 치를 떨던데 나는 '참 싱거운 인간들'라는 기억밖에 없다.

세상이 이 지경이면 매스컴이 힘을 좀 써야 하는데, 말만 언론이지 당시 신문 방송은 권력이 군홧발로 꽉 밟고 막아 '우리가 허락한 기사는 쓰고 요것 요것은 쓰지 말라' 하며 회유 겁박했다. 내로라하는 신문사가 거기 맞섰다가 골병이 들었다. 정말 훌륭한 기자들이 많았는데 피눈물을 흘리며 사라져갔다.

어느 국가든 언론을 쥐어짜면 반드시 민중이 거리로 쏟아져 나온다. 그런 권력은 대개 끝이 좋지 않다. 이것은 만국 공용 불문율이다.

정권 실세들은 그것을 몰랐는지 알고도 눈을 감고 싶었는지 '타격자세'를 바꾸지 않다가 끝내 보기 흉한 피날레를 장식했다.

군을 평정한 군(軍)

지긋지긋한 군사독재(18년) 할 만큼 했으니 이제 곧 민간에 이양하겠지 했는데 아니었다.

새 정부가 들어서고, 군인들이 군복 대신 넥타이를 매고 TV 뉴스에 나왔다. 그 무렵 나는 출판사에서 가불한 돈을 보태 전셋방을 알아보고 있었다. 계약서에 맞춤법도 틀리게 쓰는 부동산 중개사 할아버지가 불쑥 한마디 던졌다.

“당연히 군인들 시상이 다시 왔지라. 권력의 맛을 본 사람들이 움켜잡은 걸 놓으려 하겄소?”

중개 복덕방 접고 돗자리 깔아도 될 만한 노인이었다. 대한민국 정국은 신기하게도 그 할아버지 예언대로 돼갔다.

많은 기자들이 그래도 새 시대니까, 모양을 갖추기 위해서라도 숨통을 틔어주겠지 기대했다가 얼굴이 흙빛이 되어갔다. ‘언론 대학살’이라는 토네이도급 태풍이 온 나라를 휩쓸고 세계를 놀라게 했다.

국민들은 그래도 "처음에 군기 잡느라 조금 거칠게 보여도 진짜 부정부패 없는 좋은 세상이 올지 누가 알아" 했다.

그러나 아니었다. 소나기 피하니 우박이었다. 세상이 뒤집어지니 어떤 군인은 옷 벗고 집에 가고, 어떤 군인은 청와대로 갔다.

'군인 시대'에서 '더 무서운 군인 시대'가 시작되었다. 전에는 언론에 자갈을 물렸었는데, 이제는 아예 방송국 스튜디오가 군부대 파견소가 되었다. 그 시절 ○○방송국 H대령 참 무서웠다.

나는 그때 1년간 360일 술을 마셨다. 1년 365일 중에 5일은 과음이나 숙취로 집에 드러누워 있어서 마실 수가 없어 365일에서 5일이 빠졌다. 나는 어떡하든 그 몇 해 동안 있었던 일은 기억하지 않기로 했다. 한 가지 정말로 궁금한 것이 있다.

군인은 전쟁에서는 프로지만 정치는 아마추어다. 국회의원은 논리에 강한 말쟁이요, 강한 이빨이요, 정치 프로다. 그런 국회의원 프로가 왜 군인 프로한테 쪽을 못 쓸까. 알고 보니 총만 잘 쏘는 군인인 줄 알았더니 이론이나 정치 논리에 너무 빠삭해 막상 말로 붙어보니 손톱이 안 들어갔을까. 여러 정황으로 보아 그건 아닌 것 같고, 그냥 단순히 군인들 허리에 찬 권총이 무서웠을까? 총 있다고 군인이 국회의원을 함부로 쏠 수가 있나? 나는 지금까지도 그것이 알고 싶다. 대체 무슨 말 못할 비밀이 있을까.

투기꾼의
최고 전성시대

새 군인들의 새 세상도, 헌 군인들의 헌 세상과 별로 다르지가 않았다. 서민들은 열심히 일하고 말조심만 하면 군사독재라고 아무나 잡아가지 않았다. 조금 벌벌 떨면서 비굴하게 살면 됐다. 다들 그렇게 사는 눈치였다.

그러나 성묘하러 가서 조상을 대하기가 부끄러웠다. 비굴하게 양심을 팔아 출세하는 이도 있었지만, 많은 이들이 비굴하게 살면서 가난했다. 당연했다. 돈 없이 줄 없이 어떻게 돈을 버나. 사실은 군(軍)보다 군을 등에 업은 민간인 위세가 더 무섭고 싫었다. 그들은 마치 일제강점기 고등계 조선인 형사같이 굴었다.

일부 신문들이 연일 '맑고 투명한 사회가 됐다'고 썼지만 문맥을 잘 보면 왠지 기백이 빠져, 하는 수 없이 쓴 기사 같았다. 언로(言路)는 복개 전 청계천 생활하수처럼 힘겹게 흘렀지만 콸콸 뚫려 아주 원활하게 흐르는 곳이 있었다.

빽 있고 힘 있는 자들의 땅 잔치, 돈 잔치, 그들만의 리그였다. 그 시대 졸부들 대부분이 땅값이 올라 부자가 되었다. 이것만은 조선왕조 500년 사초보다 더 명백한 사실이다.

제 돈 가지고 땅을 사든 집을 사든 그 사람 자유다. 당시 투기 광풍에 약삭빠르게 뛰어든다고 해서 대단한 범죄도 아니었다. 그러나 잘 보면 그 시절 투기꾼은, 진짜 투기꾼을 더 뚱뚱하게 살찌우는 조연들이었다. 물론 조연들 수익도 어마어마했지만 주연급에 비할 바가 못 됐다.

서민들에게는 평생 그림의 떡인, 투자가치 있는 땅과 정보는 돈과 빽 없이 어려웠다. 어림도 없었다. 힘 있는 자만이 정보를 알 수 있고 '노다지 금궤' 서류를 볼 수 있고 빼낼 수 있었다. 엄격히 따지면 돈이 돈을 버는 것이 아니고, 감옥에 갈 사람들이 떼돈을 벌었다.

서슬 퍼런 정부였고 무서운 군 출신 실세들이 두 눈을 부라리고 있으면서, 왜 단속을 않고 그런 자를 잡아들이지 않았을까. 자고 깨면 투기 근절, 투기 발본색원 하면서도 나중에 보니 군 출신 실세 중에 땅 부자가 너무 많았다.

빈부 갈등은 그때 벌써 시작되었고 부의 양극화는 이미 진행 완료 단계였다.

똑같은 국민을 부자와 서민, 쥔 자와 빈털터리로 양분시킨 장본인은 국가권력이었다. 적어도 수수방관의 책임을 져야 한다. 서민들의 신분상승 사다리는 그때 이미 없어졌다.

누가 개천에서
용이 난다고 했나

나는 가난한 사람을 참 많이 보면서 자랐다.

공장에 다니는 사람들은 주야간 조로 죽어라 일을 하는데도 늘 살기 힘들어했다. 우리 엄마에게 소금이나 간장을 꾸어 달라고 오는 이도 있었다. 입고 다니는 옷도 완전 싸구려였다. 그러나 그보다 훨씬 못사는 예술가, 문인들을 더 많이 봤다. 반면에 권력과 친한 문화재벌도 물론 많이 봤다. 학부모들 '봉투'로 쏠쏠한 부를 쌓은 선생님도 적지 않았지만 청렴결백, 봉사상을 받은 가난한 선생님도 많이 봤다. 집을 삼십 채나 가진 이가 있는가 하면, 늘 연탄가스 냄새로 머리가 띵한 집도 아닌 집에 살던, 그래도 구김살 없이 웃던 맑은 영혼들…. 실제로 그 시절 얼마나 많은 가난뱅이들이 연탄가스를 마시고 저세상을 갔던가.

"연탄재를 발로 차지 마라, 너는 누구에게 한 번이라도 뜨거운 사람이었느냐"는 시가 많은 이들의 가슴을 울리고 후벼 팠다.

만약 그 시인이 내게 속편을 허락한다면 이렇게 쓰겠다.

"연탄재를 차지 마시오. 단칸방 원혼들이 그 속에 가득 있다오."

일본 북동쪽 '마쓰시마'(松島)에 가면 바닷가에 집채만 한 바위가 하나 서 있다. 일본인이 너무 좋아하는 장어 덮밥의 그 장어. '장어 위령비'다. 하도 국민들이 장어를 많이 잡아먹어 건강에 보탬을 주어 고맙지만, 너무 많이 먹어(너무 많이 죽여) 살생에 대한 속죄의 뜻으로 세운 위령비다. 그걸 흉내 내라는 것은 아니지만, 연탄 공장 사장님들도 여유가 있다면 '위령비' 한 번 생각해보면 어떨지….

시를 쓰는 후배 하나가 막 노동판에 일당을 벌러 나갔다. 그런데 이런 약골! 모래를 져 나르다가 다리에 힘이 없어 일어나지를 못했다. 두 시간이나 잔일을 해주고도 일당을 못 받고 돌아왔단다.

그 얘기를 듣고 마음이 아파 소주를 나눠 마시며 함께 운 적이 있다. 그는 그날 소주 석 잔에 만취해 테이블에 엎어져 잠이 들었다. 혹시 죽었나 겁이 더럭 났는데 숨을 쉬었다.

알고 보니 두 끼를 굶었다가 빈속에 소주가 들어가 금방 취한 것이었다. 간신히 깨워 돼지국밥을 먹이고 이렇게 야단을 쳐주었다.

"글 몇 줄 쓴다고 밤을 꼴딱꼴딱 새우는 그 열정으로 군대 가서 별을 땄으면 요즘 세상 떵떵거리고 살 텐데. 무슨 거지 같은 문학을 한다고 난리냐."

그는 언제 일본 한번 같이 가자고 하더니 50 중반에 저세상으로 가버렸다. 그가 내게 준 미발표 시 한 편을 그대로 옮긴다.

누가 개천에서 용이 난다고 했어.

이제 개천에 모기도 안 나.

개천은 죽었어.

땅주인 놈이 원룸 지으러 개천을 메웠어.

히로뽕을 제대로 아는가

우리가 6·25 직후 죽으나 사나 앉으나 서나 '재건'을 외쳤던 것처럼 패전 일본도 그랬다. 오직 재건.

그런데 신기하게도 일본은 '히로뽕 추방 운동'도 함께 일어났다. 아니 전쟁으로 쫄딱 망한 나라가 무슨 히로뽕? 웬 배부른 소리!? 하겠지만 단순한 새마을운동이 아니었다. 1차, 2차에 걸친 대대적 단속과 처벌이 동반된 국가비상사태였다.

여기서 내가 우선 궁금한 것은, 일본에서 만들어진 '히로뽕'이 왜 히로뽕에서 '필로폰'으로 개명이 되었냐는 점이다. '지금까지 없었던 무엇'이 만들어지면 만든 이나 만든 이가 붙인 이름을 그대로 부르는 것이 상식이고 국제관행이다. 태풍에 붙는 이름이 그렇고 일본어를 몰라도 다들 잘 아는 '쓰나미'(해일), '카로시'(과로사) '이타이이타이 병'(카드뮴 중독)이 그렇지 않은가.

그런대 왜 히로뽕은 필로폰이 되었을까. 마약 이름에 일본어 느낌이 안 드니 일본 정부는 좋아할지 몰라도 필로폰은 분명 히로뽕이지 필로폰이 아니다.

히로뽕은 1893년 일본 도쿄대학 '나가이(長井)' 박사가 생약, 마황을 주성분으로 합성시킨 세계 최초의 각성제였다. 출시되고 주목받지 못한 이유는 아편밖에 모르던 시절 각성제라는 말이 생소해서였다. 거기다 오늘날 같은 요란한 광고도 없었다. 세계 최초라 했지만 이미 유럽, 중동에 비슷한 것이 병원 수술실이나 유흥가에 유통되고 있었다. 외국 자본이 크게 흥미를 못 느꼈던 이유다. 거기다 일본 제품의 명성이 아직 미미해 그만큼 신뢰도가 낮았다. 그러나 잠을 쫓아준다거나 정신을 맑게 해주는 약효가 있다고 차츰 일본 내에 알려졌다. 점차 학생들의 입소문을 타면서 조금씩 판매량이 늘었는데, 중독성 마약 성분이 들어가 있다는 것은 아무도 몰랐다.

히로뽕이 대량생산에 들어간 것은 태평양전쟁이 터지면서였다. 약효를 확인한 군이 공개적 생산 독려에 나선 것이다. '돌격정'(錠)이라 하여 히로뽕이 일본군 특공대에 정식 보급되었다. 군수공장에까지 '네코노메(猫の目: 고양이 눈) 정(錠)'이라 하여 다량 전국 단위로 보내졌다. 가미카제 자살비행단에도 당연히 건네졌으리라 짐작된다.

지금 일본은 한국과 함께 마약청정국으로 분류한다. 그런 나라가 국책사업으로 마약(히로뽕)을 다량 제조, 무차별 공급했다고 하니 전쟁이란 게 새삼스레 무섭다.

문제는 태평양전쟁이 끝나고였다. 엄청난 양의 히로뽕 재고 물량이 폭포수처럼 민간에 방출되면서 난리가 난 것이다. 1945년 종전과 더불어 무려 6년간, 걷잡을 수 없는 마약 광풍, 전염병 같은 히로뽕 붐이었다. 맛을 들인 학생들, 회사원, 주부, 노인에 이르기까지 '각성제 중독'이라는 망국의 회오리바람이었다. 뒤늦게 아차! 사태 파악에 나선 당국이 새파랗게 질렸고 국가비상령을 선포한 것이다.

일본을 잘 안다는 이들도, 전후 '히로뽕 난리법석'은 잘 모르는 사람이 많다. 패전 일본은 국가 재건의 삽으로 마약까지 힘겹게 치워야 했던 것인데, 크게 앞장서야 할 신문 방송이 의외로 소극적이었다. 패전으로 쪼그라든 국가를 공격하지 않는다는 미디어들의 우국적 의리가 아니었다. 많은 이들이 신문 방송 관계자 중에도 히로뽕 애호가가 있을 것으로 의심했다.

1, 2차에 걸친 전 일본 국민 대상 마약 단속은 규모 면에서도 세계 최대이자 세계 최초가 아닐까.

베스트셀러 작가 니시무라 쿄타로(西村京太郎)의 『이즈모, 신들을 향한 사랑과 공포(出雲 神々への愛と恐れ)』 소설에 마약사범을 쫓는 경시청 두 콤비 형사가 등장한다. 그들은 범인의 일망타진을 목전에 두고 이런 대화를 주고받는다.

형사A 아무리 그래도 웃기지 않습니까. 전쟁 중에 국가가 히로뽕을 대량생산, 특공대와 군수공장 작업반에 실컷 안겨놓고 이제 와서 각성제 절대 금지, 무조건 체포, 박멸, 도대체 국가란 뭐죠?

형사B 여태 몰랐나? 그게 국가야.

그런데 히로뽕이 순수 일본어인 줄만 알았는데 니시무라 작가는 히로뽕이 순수 일본어가 아니라고 한다. 히로뽕은 '일하기를 좋아한다'는 뜻의 그리스어에서 따온 말이란다. 그래서 히로뽕 일제 단속 때 장거리 고속도로를 밤새워 뛰는 트럭 운전사 중에 중독자가 많았을까.

역사는 사람들이 까맣게 잊고 있던 것들을 다시 알게 해준다.

배가 고프면 뺏어 먹어라

패전의 내상이 깊어 숨만 겨우 붙은 일본이 어느 날 갑자기 침상에서 몸을 일으킨다. 어찌 된 일일까. 도저히 믿기지 않는 기적이 일어나기 두 달 전.

미 군함이 정박한 항구와 트럭이 줄지어 선 군부대 앞에는 미군 병사를 유혹하는 젊은 여성들이 많았다. '밤거리 여성' 하면 네온이 번득이는 호텔이나 카지노를 연상하기 쉽지만 그것은 뉴욕이나 시카고 얘기다. 당시 일본 윤락 여성들은 폭격이 비켜 간 산비탈 주택가 '다다미' 방으로 미군을 데리고 갔다. 어떡하든 돈을 마련해 침대를 놓았다. 덕분에 기지촌 주택가 월세방을 소개하는 부동산 중개 노인들이 제철을 만난 듯 바빴다.

미군을 상대로 쌀값을 벌겠다는 몸매가 좋은 여성이 주고객이었는데, 아이를 셋, 넷씩 낳은 엄마들도 입술을 빨갛게 칠하고 끼어들었다.

찾는 이보다 공급(여자)이 딸려 나중에는 할머니도 있었다는데 그건 거짓말 같다. 어쩌다 중년 여인 한두 명을 보고 그렇게 비아냥거렸을 것이다. 방을 소개한 부동산 노인들은 미국 놈들 주기 아까운 꽃 같은 처녀가 대부분이더라며 몇 번이나 가슴을 쳤다고 한다.

집주인들이 '다 큰 자식들 교육'에 지장 있어 방을 안 줄 것 같은데 전혀 그렇지가 않았다. 집 가진 사람도 어렵기는 마찬가지여서 부동산 노인이 의중을 묻기도 전에 먼저 방을 내놓기도 했다.

아예 방을 두 개 비워놨으니 세입자(아가씨)도 '따블'을 원한다는 집주인도 있었다. 방과 방 사이 소음을 막아야 한다면서 두꺼운 비닐을 구하러 다니는 야릇한 인테리어까지 있었다.

미군 상대 윤락 여성들은 우선 집세를 밀리는 법이 없었다. 집세 외에 또 다른 쏠쏠한 재미는 그녀들 덕에 콜라를 공짜로 얻어먹을 수 있다는 점이었다. 그 시절 콜라. 정말 인기였다.

미군 부대에서 많은 것이 흘러나왔다. 도쿄 사람들이 특히 눈독을 들인 것은 위스키와 담배였다. 아주 눈에 불을 켜고 그것만 구하러 다니는 장사꾼도 많았다.

그러나 그때만 해도 여성들 흡연율이 낮아서 여자들한테 최고 인기는 화장품과 스타킹, 초콜릿이었다. 초콜릿 중에서도 하시(허쉬) 초콜릿만 학교 가서 꺼내놓으면 예쁜 여학생을 단번에 꼬실 수 있다는 말까지 돌았다.

그러나 미군 물건도 유통에 한계가 있어 하시 초콜릿 대용 짝퉁이 나왔다. 아사쿠사 무허가 가내공장에서 만든 포도당이 함유된 국산(일본산) 초콜릿이었다. 그러나 그것도 금방 인기를 끌어, 무허가 상점 앞에 사람들이 길게 줄을 섰다. 경찰이 무슨 일인가 와서 기웃거리기도 했다.

사람들은 초콜릿을 사서 집에 가져가거나 공원 벤치에서 먹지 않고 길을 가면서 먹었다. 거지도 아닌 아이들이 침을 꼴깍 삼키며 그것을 바라보았다.

일본의 엄한 부모들은 옛날부터 "남이 밥 먹는데 쳐다보지 마라" "남자는 배가 고파도 고픈 얼굴 하지 마라" 어려서부터 철저히 가르쳤다. 사무라이식은 더 엄하고 치열하다.

"배가 고프다고 얻어먹을 생각 마라."

"얻어서 먹느니 차라리 빼앗아 먹어라."

"남이 먹다 남긴 음식 엿보지 마라."

"길에 떨어진 음식을 주워 먹느니 차라리 굶어 죽어라."

분명히 그랬는데…. 아사쿠사 '가미나리몬(雷門)'을 지나며 초콜릿을 먹던 여대생이 초콜릿 한 조각을 떨어뜨렸다. 아이들 눈이 거의 동시에 빛났다. 잠시 서로를 보다가 한 아이가 잽싸게 초콜릿 조각을 집었고 번개같이 입에 넣었다.

우리 한국은 물론 미국도, 영국도, 중국도 힘든 시기에 다 그랬다. 그런데 신기한 것은—그 어려운 시절—야쿠자끼리 칼부림했다거나, 유흥가에서 패싸움으로 여러 명이 중상을 입고 병원에 실려 갔더라 하는 신문 기사는 자주 떴지만, 먹을 것이 없어 굶어 죽었다는 뉴스는 없었다.

아!
마루노우치

종전 후 세상이 그 판국인데 도쿄역, 긴자 등지에서 복권을 팔았다. '마루노우치' 주식시장도 전을 벌이고 있었다.

말이 증권이고 주식시장이지 거래소에 사람은 없고 파리와 나방만이 날아다녔다. 증권회사는 간부 한둘만 자리를 지키고, 모조리 외근영업팀으로 내몰았다. 외근영업이 무슨 신통한 직책이 아니고, 빨리 아무 데고 가서 주식을 팔아와야 쥐꼬리 월급이나마 주겠다는 사장님의 슬픈 협박성 호소였다.

그러나 패전으로 밑둥이 빠진 나라, 찬바람 부는 거리, 과연 누가 주식 같은 것을 사줄까.

당시 대(対) 달러 엔화 환율은 비참과 처절 그 자체였다. 지금이야 1달러 100엔 이쪽저쪽이지만, 태평양전쟁 이후 미화 1달러는 엔화 350엔이었다.

일본 국민은 돈도 없었지만 있어도 가치 면에서 최악이었다. 만약 지금도 그 환율이라면 한화 10만 원 → 엔화 3만 5천 엔. 대한민국 인구 절반이 일본에 가 있을지 모른다. 쇼핑하고 관광하러. 증권사 직원들은 그 악조건 속에서도 말쑥한 양복 차림으로 무장하고 주식을 팔러 나섰다. 거리로 주택가로 죽어라 뛰었다. 학교 동창, 일가친척, 군대 친구, 사돈의 팔촌까지 수배하며 뛰었다. 옛날에 찢어지고 다시는 전화도 걸지 말라는 여자친구한테도 다시 전화를 걸어서 주식을 권했다.

모바일은커녕 일반 전화도 귀족만 쓰던 시절이었다. 도쿄에서 좀 먼 아오모리나 홋카이도에 전화를 걸고 우물쭈물하면 시외 전화료가 7~8천 엔. 택시요금보다 훨씬 비싼 그 시절.

오로지 믿을 것은 두 다리 발품. 생판 모르는 사람도 돈이 조금만 그저 몇 푼이라도 있어 보이면, 노인이든 주부든 실업자든 깡패든 청소부든 거머리처럼 물고 늘어졌다.

"선생님! 사모님! 금광을 개발하고 싶지 않습니까? 석탄회사는 어떻습니까! 일부러 곡괭이를 메고 산에 가실 필요가 없습니다. 세상이 바뀌었어요! 집에 가만히 앉아서 이 주식만 사면 끝납니다요!"

그들은 법정의 변호사나 길거리 약장수보다 더 청산유수였다.

"대기업 부장님이 되는 길을 아십니까? 사장이나 이사는 어떻습니까. 아주 간단합니다. 이겁니다. 주식을 사면 그날로 대기업 임원이 되는 겁니다."

"한꺼번에 몇백몇 천 주 아니라도 좋습니다. 그냥 50주, 70주, 100주도 좋고요. 돈이 부족하면 두 번에 나눠 내시고 대신 제가 서비스 차원에서 제약회사 알짜 주식 10주를 외상으로 드리겠습니다. 하루아침에 회사 중역이 되는 꿈같은 기회 평생에 쉽지 않습니다."

그러나 그렇게 꼬시고 유혹해도 사람들은 시큰둥했다. 하지만 일본인이 어떤 민족인가. 고래 심줄 같은 '세일즈 재팬'! 그들은 그 찬바람 부는 황무지에서 이곳저곳 꺼벙한 노인에게 주식을 팔았다. 온천여관 할머니들한테도 팔았다. 경마장 단골 실업자한테도 팔았다.

그런데 팔고 나서 여러 군데서 문제가 발생했다. 분명히 시간만 지나가면 큰돈이 된다고 했는데…. 직장에서 퇴근한 아들과 대학생 손자들이 난리를 쳤다. 이집 저집에서 고함이 터져 나왔다.

"사기꾼들한테 완전 속았다. 당장 전화해서 물어달라고 해라! 경찰 부른다고 해라!"

전화를 걸고 직접 찾아가 보니 증권회사는 멀쩡히 있는데 직원들을 만날 수 없었다. 그들은 여전히 주식을 팔러 다녔다. 그러나 주식을 괜히 산 것은 맞지만 사기는 아니었다. 회사와 공장, 광산이 일거리가 없어 개점휴업 상태였다. 그래도 약은 팔릴 것 같은데 임시휴업 중이고, 란제리 회사도 마찬가지였다.

그 지경이니 주식 거래가 될 리 없고, 되팔자니 이미 휴지 값이었다.

어찌 보면 사기가 맞는 것도 같았다.

어떤 노인은 '회사 중역' 소리에 부인 몰래 비자금을 헐어 100주나 샀다. 분통이 터져 거지 같은 증서 뭉치를 연못에 던져버렸다. 수면 위로 하얗게 뜬 게 먹이인가 싶어 잉어 떼가 몰려왔다. 노인은 아무 죄도 없는 잉어 떼에 돌을 던져 화풀이했다.

이쯤 되면 일본은 완전 나락으로 떨어진 희망이 보이지 않는 국가였다. 그런데 그 절체절명의 일본에 누가 산소 호흡기를 달아주었다.

6·25 한국전쟁이었다.

구세주는 조센징의 나라

중환자 같던 일본이 한국에서 전쟁이 터지자 벌떡 병상에서 일어나면서 바빠졌다.

미국이 한국전에 본격 참전하면서 일본이 베이스캠프가 된 것이다. 항공기 탱크 같은 중화기는 물론 탄약과 전투 식량, 유류 저장, 급유… 모든 전쟁 물자와 병력이 일본으로 밀려 들어왔다. 갑자기 많은 일자리가 생겼고 놀고 있던 공장, 쉬고 있던 기계들이 24시간 풀가동되었다.

1950년 미국이 한국전 참전 첫해에 일본에 떨어뜨린 현찰만 3천만 달러, 당시 환율로 100억 엔이었다. 지금 가치로 10조 엔이 훨씬 넘는 천문학적 거금이었다.

'증권 같은 거 화장지로도 기분 나빠 못 써' 소리가 쏙 들어갔다. 두말할 것도 없이 주가가 연일 폭등했다. 100퍼센트, 200퍼센트 차원이 아니었다.

꺼벙한 노인한테 떠안기다시피 팔았던 액면가 50엔 주식이 한국전쟁 2년째 자그마치 1천600엔, 1천700엔으로 뛰었다. 무려 30배, 40배…그야말로 폭등 위에 또 폭등, "미친 주가" 소리가 연일 터져 나왔다.

경기가 살아나니 술집마다 예쁜 아가씨, 노련한 마담을 구하느라 난리가 났다. 일본은 원래 팁 문화가 없는데 졸부들이 현찰을 마구 뿌려댔다. '긴자' 스낵바 마담들이 팁만으로 집세를 내고 생활비가 됐다.

이른바 '실 사(糸), 쇠 금(金) 변' 경기라는 것이었다. 화학섬유와 철강이 뜬 것이다. 무슨 철강회사는 한국전 1년 만에 순이익 300배를 돌파했다. 300퍼센트가 아니고 300배다. 그러나 그것은 아무것도 아니다. 화학섬유 대기업 1년 순익은 전년대비 1천 배에 달했다. 국세청장 입이 제일 먼저 찢어졌을 것이다.

지금은 너무 비싸고 없어 못 먹는 곱창이지만, 일본인들은 원래 곱창을 먹지 않았다. 다 버렸다. 재일조선인들이 양 곱창 가게를 열었을 때 "곱창 같은 거 더러운 조센징이나 먹어라" 했다. 그러던 일본이 '더러운 조센징' 덕에 살아난 것이다. 주가가 뛰니 땅값도 천정부지로 뛰었다.

'메구로'에 살던 사카이라는 30대 독신 남자가 있었다. 도쿄에서 도저히 먹고 살 수가 없어 무인도로 갔다. 특수농산물로 승부를 본다고 종자를 잔뜩 배에 싣고 갔다. 가면서 다 낡은 집을 세를 놓고 갔는데, 양철지붕 그 보잘것없는 그 집, 평당 7천500엔 하던 땅값이 거짓말 같이 뛰기 시작했다. 사카이는 뒤로 넘어질 뻔했다. 평당 15만 엔! 안 팔겠다고 버티면 20만 엔 이상도 가능할 것 같았다. 사카이는 특수농작물이고 뭐고 다 때려치우고 무인도에서 얼른 철수했다.

1953년 한국전은 7월에 휴전되었는데, 무수한 사상자를 낸 우리쪽과 달리 일본은 내심 아쉽지 않았을까. 일본 엘리트들은 전혀 내색을 하지 않다가 술집에서 가끔 속마음을 털어놓았다.

"한국전쟁 덕분에 숨통이 틔었어."

한국은 6·25로 전 국토가 망가졌지만 미국이 참전하면서 베이스캠프 일본에 쏟아부은 현금과 물자는 분명 가뭄 끝에 단비 맞았다.

그러나 타는 듯 메말랐던 대지가 금세 흡수해버렸다. 목을 축이고 세수는 했지만 샤워까지는 절대 부족량이었다. 패전 후유증은 몸에 박힌 총알을 다 빼내도 온몸이 쑤시고 아팠다. 일본의 고난의 행군은 아직도 갈 길이 멀었다.

제발 잊어주세요,
일제강점기

한국은 5·16 이후 서릿발 같던 반일 기조가 조금씩 누그러져 갔다. 군사정권은 얼어붙은 한일관계 개선에 상당한 공을 들였고, 마침내 한국과 일본은 우방이 되었다.

과거는 잊자. 상호협력 상생합시다! 분주히 사절단이 오고 갔다.

지금은 없어진 지 오래된, 서울 시내 요정에서 '한일 친선 특별연회'가 있던 역사적인 그날. 적지 않은 양국 인사가 한자리에 모였다. 술잔이 돌고 화기애애한 분위기가 한껏 고조되었을 때, 풍악 소리가 잠시 멎었다. 일본 관료 한 명이 손을 번쩍 들고 일어났다. 그는 마이크를 지그시 부여잡고 노래 한 곡 불렀다. 나애심의 히트곡 '과거를 묻지 마세요'였다. 좌중에 폭소와 박수가 동시에 터졌다.

다음 날 여러 신문이 '과거를 묻지 마세요'를 대서특필했다. 일본 관료의 한국어 발음이 꽤 좋았다는 촌평도 함께 실렸다. 그러나 일본이 그토록 과거를 묻지 말아 달라 염원했지만 한국인들은 여전히 과거를 물었다.

일본은 여러 차례 공식 사과했고, 총리가 바뀔 때마다 '통석의 념'•이라는 어려운 문자까지 써가며 고개를 숙였다. 아주 진지하고 정중했다. 그러나 대다수 국민들은 여전히 냉소로 답했다. 군사정권에서 문민직선제로 세상이 바뀌고 또 바뀔 때마다 더 가혹하게 과거를 물었다.

지금 세대는 도저히 믿기지 않을 쌀이 절대 부족했던 시절 '보리혼식' '분식장려' '국수와 빵이 건강에 최고!' 약간 억지성 구호가 신문, TV, 라디오로 귀가 따갑던 시절. 쌀 소비를 막는다고 민족의 술 막걸리를 못 만들게 하고, 모내기하는 농부에게 그 독한 소주를 마시게 했던 시절. 몰래 집에서 동동주를 만들다가 정말 무수히 잡혀갔다. 그러나 진짜 추억의 그림자, 말도 안 되는 추억 수첩의 주연은 쌀이 아니다.

"아이가 너무 많다, 그만 좀 낳아라!"

"제발 산아제한합시다. 제발 피임 좀 하라고요!"

"둘도 많다. 하나만 낳아 잘 기르자!"

정부가, 모든 부처가 나서서 눈물로 호소하던 그 시절. 여전히 '친

• 아프고 애석한 마음을 금할 길 없다.

일파 처단'이라는 서슬 퍼런 고성도 함께 이어졌다. 이미 저만치 흘러 흘러 가버린 지난날인데, 한일 두 나라 과거는 영원히 지워지지 않는 주홍글씨였다.

남을 쉽게 믿고 너무 쉽게 잊고 용서해주는 바보스러울 정도로 순박한 한국인이 왜 일본은 용서 못할까. 강점기 34년 11개월 17일간 일본은 우리 가슴에 어떤 대못을 박았기에.

일본인은 일본어를 쓰지 마라

한성이니 경성이니 하던 대한민국 수도가 마침내 예쁜 우리말 이름 '서울'이 되었다.

한때 서울 시내는 물론, 골목마다 '게다' 소리가 요란했다. 일본이 물러가면서 게다 소음도 함께 사라졌다. 그 시절 종로나 남산 부근에 살았던 노인들은 그토록 귀에 거슬리던 게다 소리가 가끔 추억처럼 떠오를 때가 있다고 한다. 일본 전통 의상에 게다를 신은 일본인 특유의 걸음걸이. 그러나 자신감 충만 일본 국민은 광복 후(패전 후) 갑자기 눈치를 살피는 겸손한 일본인이 되었다.

1960년대 서울 명동에 구경 온 일본 관광객들은 마음 놓고 '기모노'를 입을 수 없었다. 못 입게 법으로 어쨌다는 게 아니고, 그들 스스로 쫄아서 아예 입을 생각을 안 했다. 입는 동시에 한국에서 미움 받는 일본인임을 광고하는 꼴이 되니까.

명동 전기구이 치킨집(아주 비쌌다)이나 갈비집에서 맥주를 마시면서 그들은 아무 잘못도 없이 싸늘한 시선을 느꼈다. 낙지볶음 집에서는 큰소리로 일본 말을 한다고 아들이나 조카뻘 대학생한테 야단을 맞기도 했다.

일본 놈들 꼴 보기 싫다고 숟가락 던지는 노인도 있었다. 3·1절이나 8·15 전후 일본 관광객은 특히 조심해야 했다. 일본인이 일본 말을 하면 얻어맞는다는 루머까지 돌았다. 루머가 아니고 진짜로 아무 잘못한 것도 없이 트집을 잡혀 곤욕을 치르는 일본인을 나는 여럿 봤다.

일본 사람이 일본 말을 하지 독일 말을 하느냐. 그렇게 생트집 잡으면 왜정(倭政) 때 종로 야쿠자하고 뭐가 다르냐고 적극적으로 만류하는 이도 있었지만 듣지 않았다.

너무합니다

일본인들의 수난기는 80~90년 초까지도 '은밀히' 이어졌다. 우연히 알게 된 비행기 옆 좌석 일본인. 서울 광화문에서 다시 만나 친해진 일본인들이 있었다. 그중 한 사람 A씨의 수난기.

A는 광화문 빈대떡 집에서 아무것도 아닌 일로 한국인 중년 남자와 시비가 붙었다. 느닷없이 한국인 중년이 주먹을 날렸다. A가 바닥을 나뒹굴면서 소동이 벌어지고, 마침 지나가던 경찰관이 들어왔다. 가해자는 잽싸게 도망가고 된통 얻어맞은 A 혼자 파출소로 동행, 조서를 받고 풀려났단다.

내가 빈대떡 집 주인한테 확인해보니 사실이었다. 한국에 나쁜 인상을 가질까 봐 내가 대신 정중히 사과했다. 그것으로 부족할 것 같아 일본인 3인을 근처 카페로 데리고 가서 맥주까지 샀다.

A는 얻어맞기는 그날이 처음이지만, 사소한 일로 한국인에게 불이

익을 당한 일이 너무 많았노라 쌓인 울분을 폭포수처럼 토로했다. 나는 대꾸 한마디 않고 다 들어주었다.

"당신들 옛날에 했던 짓을 생각해 봐. 뭘 그 정도 가지고 난리"라고 말하고도 싶었지만 꾹 참고 맥주를 권했다.

기분이 풀렸는지 그들은 2차는 자기네가 산다며 단란주점으로 자리를 옮겼다. 그 시대로서는 꽤 첨단인 일본 노래도 되는 집이었다.

3인 모두 술이 꽤 취했는데 노래를 아주 잘했다. 나는 박수를 쳐주고, "일본 노래는 그만하고 한국 노래 한번 해보라"고 했더니, 중년 일본인이 '돌아와요 부산항'을 발음도 정확하게 조용필처럼 열창했다.

그러자 빈대떡 집에서 얻어맞고 파출소 갔던 A가 자기도 한곡 '때리'겠단다. 내가 혹시 '과거를 묻지 마세요' 아느냐고 했더니 그런 옛날 노래는 모르고, 대신 아주 슬픈 자신의 애창곡을 부르겠다고 했다. 김수희 노래 '너무 합니다'였다. 애조 띈 보이스에 애절한 표정까지 '너무 합니다'가 2절까지 이어졌다. 슬프지가 않고 우스웠다.

"노무 하무니다. 노무 하무니다. 단시는 노무 하무니다."

A는 김수희 노래보다 자신을 수시로 괴롭히는 한국인들이 너무 한다고 음악으로 항변하는 것 같았다.

두세 달 후. 그날의 3인과 다시 만나 세종문화회관 뒤편 어느 횟집을 갔다. 소주가 몇 잔씩 들어가고 맥주가 겹치자 이 아저씨들, 내가 묻지도 않는 말을 꺼냈다(일본인은 꽤 친해져야 속을 털어놓는다). 주절

주절 긴 얘기를 축약하면 대충 이런 내용이었다.

"일본 국민은 한국에 늘 미안한 마음을 가지고 있는데, 한국인들은 옛날 자기네 아버지, 할아버지 때 일을 지금의 아들, 손자들한테 너무 가혹하게 책임을 추궁하려 한다. 우리더러 지금 와 어쩌라는 거냐. 너무합니다!"

그런 얘기였다. 나는 그냥 말없이 술만 마셨다.

대화가 국제적으로 굴러가니까 분위기가 썰렁해졌다. 바로 그때였다. 내가 제조해준 소맥을 단숨에 들이켠 A가 안주도 먹지 않고 일본인 두 친구를 손가락질했다. 그리고 혀 꼬부라진 소리로 이렇게 야단을 치는 것이었다.

"이 두 사람은 태평양전쟁 때 세 살, 다섯 살이었어요. 책임이 전혀 없다고 할 수 없어요. 그렇잖아, 가토상! 일본 군가도 따라 부르고 전쟁터 떠나는 도짱(아빠) 향해 손도 흔들어주었잖아! 그랬잖아, 아오키상! 나는 전혀 본 적도 들은 적도 없어요. 왜냐! 나는 그때 빵 살이었거든요!"

빵 살이면 아직 태어나지 않았다는 얘기냐고 하니 A는 그 당시 엄마 배 속에 있었단다. 그래서 일본이 패전을 했는지, 폭격을 하던 미군기가 어디로 갔는지 보지도 듣지도 못해 하나도 모른단다. 태평양전쟁, 조선인 강제 징용, 위안부… 자기는 절대로 무죄란다.

나는 아무말 없이 그들을 끌고 2차 호프집으로 갔다. 2층 호프집 조금 가파른 계단을 앞장 서 오르다가 돌아보니 세 살, 다섯 살이었다는 두 사람이 계단을 올라오면서 빵 살이었던 A의 등짝에 태권도 격파와 가라데 촙을 무수히 날리고 있었다. A가 비명을 지르며 킥킥댔다.

그래도
일본은 일본

철벽같기만 하던 금지의 빗장이 어느 날 하나둘 풀렸다. 일본 문화, 일본 물자가 봇물처럼 한국으로 쏟아져 들어왔다. 많은 사람들이 일본 영화를 보고 일본 맥주와 사케(일본 청주)를 마셨다.

엔화 환율이 너무 올랐다고 비명을 지르면서 일본 여행을 갔다. 공항에 아예 여행사들이 투어상품 영역까지 확보, 단체 여행객들이 바글바글, 연일 북새통이었다.

분위기에 편승한 것은 아니지만 나도 그 무렵, 한 달 중 반은 일본에 가 있었다. 비자 기간이 짧아(그때는 15일) 그만큼 자주 사야 하는 항공권이 뼛골이 쑤셔, 부산에 가서 배를 탄 적도 많았다.

모처럼 도쿄 '신주쿠'에 간 김에 큰 맘 먹고 백화점 문구 코너로 갔다. 원래 선물이라고 해야 열쇠고리밖에 모르는데 그날은 볼펜에서부터 아이들 학용품을 잔뜩 샀다. 몇 년 밀린 빚을 갚는 셈 치고….

서울에 와 친척집 아이들, 친구 딸, 손자… 쭉 선물을 나눠주었는데 어, 이런 어째 선물 받는 태도가 수상쩍다 했더니…그들은 이미 일제 학용품을 다 가지고 있었다. 일부는 일본이 아니고 서울에서 샀단다. 시대에 둔감한 내 자신이 부끄러웠다. 나중에 보니 문구 정도는 소박한 서민 나라 이야기고, 오디오에서부터 PC, 전자밥솥, 카메라, 게임기 등등. 온천 힐링이 아니고 숫제 쇼핑 목적으로 일본에 가는 사람만꽉이었다. 어떤 이는 보따리상도 아니면서 일본 물건을 사다가 웃돈을 붙여 되파는 눈치였다.

이제 서울과 도쿄는 이국이 아니고 이웃이었다. 동대문이나 남대문 한 정거장 다음이 도쿄고 오사카였다. 어느새 대한민국이 일본만큼 부자 나라가 된 것일까.

그런데 참 이상하지.

바보스러울 정도로 남을 잘 믿고, 잘 속는 한국인. 좋은 게 좋은 거라며 지난 일은 금세 잊는 한국인. 그렇게 사람 좋은 순둥이들이 그렇게 자주 일본을 드나들면서 일본에만은 마음 전부를 열지 않았다.

미적분 같던 퍼즐들이 희미하게나마 길이 보이면서 하나둘 맞춰져 갔다.

일본인은 왜 친절할까

일본을 다녀보면 산이나 바다나 기암절벽, 우리나라랑 거의 똑같다. 일본이 정리가 잘돼 있고 깨끗하다 뿐, 도로 폭이 우리보다 좁다는 느낌뿐, 고속도로 요금징수, 톨게이트, 주차 시설, 식당과 자판기 전부 똑같다.

문화의 차라고 하지만 같은 쌀밥을 먹는다. 똑같이 된장국을 좋아한다. 일본인은 매운 것을 못 먹고 생마늘 같은 거 입에도 못 댄다는 소리는 거짓말이다. 고추장, 떡볶이, 매운 김치 너무 잘 먹는다. '지고쿠(地獄) 라멘'이라고 해서 들어가 먹었는데 과연 한국인이 놀랄 정도로 매웠다. 그래서 지고쿠 라멘(지옥 라면)인가.

한일 양국이 인구절벽으로 고민하고, 특히 고령화 현상은 거의 두 나라가 판박이다. 공원에서 담소하는 노인들을 보면 여기가 일본인지 한국인지 얼른 구분이 안 된다.

간판 글씨만 바꾸면 그대로 서울, 부산, 광주다 싶은 거리가 너무 많다. 열심히 사는 중소도시 서민들, 고달픈 도시 서민, 어디를 가봐도 아! 똑같이 먹고 사느라 바쁘구나.

맛집 찾아다니며 남녀가 데이트하는 것도, 부부나 연인이 사랑이 식어 다투고 찢어지는 것까지 우리랑 붕어빵이다. 한국 드라마를 보고 배운 것일까.

길거리에서 큰소리로 전화하는 것까지 똑같을 것 같지만 그건 아니다. 일본도 목청 큰 사람이 많지만(특히 선술집 젊은 손님들) 전화 소음 서로 배려하자는 포스터가 곳곳에 붙어 있고, 구호로만 그치는 게 아니고 절대다수 시민들이 협조한다.

특히 도쿄 같은 큰 도시에서 전차를 타보면 큰소리 통화는 고사하고 스마트폰 벨소리 하나 들을 수가 없다. 믿어지지 않아 알아보았더니 무음(진동)이 도시인 기본 에티켓이란다. 그거 하나 진실로 존경스럽다.

부부 싸움도 이웃에 피해를 주지 않으려고 창문을 꼭꼭 닫고 '조용히' 싸운다. 그나마 요즘은 부부 싸움 구경하기 힘들다. 싸우면서 사느니 아예 갈라서는 것인지…. 요컨대 남에게 폐를 끼쳐서 안 된다는 것을 교통법규 이상의 철칙으로 삼고 살아간다.

특히 타인에 대한 친절과 양보, 잠시 불쾌해도 참고 타인에게 미소를 지어 보이려고 애를 쓴다. 일본인들이 하도 친절하다고 해서 나는 처음에 "장사 해먹으려면 당연히 친절해야 손님이 오지. 흔한 장삿속 웃는 얼굴일 거야" 했는데 아니었다.

손님이 찾는 물건이 자기 가게에 없으면 그 손님을 수십 미터 떨어진 다른 가게로 모시고 간다고, 많은 경험자들이 두고두고 감탄한다. 혹시 친척이 하는 가게 아닌가 했는데 전혀 모르는 사이였단다.

내가 짓궂게 점원을 붙들고 "뭘 그렇게까지 하느냐, 선행하는 기분으로 그렇게 하느냐" 물었다. 그랬더니 선행은 전혀 아니고 손님이 우리 가게 아닌 데서도 돈을 쓰고 가면 이 지역이 그만큼 이득이 되고 결국 자기한테도 이득 아니겠냐는 것이다.

친절이 몸에 뱄다는 것은 이미 그 사람은 사회인으로 성공했고, 아주 탄탄한 생활 기반을 구축한 것이다. 세상은 친절한 사람에게 유익을 주기 때문이다. 친절을 모르는 무뚝뚝한 사람도 친절한 상점을 애용한다. 한국에도 친절한 사람이 많은데 나는 그것을 일본에 가서 깨달았다.

마지막 퍼즐

일본 '규슈'는 까닭 모르게 정겨운 땅이다. 한국에서 헤엄쳐 닿을 듯 가깝고, 한국인이 많이 찾기 때문일까. 도쿄 사람들은 규슈를 은근히 깡촌 취급하는 경향이 있지만, 두메산골 출신인 나는 깡촌이라면 더 좋다. 도시 사람들은 서울 사람이나 도쿄 사람이나 그리운 고향 어쩌고… 노래는 잘 부르지만 깡촌의 푸근함을 모른다. 알지만 음미할 여유가 없는 것인지도 모르지만….

생각을 정리하려고 규슈, 늘 가던 곳을 다시 갔다. 바다가 보이는 산골 밭두렁에 앉아 이곳저곳 메모를 한데 추슬러놓고 담배를 피우고 있는데 앗, 이런!

80세쯤 되어 보이는 할머니가 가만히 다가왔다. '금연' 표지판은 분명 없었지만 나는 얼른 담배를 껐다. 그런데 허리가 조금 굽은 그 일본 할머니는 삶은 감자 한 개를 주고 말없이 미소만 짓고 가셨다.

방금 솥에서 꺼냈는지 감자가 뜨끈뜨끈했다. 껍질을 벗겨서 먹을까. 기념으로 챙겨 넣고 갈까 망설이고 있는데 할머니가 다시 나타났다. 생수가 든 종이컵과 아주 조그만 비닐 팩에 든 소금을 건네주고는 어서 먹어보라고 손짓을 하고 가셨다. 나는 멀어져가는 할머니 뒷모습을 물끄러미 보고 서 있었다. 만감이 교차했다.

돌아가신 우리 할머니 생각이 나서가 아니다. 어떻게 이런 마음씨를 가진 사람들이, 이렇게 친절하고 남에게 폐를 안 끼치려 애쓰는 일본인들이 총칼을 들고 남의 나라로 쳐들어왔을까.

옛날 일본인은 못됐고 지금 일본인은 착해진 것일까. 참 고맙고 따뜻한 할머니 덕인지, 그 할머니를 만난 그날이 마지막 퍼즐이 맞춰진 날이다.

일본 국가 대표급 사무라이

'백성'은 일본에서 농민이라는 뜻이다.

우리는 일반 국민이 백성이다. 그러나 실생활에서는 아랫것들, 상것, 무지렁이로 통했다. 실제로 그렇게 불렀다. 훗날 '민초'라는 짠한 이름이 붙었지만 민초는 글자 그대로 잡초다. 아무 데나 자라고 마소에 밟히고 먹히고 물이 없으면 말라죽는다. 우리만이 아니고 모든 계급사회 하층민은 잡초였다. 그러나 이 보잘것없는 개체들이 지배층의 근간이자 '표밭'이고 전쟁 시 총알받이다. 신분상승을 노리고 여러 나라에서 잡초들이 결사 봉기했지만 성공한 예는 없다.

일본 전역에 흩어져 있던 잡초를 한데 모아 '천하통일'을 이룬 인물은 개성이 강한 세 명의 사무라이였다.

• 오다 노부나가(織田信長, 1534~1582)

- 도요토미 히데요시(豊臣秀吉, 1537~1598)
- 도쿠가와 이에야스(德川家康, 1542~1616)

대중에 널리 알려진 일본 전란시대 걸출 3인이다. 신기하게도 세 사람이 거의 같은 시기 인물이다.

일본의 국가 골격 형성에 결정적 영향을 끼친 3인의 드라마틱한 생애가 TV 대하드라마로 여러 번 방영되었다. 특히 '도요토미 히데요시'는 임진왜란을 일으켜 조선에 엄청난 피해를 입힌 장본인이다. 세 인물 모두 일본 단체 관광 시 가이드들이 특별히 열정적으로 소개하는 여행 상품 중 하나이기도 하다.

일본은 위 3인이 등장하기까지 200개가 넘는 부족국가들이 서로 엉켜 지독하게 싸웠다. 그것이 일본의 전란기다. 일본 시대극에 약방의 감초처럼 반드시 등장하는 '노부시(野武士)'는 전란기가 낳은 고독한 칼잡이다. 떠돌이 무사.

한국인이 일본 사극을 보면 거의 비슷비슷한 인물에 비슷비슷한 성(城), 복장도 무기도 지휘 체계도 거의 비슷하다. 우리나라의 경우 국토를 3등분 한 삼국시대가 떠오르지만, 일본은 별로 넓지도 않은 땅을 올망졸망 200개 국가로 나뉘어 싸웠다. 군주도 200명, 그에 따라 잡초들도 200개 지역에서 각자의 보스를 섬겼다는 얘기다. 그런데 그 많은 잡초를 그것도 저마다 무기를 가진 잡초들을 한데 모으는 작업을 걸출 3인의 사무라이가 해낸 것이다.

그리하여 내부 정비 작업을 마친 일본이 외부로 눈을 돌려 조선 침략을 꿈꾸었을까? 그러나 일본의 탐욕은 천하통일에서부터라고 생각하면 매우 성급한 판단이다.

그렇게 간단히 거두절미해버리면 임진왜란과 일제 36년 강점기 퍼즐이 전혀 맞지 않는다. 우리 민족의 뼛속 깊이 뿌리를 내린 원한을 절대로 이해할 수 없게 된다.

왜구(倭寇)

퍼즐의 키는 왜구가 쥐고 있었다. 나는 세상의 모든 선생님들을 존경하지만, 나에게 '왜구'를 가르쳐준 역사 선생님을 한없이 원망한다.

"왜구는 대마도를 근거지로 남해안을 노략질하던 도둑인데 세종대왕이 대마도를 정벌하면서 그날로 끝장이 나버렸지."

이것이 우리 역사 선생님의 왜구관이었다.

또 어떤 게을러터진 이들이 만든 역사책에는 이렇게 써있다. '왜구란 13~16세기 남해안과 중국 근해를 항해하며 약탈을 일삼던 일본 해적.'

이 사람들은 삼국시대, 고려시대, 조선시대를 잘 모르면서 책을 썼다. 고조선, 가야의 기록은 확실치 않아 편의상 생략하기로 하자. 적어도 왜구의 전성기는 신라시대로 거슬러 올라간다. 너무 많은 기록들 중에서 무작위로 몇 개의 사례만 뽑아서 보자.

"왜구 때문에 골머리를 앓던 신라 내물왕의 아들 눌지왕(19대 신라왕, 재위 417~458년)은 충신 박제상을 일본으로 급파한다. 천신만고 끝에 눌지의 동생과 인질들을 구한 박제상은 홀로 남았고, 적의 회유를 끝내 물리치고 화형을 당해 죽었다."

"고려 말 정몽주는 여러 해안에서 왜구에 납치된 인질이 수백 명인 것을 확인하고 그들을 구하러 친히 나선다."

"조선 초기 '이예'는 일본과 무려 15차례나 되는 끈질긴 협상 끝에 마침내 인질 667명을 데려왔다."

조선인 667명을 배에 태우려면 어느 정도 큰 배가 몇 척이나 동원되었을까. 대체 이렇게 많은 사람들을 어떤 방법으로 납치해 일본으로 끌고 갔을까. 불과 한두 시즌 해적들 짓이 그 정도 규모였다.

왜구의 최초 출몰 시기는 명확하지 않으나, 초창기 왜구는 분명 국가 단위의 침공은 아니었다. 소규모 해적, 좀도둑에 불과했다면 외침의 범주에 들지 않았을 것이다.

아마도 첫 발단은 이것은 나의 개인적 추측이지만 섬나라 일본인들의 본능적 호기심—저 바다 건너에는 누가 살까, 무엇을 주로 먹고 어떤 옷을 입을까, 어떤 집에 살며 어떤 칼을 차고 있을까—그러던 어느 날 야음을 틈타 살금살금 남해안 섬들을 엿보다가 야금야금 물건을 훔쳤다. 차츰차츰 도둑질 횟수가 늘고 대담해져 갔다.

이쪽 주민과 맞닥뜨리면 완력으로 뺏기 시작했다. 차츰 약탈에 맛을 들여 규모도 커지고 조직화되었을 것이다. 유럽 해안을 공포로 몰아넣었던 '해적 바이킹' 레벨까지는 아니었다. 그러나 창칼로 무장한, 상당한 훈련을 쌓은 바다 건너 잡초들이 이쪽 힘없는 잡초들을 자고 깨면 뺏고 불태우고, 마침내 살인. 양민들은 무서워 떨며 달아나기 바빴다. 더 대담해진 왜구는 인질까지 데려갔다. 수십, 수백, 수천 명… 그 이상일지 모른다. 사실은 훨씬 이상이었다. 바닷가 어민에 국한된 재앙이 아니었다.

임진왜란
워밍업

당시의 국방 불찰은 첫째도 무지, 둘째도 무지에 기인한다. 군(軍)이나 국가 수뇌부는 수만 명이나 수십만 군사가 국경을 사이에 놓고 행해지는 정규전만 전쟁이요, 전란으로 인식했다. 소수정예의 후방 기습 교란이나 테러 행위가 얼마나 가공할 파괴 행위인지 상상조차 못했다. 사가(史家)들 머릿속에도 전혀 들어 있지 않았다.

놀랍게도 왜구의 약탈, 살인, 납치는 신라, 고려, 조선시대까지 수백 년 혹은 한 세기 이상 이어졌다.

불에 탄 가옥과 부서진 축사, 자식들과 재물을 다 빼앗긴 노부부, 졸지에 고아가 된 어린 잡초들(나중에는 아이들까지 끌고 갔다). 이쯤 되면 단순 해적 차원이 절대 아니다. 전쟁을 방불케 하는 무장 떼강도의 상습 침탈이었다. 어떤 지역은 마을 전체를 싹쓸이해 누가 죽었는지, 집단이주를 한 것인지 알 수도 없었다. 신고한 사람도 없었다. 일본에 대한 백성들의 뼈에 사무친 원한은 그때부터 가슴 깊숙이 뿌리를 내렸다.

피해 지역 백성들은 원님께, 수군 나리께, 나랏님께 "우리를 지켜 달라" 눈물로 호소했지만 제대로 단속되지 않았다. 목메어 찾을 때 관리들은 보이지 않았고, 늘 일이 터진 다음에 나타나 대책을 숙의하는 척했다.

3면이 바다인 조선에 해안 경계병이 분명 있었다. 그러나 오랜 세월 해적에 뚫리고 농락당한 사안이었다. 크게 문책당할 치부와 자기 약점을 일일이 상부에 보고했을까. 따지고 보면 불비한 보고 체계가 가장 치명적이었다. 그러나 해안 경계 책임자는 늘 이렇게 말했을 것이다.

"닭을 키우다 보면 오소리나 여우가 몇 마리쯤 물어갈 수도 있지. 이 넓은 해안선, 저 많은 섬들을 그깟 좀도둑 몇 놈 때문에 군사를 풀어 잠도 안 자고 지킬 수는 없지 않으냐. 아니 될 소리!"

소극적 무사 태평주의가 왜구들 버릇을 더 나쁘게 들였다. 도둑에게 점점 더 자신감과 힘을 실어준 것이다. 그것이 끝도 없이 계속되니, 왜구는 마침내 조선 어부보다 바닷길을 더 잘 알게 되었다.

통계에 밝고 상상력이 풍부한 '노스트라다무스' 같은 예언자가 있었다면 아마 이렇게 조선의 미래를 읊지 않았을까.

남쪽 섬나라 군사가 많고 많은 배를 띄워

흰옷 입은 백성의 나라로 질풍처럼 몰려드니

부산포는 불타고 땅과 바다가 피로 물들리라.

왕은 있으되 대적할 힘이 없어 북으로 도주하니

도성의 백성들이 슬피 울어 눈물이 강을 이루나니.

허망한 대마도 정벌

세상은 무능한 왕과 신하들만 있는 것은 아니었다. 백성들의 탄식이 하늘에 닿고, 다시 귀가 열린 임금에게 전해졌는지, 드디어 일본 해적에 철퇴가 내려진다. 훗날 성군으로 추앙받는 세종이 왜구를 대대적으로 치고 대마도를 정벌해버린 것이다. 백성들의 눈물을 닦아주기까지 천년이 걸렸다.

지금 같았으면 '이게 나라냐' 했을 것이다. 그때까지 일본을 향해 쏟아붓던 원망과 분노에는 임금을 향한 한탄도 함께 묻어 있었음을 세종 이전의 윗대가리들은 몰랐다.

그 증거가 세월이 지나면서 드러나기 시작했다. 대마도 정벌은 그때뿐, 정권이 바뀌고 그리 오래지 않아 왜구는 다시 해적선을 띄었다(정말 끈질긴 일본). 소 잃고 외양간을 잠시 잠깐 고쳐 놓았을 뿐, 이후로 비가 새는지 기둥이 썩는지 고관대작들은 당파 싸움을 하느라 관심조차 없었다. 관리를 모르는 관리들. 그들을 향한 백성들의 원망이 다시 원한으로 가슴을 쳤다. 그래서였을까.

훗날 극적 교섭으로 잡혀 있던 인질들이 조선으로 돌아올 기회가 있었음에도, 고려 조선이 싫어 '일본에 눌러앉은 한국인'이 적지 않았다.

실제로 일본 규슈, 시코쿠, 야마구치현 인구의 상당수가 고구려, 백제, 신라, 고려, 조선인 후손임을 일본 학자들이 밝혀냈다. 물론 그중에는 납치가 아니고 궁중 내분 사태로 고구려나 신라를 탈출한 왕족이 있고, 그들을 잡으러 추격대가 급파돼 쫓고 쫓긴 흔적이 일본 내 여러 곳에 남아 있지만 그 수가 그리 많지는 않다.

남해안에 예산이 없어 철의 장막은 어렵다 하더라도 후세를 위해 '백성 1인당 벽돌 1개' 식의 최소한의 방비 마인드도 그 시대 관리들한테는 없었다.

하긴 윗물이 썩고 무능한데 아랫물만 탓할 수도 없겠지만…. 그때 만약 "자경단이라도 조직하자"고 로빈후드나 홍길동 같은 상남자가 나섰다면 어찌 되었을까.

당시 세상 분위기로 보아 해괴한 작당을 한다는 둥, 민심을 어쩐다는 둥, 당장 감옥에 처넣었을 것이다. 실제로 양병설을 주장한 여러 충신들이 귀양을 갔다. 망해갈 수밖에 없는 나라였다.

나쁜 관행, 나쁜 유산

"소 잃고 외양간 고친다"라는 조상들 말씀에 공감하면서 분통도 함께 터진다.

애초에 단속을 좀 잘할 수는 없을까. 왜 우리는 꼭 무엇을 잃든가 뺏기고 나서, 그걸 다시 찾으려 죽을 둥 살 둥 해야 할까. 스포츠 중계를 봐도 우리 편이 한두 점 이기고 있으면 즐겁고 여유 있게 간식까지 먹는다. 그런데 꼭 0대 1이나 1대 2로 만들어 그걸 만회하느라 온 국민이 애를 태운다. 왜 TV를 끄게 만들까. 물론 뛰는 선수들 애가 더 타겠지만. 그러나 축구나 야구는 이길 수도 있고 손에 땀을 쥐게 하고 질 수도 있는 스포츠다.

왜 다 잡은 사기꾼, 도둑놈을 한눈팔다가 놓쳐 그거 다시 잡느라 500명, 1천 명이 밤을 새워 산을 헤집고 길섶을 뒤적거려야 할까. 편의점 알바 시급이 얼마인가. 500명, 1천 명분을 계산하면 총 얼마인

가. 말을 안 해서 그렇지 500명, 1천 명들 속도 편할 리 없다.

미리 조심 좀 하지. 왜 또 큰불을 내가지고 사람 죽고 다치고, 그 불 끄다가 소방관까지 죽고…. 어디 불뿐인가 자동차 사고, 버스 사고, 기차 사고, 배 사고, 낚싯배 사고…. 애꿎은 사람 죽고 대규모 원인 조사. 엄청난 배상에 그거 정밀 검사하느라 죽은 사람 두 번 죽이고, 유족까지 잠 못 자게 하고 책임자 줄줄이 불려가고, 그 가족들은 또 무슨 죄로 손가락질, 신상 털기…. 바빠 죽겠다는 검사, 판사 괴롭히고…. 이런 초(超)고비용 저효율 망국적 뒤처리가 세상에 또 있으랴.

거기까지는 어차피 터진 사건, 되돌릴 수 없다 치자. 다음부터 절대로 이런 일이 반복되지 않게 뼈를 깎는 각오로… 하늘땅에 맹세해놓고 다시 같은 일이 터지고, 다시 또 반복되는 고비용 뒤처리….

어떤 대학생이 전자계산기를 두들겨 가며 이렇게 말했다.

"지금까지 차 사고, 열차 사고, 배 사고 뒤처리에 들어간 비용을 다 모으면 항공모함을 여러 척 만들고도 돈이 많이 남아 최신예 전투기까지 여러 대 살 수 있다."

우리 조상들은 왜 "소 잃고 외양간 고친다"라는 멍청한 속담을 만들었을까. 곰곰 따져 볼수록 불길한 예언 같기만 하다. "소 잃고…"에서부터 얼이 빠져 있다. 얼을 빼고 있다.

'소 잃고 외양간 고치는 최고 멍청이.'

'소 잃고 외양간 고치는 놈은 딸도 주지 마라.'

'소 잃고 외양간 고친 놈은 그 안에서 살게 하라.'

적어도 이렇게 백성들을 정신 무장시켰어야 했다. 말하기 쉬워 조상 원망한다고 하지만, 외양간 고치다가 세월 다 가는 민족이라면 나는 정말 싫고 부끄럽다.

천심이
민심

왜구는 조선, 일본 간의 껄끄러운 난제요, 분란의 핵이었다. 일본을 천하통일한 '도요토미 히데요시'가 화친을 도모하면서 조선에 깜짝 놀랄 공물을 보내왔다. 값비싼 물건이 아니었다. 해적 두목 '노부미쓰'와 그의 심복들이었다. 왜구로 골머리를 앓던 선조는 '산 공물'에 크게 만족했다. '도요토미'는 위장 평화공세를 펴면서 조선 말에 능통한 '요시라(要矢羅)'도 함께 밀파했다.

전쟁의 기운이 서서히 무르익어 가고 있었다. 아무도 그 낌새를 알아채지 못했고, 민심은 싸늘해진 지 이미 오래였다. 잦은 외부 침탈로 백성들의 삶은 피폐했고, 관리들의 부패와 학정으로 가난에서 헤어날 수가 없었다.

왜구가 잠시 주춤했다고 해서 수백 년 쌓인 일본을 향한 적개심이 사그라들 리 없었다. 오히려 조정에 대한 분노와 결합, 위험한 화약이 되어 백성들 가슴에 차곡차곡 쌓여갔다.

"없는 데서는 나라님도 욕한다."

참으로 놀라운 유행어가 그 무렵 탄생했다. 힘없고 가난한 잡초들의 유일한 자위적 탄식이었다.

아무리 헐벗고 굶주려도 웃어른에 정말 깍듯한 민족이었다. 제나라 임금을 욕한다는 것은 패륜이자 폭거일 수 있다. 그러나 마침내 아이들까지 따라 했다.

"없는 데서는 나라님도…"의 빈도가 곧 민심의 잣대였다. 동시에 일상의 은밀한 카타르시스가 되어 대를 이어갔다. 그것은 그때 생긴 말이 아니고, 이성계가 조선을 세웠을 때 죽어도 고려인으로 남고 싶은 이들이 만든 말이다. 아니다. 연산군 시대 유행했다. 여러 설이 있지만 확실한 근거는 없다. 분명한 것은 국가권력을 자주 원망하고 헐뜯은 것이 왜구에 당한 백성들이었다면, 꽤 오래된 푸념인 것은 맞다. 끈질긴 생명력의 최장수 유행어 기록을 세우면서.

그것은 오늘날 남녀노소, 지위고하, 당사자가 면전에 있든 없든 뱉어내는 막된 말과 무관하지 않다.

이미 일상화된 '막말'은 나라의 품격을 충분히 떨어뜨렸다. 막말하는 본인이 품위 없는 인간임을 스스로 증명하는 데도 성공하면서.

살육의 시대

어떤 역사학자가 이런 재미난 비유를 했다.

"일찍이 주변국을 긴장시킨 뛰어난 씨름꾼이 있었다. 그의 이름은 고구려였다. 그런데 고구려가 천하장사 타이틀을 따고부터 벌어놓은 돈과 명성을 야금야금 다 까먹었다. 공격 씨름에서 수비형으로 변신, 결국 신라에게 타이틀을 빼앗겼다. 그런데 신라마저 싸우기보다는 지키는 쪽으로 쇠퇴일로. 타이틀은 고려로 넘어갔다. 고려는 부처님만 모시고 씨름 같은 거 조선이나 하라고 타이틀을 거저 넘겼다. 이성계는 공격 씨름만이 최선의 수비라고 했지만 후대 왕들은 씨름보다 거문고나 뜯고 공자, 맹자만 읊었다. 드디어 조선은 씨름대회도 나갈 수 없는 체력으로 전락했다. 여러 나라 씨름꾼들이 타이틀을 차지하려고 이리떼처럼 몰려들었다."

샤미센(三味線: 일본 전통 현악기)과 다도에 빠진 일본은 시퍼런 칼날도 아침저녁 매만졌다.

전란기를 정리한 '도요토미 히데요시'는 전국의 잡초들을 한데 모았고, 유곽을 지어주고 쉬라고 했다. 그러나 평화에 익숙치 않은 장수들이 피를 갈망했다. 싸움밖에 모르는 칼잡이들이 원하는 피는 전쟁이었다. 대량생산된 총과 탄약이 한곳에 쌓이고 있었다.

인간이라는 종은 칼을 쥐어주면 무언가 베고 싶고, 총을 주면 쏘고 싶어 한다. 실제로 칼을 유독 좋아하는 일본인들은 이름난 장인이 명검을 만들어주면, 밤에 몰래 나가 느닷없이 행인을 베었다. 칼날이 얼마나 잘 드나 시험해보는 것이다. 에도시대까지 그런 섬뜩한 무사들이 적지 않았다. 세상에 그런 법이 있느냐 하겠지만, 그런 법이 엄연히 있던 시대. 오직 무력을 통해 천하를 가질 수 있는 시대였다.

칼리큘라, 네로, 람세스, 한니발, 클레오파트라, 시저, 진시황, 알렉산더, 칭기즈칸….

고대사를 핏빛으로 물들인 희대의 폭군들이다. 기관총도 미사일도 없던 시대. 그들은 마치 사신처럼 수많은 인간의 생명을 앗았다. 그중에서 챔피언을 뽑으라면 단연 칭기즈칸이다.

그의 군사들은 질풍처럼 초원을 달려 무려 4천만 명의 영혼을 하늘로 보냈다. 4천도 아닌 4천만 명이면 그 당시 세계인구 약 11퍼센트에 해당한다. 칭기즈칸은 활과 창칼로 인류 11퍼센트를 제거했던 것이다. 이 엄청난 살육의 역사가 그 시절 국제 조류이자 질서였다.

칼과 패권주의에 젖어 있던 일본도 예외가 아니었다. 총리대신이 TV 카메라 앞에서 누누이 유감을 표명하면서 "약육강식의 시대에 벌어진 안타까운 일…"이라던 바로 그 시대, 절정의 살육 시대.

그러나 조선은 참으로 특이한 나라였다. 조선의 어떤 왕도 한니발이나 알렉산더처럼 눈 덮인 험산으로 군사를 끌고 가서 얼려 죽이지 않았다. 그런 점에서 조선군은 복 받은 군대였다. 조선은 바깥 원정 대신 안에서 싸웠다. 자고 깨면 파벌 싸움으로 죽고 죽이고 귀양을 갔다. 그러면서도 가야금 소리와 기생들 웃음소리가 끊이지 않았다.

도요토미 히데요시는 조용히 칼을 뽑아든다. 오랜 기간 조선의 정세와 민심을 면밀히 염탐했다. 친교를 구실 삼아 일본 사신이 여러 차례 오고 갔다. 그러나 조선의 왕과 신하들은 전혀 모르고 있었다. 나라 밖 정보에 까막눈이었다.

임진왜란 진주성 여인들

박종인 기자가 쓴 〈조선일보〉 '땅의 역사'에 이런 대목이 나온다.

> 다치바나 야스히로(橘康廣)는 일본에서 조선으로 파견된 사절이었다. 부산에서 서울로 올라가는 동안 다치바나는 기행을 남겼다. 상주에 도착해 목사 송응형이 기생 춤과 음악으로 접대하자 이리 말했다.
> "전쟁 속에 산 나야 그렇다 쳐도, 노래와 기생 속에 아무 걱정 없이 지낸 당신 머리털이 희게 된 것은 무슨 까닭인가?"
> 다치바나가 서울에 도착하니 예조판서가 잔치를 베풀었다. 술잔이 돌고 다치바나가 후추 알들을 바닥에 집어 던졌다. 기생과 악공들이 서로 다투며 줍느라 대혼란이 벌어졌다. 다치바나가 통역관에게 탄식했다.
> "너희 나라는 기강이 이미 허물어졌다. 망하지 않기를 어찌 기대할

수 있겠는가."

다치바나는 보았다. 대마도 정벌과 6진 건설 이후 100여 년 사이 망가진 스산한 조선을. 다치바나가 보고 들은 바는 고스란히 일본 정부에 보고됐다.

그로부터 6년 후, '도요토미 히데요시'는 오사카성(城)에 쟁쟁한 부하 장수들을 불러 명한다.

"임진년(1592) 4월 조선을 치라."

임진왜란은 불에 화약을 끼얹듯 삽시간에 한반도를 휘감았다. 조선은 이내 쑥대밭이 되어갔다. 부산 함락이 4월 14일인데 군 통수권자 선조는 4월 30일 백성들의 통곡 소리를 무시한 채 평안도로 피신한다.

전혀 준비되어 있지 않았던 조선군은 연전연패. 결국 전쟁은 힘없고 못 배운 백성들이 떠안고 나섰다. 죽기를 각오하고 낫과 곡괭이, 죽창을 들고 부녀자까지 치마폭에 돌을 나르며 싸웠다. 총이라는 가공할 무기 앞에 사상자가 속출했지만, 그들은 잡초처럼 밟히면서 잡초 같은 끈기로 버티며 싸웠다.

일본군은 갑옷도 입지 않은 평민복 전사들에 크게 당황했다. 이순신은 시대를 초월한 참 애국자였다. 일본 함선이 갈매기 떼처럼 몰려왔지만 해전에 있어서 그는 전투의 신이었다. 적의 의표를 찌르는 전략으로 적함을 철저히 파괴, 침몰시켰다.

일본군은 거북선에 크게 놀랐고, 북진에 제동이 걸렸다. 임진왜란의 포인트는 진주성이었다.

일본군은 만사(萬事) 우선, 쌀이 풍부한 전라도 땅을 수중에 넣어야 했다. 그러나 바다를 이순신이 막고 있어 여수, 목포 쪽 상륙이 불가했다.

부산에서 육로 요충지 진주성만 함락시킨다면 전라도는 지척이다. 일본군은 전라도 진출을 위해 경상도 진주성을 노렸다. 조선을 알려면 임진왜란을, 임진왜란을 알고 싶으면 진주성 전투라 할 만큼 그 싸움에는 당시 조선의 정치, 경제, 문화, 군사 모든 것이 함축되어 있다.

당시 진주성 내 조선군 병력은 약 3천 명. 일본군은 3만이 넘었다. 엄청난 수적 열세임에도 불구하고 격렬한 공방전의 결과는 조선군의 승리였다. 신무기(총)로 무장한 적의 대공세로 명장 김시민을 비롯한 여러 장수들을 잃었으나, 끝내 요충지 진주성을 지켜냈다. 그 시각 선조는 신하들을 이끌고 명나라 땅 요동으로 가 망명할 궁리를 하고 있었다.

일본군은 일차 퇴각했지만 오사카 천수각에서 보고를 받은 군주 도요토미 히데요시는 크게 격분, 피의 복수를 다짐한다.

과연 이듬해 6월. 도요토미는 조선에 출병한 병력의 절반을 진주로 집결시켰다. 가토 기요마사(加藤淸正), 고니시 유키나가(小西行長),

구로다 칸베에(黑田孝高) 같은 이름난 장수 밑에서 잘 훈련된 병사 10만 명이 새카맣게 진주성을 에워쌌다. 조선군은 1만 명이 채 되지 않았고 1대 10의 대혈전이 벌어졌다. 조선군은 완강하고 처절하게 버티었으나, 결국 전멸. 진주성은 끝내 함락되고 만다. 일본군은 성내에 있던 민간인 6만 명 모두를 어린아이와 개까지 죽였다. 이 대목이 중요하다. 나는 이 기록을 절대로 믿지 않는다.

일본군은 민간인을 다 죽이지 않았다. 승전 축하 술판이 벌어졌을 때, 일본군 장수를 껴안고 강물에 뛰어든 기생 논개가 그 증거다. 적들이 왜 논개만 살려두었겠는가.

조선 말도 모르는 일본군이 그녀가 논개인지 어떻게 알았을까. 살아 있는 다른 기생에게 캐물으니 말했을 것이고, 더 많은 생존자가 있었다는 추론이 충분히 가능하다.

전쟁은 젊은 여성을 두 번 죽인다는 말이 있다. 일본군은 젊은 여인들을 기꺼이 살려야 했고, 식사와 빨래를 도와줄 일손도 필요했다. 허기진 병사 10만이었다. 1대 10 전투에서 1만 조선군이 한 사람당 2~3명을 죽이고, 죽었다 해도 7~8만이다. 거의 모든 여인들이 차례로 변을 당했을 것이다.

이 여인들이야말로 우리 장수 누가 어느 위치에서 가장 장렬하게 싸웠고, 누구 누구가 어떻게 죽었으며 어떤 유언을 남겼고 피아(彼我)의 그 많은 전사자들을 화장했는지 집단매장을 했는지 처음부터

다 지켜보았다.

살아남은 목격자들만이 2차에 걸친 진주성 전투의 전말을 증언해 줄 수 있었고, 훗날 기록에 반영되었을 것이다. 그러나 너무 치욕스러워 기록자가 일부러 빠뜨렸거나 상세히 쓰지 않았을 가능성이 크다.

여인들은 능욕당한 사실이 구전되는 것조차 죽는 것만큼 싫었을 것이다. 그래서 '양민 6만 전멸'로만 쓰여 있는 것이 아닐까.

근세 일본군 위안부 문제가 세계적 이슈가 된 오늘날. 위안부에 가해진 강제 동원, 유괴, 착취를 입을 모아 고발하고 있다.

그러나 진지가 함락되고 적의 총칼 앞에 발가벗겨진 수많은 여성의 극에 달한 공포는 필설로 형언키 어려웠으리라 감히 단언하고 싶다.

모든 것이 까맣게 잊히고 있다. 책으로 쓰지도 말하지도 않고 있다. 불과 400년 전, 손에 잡힐 듯한 엊그제 일인데.

누가 논개를 두 번 죽였나

1598년 도요토미 히데요시가 죽고(병사) 왜란이 끝났지만 후폭풍이 거셌다.

군사를 보내 조선을 도와준 명나라는 막대한 국력 손실과 기근까지 겹쳐, 결국 후금(後金)을 거쳐 청나라가 되었다. 일본 역시 긴 전쟁으로 나라 곳간이 비고, 새 물결 '도쿠가와 이에야스' 장군을 군말 없이 새 지도자로 추대한다.

임진왜란은 결과적으로 두 나라를 망하게 했다. 조선도 이순신과 의병이 없었다면 어떻게 되었을까. 궁궐은 모두 불타고 그 자리에 일본 신사(神社)가 들어서고 백성들은 오랜 기간 일본어를 들어야 했을지 모른다.

불도를 닦는 승려들의 활약도 조선 수군 못지않았다. 왜란 이후 사람들은 술 취한 젊은 중을 만나도 반드시 스님이라 불렀다.

그러나 죽어가던 나라가 목숨을 겨우 건졌다 뿐, 오랜 난리로 전답이 황폐화, 소출량이 반감되니 나라 곳간을 채우느라 쌀을 많이 바치면 벼슬을 주는 사태까지 벌어졌다.

무엇보다도 '불구대천 일본'을 향한 백성들의 적개심은 상상을 초월했다. 오랜 세월 왜구에 시달려온, 잠시 무의식 저 아래 잠복해 있던 피맺힌 감정이 용암처럼 다시 끓었다.

"지금까지 이 땅을 침범한 북방오랑캐를 다 용서한다 해도 바다 건너 왜놈들만은 결단코 용서치 않으리라!"

죽다 살아남은 백성들이 그렇게 소리쳤다.

일본군과 교전 중이던 이순신을 트집 잡아 옥에 가두고 처형시킬 궁리만 했던 선조 왕은 참으로 박정했다. 의주로 피신할 때 말을 몰아준 마부에게는 큰 상을 내리면서 적장을 껴안고 강물에 몸을 던진 논개에게는 잘했다 칭찬 한마디 없었다. 천한 기생이라는 이유였다고 기록에 남아 있다. '의기 논개'를 기리는 사당이 세워진 것은 임진왜란이 끝나고 100년도 훨씬 더 지나서였다.

원래 논개는 진주 사람이 아니고 전라도 장수 태생이었다. 같은 지방 장수 선비가 논개의 사당을 물끄러미 보고 섰다가 이런 말을 했다고 한다.

"훗날 또 어떤 기생이 이런 나라를 위해 목숨을 바칠꼬."

관상에 의지하는 권력자들

애초 임진왜란은 방어전이었다. 일본군이 제아무리 막강해도 당시 조선군 전력으로 능히 해안에서 막을 수 있었다. 그런데 왜 사전 대비를 못했을까. 무능한 왕과 신하들 때문이었다.

약육강식의 시대. 외침은 언제 어느 때든 있기 마련이다. 도요토미 히데요시 탓만 할 게 아니다.

임란은 웃기게도 사주 관상에서 시작된 전쟁이다.

전쟁 발발 2년 전. 선조 22년 어전회의 때 왕이 명했다.

"일본 나라가 전쟁 준비를 한다는 소문이 있다 하니 경들이 한번 가서 살펴보고 오시오."

신하 두 사람이 일본으로 건너갔고, 1년이 다 돼서 돌아왔다. 그런데 팀장과 부팀장 말이 각각 달랐다. 현지를 면밀하게 살폈다는 부팀장 '김성일'이 마치 형사가 몽타주를 그리듯 세세하게 보고 하기를

"적장 도요토미 머시깽이라는 자는 눈이 쥐눈에 얼굴 생김새가 요래요래…체격이 이래저래 해서 전쟁을 할 만한 위인이 절대로 못됩니다. 전하."

라고 관상 본 이야기를 했다. 선조는 크게 만족하고 부팀장 김성일의 보고서를 채택했다.

그리고 1년 후(1592년) 일본군의 침공으로 부산이 함락되고 나라는 졸지에 화염에 휩싸이면서 선조는 의주로 피신한다. 나라 기둥 뿌리가 흔들리고 무수한 사상자가 났다. 관상 본 것을 아뢴 자나 귀담아들은 왕이나 역사에 남을 역설적 국방 교범이 되었다.

청나라에 의한 병자호란(1636, 인조 14년)은 왜란의 속편이자 무능한 통수권자의 '시즌 투'였다. 국방 문제 소홀하다가 어떻게 되는가를 너무 많이 겪어 뼛골에 사무칠 만도 한데, 마치 임진왜란 때 뜨거운 맛을 미처 다 못 봤다는 듯, 창건 이래 최악의 사태. 왕이 적장 앞에서 머리를 땅바닥에 찧는, 전대에도 후대에도 다시 없을 치욕을 당했다.

당장 외침의 불덩이가 발등에 떨어졌는데도 아무런 결정을 못하는 철학도 비전도 없는 임금의 좌고우면(左顧右眄). 융통성을 모르는 고집불통 고관대작들.

두 숙명적 조합이 만들어낸 인재가 바로 병자호란이다. 아무리 매를 맞아도 아픔을 못 느끼는 특이한 체질들일까. 치욕을 당해도, 당해도 금방 잊어버리는 정말로 멍청한 사람들일까.

일본인들도 사주니 관상이니 하는 것을 의외로 좋아한다. 인공지능이다 로봇산업이다 첨단을 달린다면서 그 비싼 기기에 자신의 운명을 점치는 엘리트들이 꽤 있다. 관상을 믿든 사주를 신봉하든 어디까지나 개인의 취향이다. 그러나 나라를 걸고 시작하는 위험천만한 베팅은 만약 진다면 국가를 통째로 내놓아야 한다.

복수의 무한궤도
당파 싸움

역대 왕들은 왜 그랬을까. 왜 그리도 뭘 모를까. 신하들이 정말로 그렇게 무능했을까. 대체 무엇을 얻으려고 그토록 피비린내 나는 당파 싸움을 했을까.

원래 파벌이라는 덩어리가 하늘에서 떨어진 것이 아니고 1인 1인 개체가 모여 무리를 이룬 것이다. 예나 지금이나 똑같다. 한 사람씩 떼어놓고 보면, 저마다 한 시절 신동으로 불리던 수재 아니었을까. 나라를 위해 이 한 목숨 바치겠다고 맹세도 했을 것이다.

그러나 감투나 완장에는 독약도 함께 묻어 있다. 막상 계급장을 달고 동인·서인, 남인·북인 정파에 속하면서 운신(運身)이 쉽지 않다. 장원급제해도 줄을 잡고 뇌물을 써야 승진이 되던 시대였다(무과에 급제한 이순신도 함경도 변방, 무너진 망루를 고치면서 많은 날을 보내야 했다).

아마 본인 스스로도 절망했을 것이다. 자고 깨면 아부해야 하고 절대 찬성 아니면 반대를 위한 반대.

협치(協致)는커녕 파벌과 머리를 맞대는 자체가 수치요, 금기다. 어찌하면 아둔한 저쪽 악의 무리를 곤경에 빠뜨릴까. 라이벌을 몰락시켜야 이쪽 권세가 막강해진다. 권세는 부귀영화다. 마침내 임금까지 이쪽 눈치를 살피니 천하는 우리 계파 것이나 다름없다.

"모든 방법을 동원해 저놈들을 모함해라!"

조선왕조실록 곳곳의 기록에도, 죽어 나가는 신하들은 왕의 노여움보다 파벌 싸움의 희생양이요, 결과물이었다. 사소한 말실수나 반대의사 표명에 '이놈 잘 걸렸다' 죽이고 고문하고 귀양을 보냈다.

훗날 세상이 바뀌면 보복당할지 몰라 미리 싹을 자르기도 했다. 아무것도 모르고 술자리에 따라갔다가 어이 없이 죽기도 했다.

기르던 강아지가 안 보여도 어디 갔나 찾는 게 사람 마음인데 임금은 같이 일하던 신하가 사라져도 무심했다. 이런 국가 시스템이니 그 아래, 더 아래 하급 관리들은 오죽했을까.

간신들은 임금의 안색과 당파 우두머리 얼굴을 번갈아 살폈다. 젊어 한때 장자, 노자를 읽던 촉망받던 선비였다. 그런 엘리트가 영혼 없는 거수기가 되어 모함과 살인을 일삼는 괴물이 된 자기 자신을 한번쯤 돌아는 보았을까.

이성계가 조선을 세우고 적어도 150년 동안은 전도유망한 국가였다. 특히 군사, 과학기술, 문화 수준은 중국, 일본에 전혀 뒤지지 않는 세계적인 레벨이었다. 그런 나라가 어디서 잘못되었을까. 망조가 나기 시작한 것은 피비린내 나는 파벌 싸움, 끔찍한 사화(士禍) 때문이었다.

언론인 문갑식이 〈조선일보〉 칼럼 '세상 읽기'에서 이렇게 썼다.

사화에는 몇 가지 공통점이 있다.

첫째, 간신들이 과거 잘못을 바로잡는다며 평지풍파를 일으킬 '죄'를 만들어낸다.

둘째, 이런 측근을 제어해야 할 군주가 그들에게 휘둘린다.

셋째, 보복을 당한 쪽은 오랜 세월이 흘러도, 처지가 바뀌면 꼭 앙갚음했다.

사화를 정치 세력 간 경쟁으로 보기도 하지만 사화의 본질은 강자의 약자에 대한 '정치보복'이었던 것이다.

무오사화(1498)부터 을사사화(1545)까지 47년간 인재의 씨가 말랐다. 말 그대로 죽고 죽이는 복수의 무한궤도.

기본도 못 갖춘
철없는 상전들

1603년 일본은 에도막부(江戶幕府)시대가 열리고 있었다. 도쿠가와 이에야스가 수도 교토에서 도쿄 쪽으로 거점을 옮기느라 바빴다. 일본이 임진왜란 이후 한동안 조용했던 이유가 거기 있었다.

지금이야 큰 도시지만 당시 도쿄만 일대는 사람이 살기 힘든 황무지였다. 도쿠가와와 그의 가신들은 그 척박한 땅을 오사카나 교토 같은 도시로 만들기 위해 죽을 고생을 했다고 한다. 조선과 전쟁 같은 거 할 여력이 없었다. 조선으로서는 바로 그때가 민심을 추스르고 무너진 기강을 바로 세우고 국력을 키울 절호의 기회였다.

그러나 한치 앞 미래를 못 읽는 임금, 간신들의 파벌 싸움은 조금도 달라진 것이 없었다.

중고등 학생들이 불같이 화를 낸다.

"무슨 아프리카 미개 소수민족도 아니고, 쓸 만한 인재는 다 죽이고 귀양 보내고, 도대체 이해가 안 된다! 그때는 법도 없고 판사, 변호사도 없었느냐!"

법이나 제도의 문제가 아니었다.

봉건시대 독재국가라도 최소한의 상식이 통하고, 공평하게 지켜져야 법이고 제도다. 권세가 높을수록 "귀에 걸면 귀걸이, 코에 걸면 코걸이"였고 법은 있으되 휴짓조각에 불과했다. 제일 높은 임금부터가 그랬다. 어느 시대 누구 왕 때라고 할 것도 없었다. 법을 제대로 지킨 왕을 찾기가 쉽지 않다.

폭군이 들어서면 세상은 그날부터 지옥으로 변했다. 준법의 문제가 아니고 죽느냐 사느냐, 그야말로 '밤새 안녕'이 인사였다. 10대 연산은 "남산 기슭의 집들 꼴이 지저분해 보기 싫도다! 다 헐어 없애버려라!" 명하니 졸지에 그 한마디로 수십 가구가 거리로 나앉았다. 가난이 누구 때문인데 왕이라는 사람이 백성들의 낡은 가옥 꼴을 못 봤다. 그러나 그 정도는 양반이고 "창의문 밖 양인들을 다 쫓아내라! 그 딸들은 여기 궁궐로 모두 데려오라!"

또 연산은 "주색을 멀리 하소서" 충언하는 비서(내시)를 그 자리에서 활로 쏘고 칼로 쳐 죽였다. 불타는 로마 시가지를 바라보면서 엉터리 시를 읊었던 폭군 네로와 크게 다를 바 없다.

폭군이 물러나고 새 임금 시대가 되었다고 백성들이 그날로 기를 편 것은 아니었다. 권력은 곧 하늘이었고, 뼈가 부러지게 짓밟히느냐 조금 덜 아프게 짓밟히느냐가 아랫것들의 운명이었다. 아무도 막을 수도, 종잡을 수도 없었다. 왕이 그러하니 신하도, 그 밑 신하도 산중의 범처럼 행세하며 법을 하찮게 알고 지키지 않았다.

만약에 그 시대가 오늘날 같이 교통체증이 극심했다고 치자. 하나의 가정이지만 힘 있는 상전들이 어쨌을 것 같은가. 내 눈에는 고관대작들 짓거리가 눈에 선하다.

아랫것들은 자동차를 가지고 나오지 말게 하라!

신분이 낮은 자가 비싼 차를 타면 즉시 체포하라!

차선 위반하면 차를 뺏고 걸어다니게 하라!

신호위반 운전자는 곤장 30대를 때려 기어가게 하라!

아니다, 눈이 나빠 신호를 못 볼 수도 있지, 나도 그랬노라 쌀을 징수케 하라!

음주운전자는 전 재산을 몰수하고 그의 처와 자식들을 종살이 시키도록 하라!

그랬다가 무슨 변덕인지 곧 바로 긴급명령.

남자가 과음할 수도 있지. 그냥 보내주고 벌금만 징수케 하라!

과속으로 인명을 살상케 한 자는 귀양을 보내라!

그랬다가 과속 운전자가 지체 높은 분이거나 자제면?

오죽했으면 과속했겠느냐. 바쁜 차를 보고도 차선을 양보하지 않은 앞차 운전자를 매우 쳐라!

이해를 돕기 위해 교통 문제로 비유했지만, 매사가 이런 식이면 국가가 유지될 수가 없다.

실제로 얼마나 많은 백성들이 민형사상 손실을 보았을까. 얼마나 억울한 옥살이를 당했을까. 실제로 피해를 당했는데 오히려 가해자로 둔갑, 죽도록 곤장을 맞은 예가 있었다. 많았다. 대신 뇌물을 쓰면 곤장을 아프지 않게 살살 때리기도 했다니 그저 '쓴웃음 세상'이었다고나 할까. '삼족 멸'까지는 상상이 안 돼 논외로 치지만, 조선만이 아니고 모든 독재 세습 황제들의 흔한 행태일지도 모른다. 로마를 필두로 모든 권력은 포악했다.

그러나 너무 불편한 진실 한 가지. 조선의 임금과 신하들이 비판 받아야 할 결정적 과오는 '무지'였다.

이상하지? 공자, 맹자, 노자, 도덕경을 암송하는 고관대작들이 어째서 무지? 그게 말이 되나? 나라를 망친 간신 중에도 명문가 수재들이 줄을 섰다고 하는데 무지라니. 도대체 무슨 말일까.

유식한 무지들

미국의 유명 코미디언이 이런 말을 한 적이 있다.

"군인이 겁이 많고, 법관이 법을 우습게 알고, 교수들이 무식하다."

무슨 심보로 그런 말을 했을까. 혹시 매 맞지 않았을까. 그러나 '모든 군인이 겁쟁이다' 소리가 아니었다. 전쟁이 없다 보니 장성들이 무사안일, 월급쟁이로 안주한다는 소리였다.

'법관이 법을 우습게…' 소리는 재판마다 들쭉날쭉, 고액수임료 변호사를 쓰면 어김없이 무죄판결이 나니, 어찌 공정한 법집행 사회냐는 소리였다.

'교수들이 무식하다' 소리, 이 대목이 새겨들을 만하다. 한 분야에 출중할지 모르나 한 발 비껴서면 너무 뭘 모른다. 학자가 기본도 없냐. 실망스럽다. 그 얘기였다.

조선시대 선비들이 그랬다. 주류 학문이 중국 따라 하기였고, 꿈에도 소원이 공자, 맹자 아바타였다. 보고 싶은 것만 보고, 듣고 싶은 것만 들었다.

'글을 아는 까막눈'끼리 토론을 하면 늘 고성 삿대질로 끝났다. 일찍이 우물 안 개구리를 깨닫고 중국 유학을 가 거기서 급제한 신라 천재도 있었다. 그러나 거기까지였다.

선비들은 우주 만물 모르는 게 없었으나 제대로 아는 것도 없었다. 청산을 노래하고 낙화를 읊으면서 소나무가 왜 말라죽는지 몰랐다. 가뭄이나 불개미, 소나무 병은 아예 머릿속에 없었다. 청송이 지조가 없어 푸름을 잃었다고 탄식했다. 대나무가 절개를 못 지켜 죽었다고 했다. 까치가 깍깍 울면 반가운 큰 손님이 온다고 길조라 좋아했다. 농사일을 직접 해본 적이 없으니 까치가 얼마나 농작물을 해치는지 몰랐다. 까치는 멀리서 빚쟁이가 와도 깍깍 울고 나졸이 잡으러 와도 울었다. 자신을 죽이려 사약을 가지고 오는데도 까치가 운다고 좋아했을까.

그러고 보니 사약은 손님 맞다. 염라대왕이 보낸 큰 손님이니까.

출세한 벼슬아치들 논리는 교과서에도 없는 논리였다. 자기들은 상전이니 기생 파티가 당연했고, 아랫것들은 늘 헐벗고 굶주리는 게 타당했다.

효가 예절의 근본이라면서 늙은 부모를 치매가 오기 전에 빨리 산에다 갖다버렸다(조선시대 들어 고려장이 점차 사라졌지만 산간벽지에는 한참 더 계속 되었다). 귀여운 딸자식에게는 "암탉이 울면 집안이 망한다"고 가르쳤다. 춘원 이광수가 "우리 조상들이 물려준 것은 가난뿐"이라고 했지만 벼슬아치 상전들은 가난하지 않았다.

강직한 충신을 청렴결백이라는 족쇄를 채워 더 가난하게 더 비참하게 살게 했다. 당연히 그쪽으로 가야 할 재물을 자기들이 챙겼다.

상전들은 많은 전답과 엽전 꾸러미를, 고래 등 기와집을 자손들에게 물려주었다. 부의 세습이 그 시대 특권이었다. 힘없고 배우지 못한 무지렁이 아랫것들의 고혈을 짜내서 자식들에게 남겨주었다. 참으로 흉악한 상전들이었다. 대신 몸들이 허약했다.

그들은 책을 읽다가 눈이 침침해지면 잠을 자지 않고 술과 풍악을 즐겼다. 축첩(첩을 둠)에 특히 공을 들이니 대개가 단명했다. 그 자식들도 그러했다.

반면에 조선 팔도를 떠돌아다니며 비바람과 이슬을 피해 술을 벗 삼았던 김삿갓이 걷기운동 덕에 훨씬 오래 살았다. 그 당시 57세면 지금 시대 90세 이상의 천수를 누린 셈이다.

어느 전무님을 위한 기도

무지란 도대체 어디서 온 것일까. 어디서 오지 않았다. 그냥 태어난 채로 밥만 먹고 있으면 무지를 유지할 수 있다. 인간의 무지, 무식, 무대포(무모하다는 일본어) 다 곤란하다.

그중 무지가 으뜸 고약하다. 그러나 인간의 무지를 악으로 규정할 수는 없다.

단지 아는 게 없어 먹고 자고 씻고 놀고 자고 다시 먹는, 그저 무식한, 무해무익 자유인일 뿐이다.

그런데 그러한 사람이 사회활동을 시작하면 문제가 생긴다. 질서도 룰도 모르니 자기 멋대로 남이야 어찌되든 말든 제 이익만 탐하니 다른 사람이 매우 불편해진다. 이런 사람에게 만약 권력 같은 것을 쥐어주면 진짜 큰일 난다. 다수의 사람들이 죽을 고생을 하게 된다. 그러나 본인은 그것을 모른다. 자기가 잘 하고 있다고 생각한다.

어떤 회사 직원들이 호프집 구석에 모여 앉아 우울한 잡담을 하고 있었다. 불경기가 어쩌고 하는 얘기가 아니었다. 중간중간 땅 꺼지는 한숨 소리가 들렸다. 살그머니 귀를 기울여 봤더니 역시 예사로운 잡담이 아니었다.

"우리 전무님…힘들게 매일 출근하시지 말고 그냥…집에…제발 집에 좀 계시면 안 될까. 그러면 우리가 월급, 상여금, 특별수당, 출장비, 꼬박꼬박 체크해 드리고…이벤트 있을 때마다 꼭꼭 기념품도 챙겨서 택배로 보내드릴 텐데…. 아, 제발 제발…우리 전무님이 회사에 안 나오면 얼마나…얼마나 좋을까."

아!
청계천

‘도쿠가와 막부’ 에도시대 후반, 전쟁이 없는 세상이 되니 칼을 쓸 일이 없었다. 사무라이들은 대부분 실업자가 되었다. 칼잡이가 무직인 시대는 나라가 생기고 처음이었다.

고향으로 돌아가 개인 경호원으로, 혹은 장사를 하다가 가진 돈 다 까먹고 범죄자로 전락한 딱한 사무라이도 있었다. 그러나 전쟁이 있다 해도 작동이 쉬운 다연발 소총에 권총, 물레방아식 기관총까지 반입되니 이미 칼잡이 종언 시대였다.

그러나 사무라이들은 낙심하지 않았다. 독서로 세상을 다시 읽으면서 세계를 공부했다. 그 시절 ‘에도’ 무가에 세계지도 없는 집이 거의 없었다고 한다. 역시 빠르고 자세에 빈틈이 없는 사무라이들인가.

비교하기 불쾌하지만, 그 당시 조선은 세계지도는 고사하고 국내 지도 한 장 구하기도 별따기였다. 혹 잘못 소지했다가 첩자로 의심받기 십상인 세상이었다.

세월이 한참 지나 외국 선교사가 중국에서 가져온 세계지도 달랑 한 장이 최초이자 전부였다. 물론 돈을 주면 보따리 무역상들이 구해다 주겠지만, 조선 임금도 신하도 '우리끼리 지금 이대로'가 좋았다. 바깥세상이 어떻게 돌아가는지 알 수 없지만 알 필요도 없었다. 도대체 '정보'라는 것이 성가셨다. 덕분에 아무 힘없는 농민들은 그저 하늘만 바라보았다.

극심한 가뭄 때 나라가 신경 써주는 일은 기우제가 전부였다. 백성을 생각해서가 아니라 농사가 잘돼야 많이 거둬들일 수 있기 때문이다. 즉 기우제는 국가의 펀딩이었고, 임금도 신하도 오직 거기 매달렸다.

도랑을 막아 물을 가둔다거나 빗물을 모은다거나, 작으나마 저수지를 어찌 해보는 것은 돈이 들고 귀찮았다. 전문가도 없었다. 있어도 선뜻 안 나섰다. 중매쟁이는 뺨만 맞지만, 괜히 난공사 맡았다가 돈은 커녕 죽을 수도 있었다. 그저 안전빵이 기우제였다. 돼지 대가리를 삶고 그저 하늘에 빌었다. 기우제를 지내면 반드시 비가 왔다. 비가 올 때까지 지내니까.

그토록 오매불망 중국 따라쟁이를 하면서, 중국 대륙 곳곳에 뚫리고 연결된 수로는 보지도 배우지도 알려고도 안 했다. 중국이나 일본 이곳저곳 올망졸망 꼬마 운하가 있는 것은 베네치아처럼 곤돌라를 띄우고 산타루치아를 부르기 위함이 아니다. 농산물, 공산품, 어류를 신속히 나르기 위한 물류 통로였다.

소달구지는 느리고 말은 비싸고 관리도 힘들어, 서민들은 물길을 헤치고 연결해 삶에 속도를 더한 것이다. 어느 시대, 어느 국가든 물을 잘 활용하는 나라가 부강했다. 농사가 전부이다시피 한 조선은 논두렁, 밭두렁 물꼬 하나까지 고색창연(古色蒼然) 조상님의 은덕뿐, 효율적으로 개선해 보려는 왕도, 신하도, 고을 원님도, 그 따까리도 없었다.

그러면서 물 낭비는 심해, 그야말로 물을 물 쓰듯 쓰고 나서 비가 안 온다고 하늘을 원망했다. 조선왕조 500년에 '물을 제발 좀 아껴 써라' 교시를 내린 왕이 한 명이라도 있기는 있었나?

빗물을 모으기는커녕, 꼬마 운하를 꿈꾸기는커녕, 미국에서 알 카포네가 시가를 물고 기관총을 휘두를 때, 정말 부끄럽게도 서울 광화문 일대는 비만 오면 아낙네들이 요강을 들고나와 맑은 개천에 쏟아부었다.

조선시대만 해도 물이 맑다고 '청계천'이었는데 인구가 급격하게는 탓인지. 온갖 잡동사니를 개천에 던지고 오물까지 버렸다. 청계천은 금방 더러운 탁류, 오물천이 되었다(1960년대).

어느 이른 아침 술집 여종업원이 그 물가에 쪼그려 앉아 조심스레 세수를 하고 있었다. 하필 그때 아침 산책을 나왔던 외국대사관 직원이 그 광경을 보고 딱 두 마디했다고 한다.

"오, 노!"

하멜도 울고 간 조선

청계천에 썩은 물이 흐르기 전, 청계천이 진짜 청계천일 때 가난한 백성들에게도 가끔 따끈따끈한 기적이 찾아왔다. 국가가 해주는 것이라고는 전쟁을 만들고, 젊은이를 데려가서 죽이고, 세금을 빨리 안 낸다고 징수원 나리가 대문을 걷어차는 것뿐이었는데, 아니 이게 웬 산타클로스 징글벨!?

어느 해부터인가 갑자기 '그해 겨울은 따뜻했네.'

추운 겨울이 유독 싫었던 백성들이 따뜻한 겨울을 날 수 있게 된 것이다. 기적의 목화솜이었다. 백성들은 처음으로 나라님께 감사하고 관청을 향해 절을 했다. 그러나 나중에 알고 보니 목화솜은 국가 간 통상의 산물이 아니고 한 개인이 씨앗을 몰래 숨겨온 착한 범죄였다. 국가는 백성을 위해 해주는 것이 거의 없었다. 백성들은 국가의 기능에 대해 한 번도 따져본 적도 없었다.

'하멜'과 그의 동료 네덜란드인들이 표류하여 조선에 왔었다. 왕과 신하들은 그들을 원숭이나 파충류처럼 구경거리로 삼았다. 나중에 잠깐 무기개발을 도왔다고 하나, 양복 기술자를 철공소에 보낸 격이었다. 차라리 완전 다 맡기든지. 언어도 안 통하는 관리들 밑에서 쇳조각이나 나르고 청소나 했다. 무려 14년 동안 거지꼴로 고생하다가 천신만고 끝에 조선을 탈출해 일본으로 갔다. 일본인들은 그들한테서 유럽의 정치, 경제, 사회 공부를 하고 선박 제조와 와인을 배우는 등 큰 유익을 얻었다. 하멜은 자신들을 박대한 조선에 대해 무어라 했을까.

훗날 본국에 돌아가 하멜은 일본 여성들이 친절하고 순종적이더라고 견문록에 썼다. 하멜에게 조선 여성은 별로 친절하지도 순종적이지도 않았을까. 조선 여인은 외간 남자와 눈도 마주치지 않는데, 말이나 시켜봤을까. 무슨 엉뚱한 소리를 퍼부을지 몰라 하멜 쪽에서 조심하고 피해버렸을까.

하멜에게 많은 것을 사과하고 싶다.

도요토미 히데요시의 저주

일본 사무라이는 어떤 사람들일까.

일반적으로 알려진 사무라이들의 특징은 우선 성격이 불같고 직선적이다. 오다 노부나가, 도요토미 히데요시, 도쿠가와 이에야스. 당대의 세 군주 역시 그러했다.

'오다'의 급한 성격은 TV 사극에서 예지력 번득이는 카리스마로 포장되어 시청자들을 열광시켰다. 그러나 결국 급하고 과격한 기질 때문에 부하 장수의 급습을 받고(혼노지의 변) 뜻밖의 최후를 맞는다.

'도요토미'는 천민 출신으로 오다 가문의 하인이었다. 주군의 신임을 얻어 무사가 되었고, 주군의 원수를 갚고 군주가 되었다. 그 역시 성격이 불같았다. 한번 표적에 꽂히면 포기를 몰랐다. 그의 표적은 조선이었고 결국 임진왜란을 일으켰다. 그리고 그것이 스스로의 명을 재촉했다.

'도쿠가와'는 에도시대를 연 초대장군(최고 권력자)이 되었지만 도요토미가 이루어놓은 천하통일 밥상에 숟가락만 걸친 행운아이기도 하다. 그러나 그는 급한 성미를 스스로 컨트롤, 참아야 할 때 참을 줄 아는 무사였다. 그것이 합리주의로 평가되고, 참 군주의 탄탄대로를 이어가게 된다. 그러나 한국인들이 그에게 호감을 갖는 이유는 그의 원만한 경영 철학이 아니다. 도요토미처럼 조선을 침략하지 않았기 때문이다.

그렇다면 전란기의 황소 같던 사무라이 '오다'는 왜 호감을 못 얻을까. 부하들을 쥐 잡듯 한 성격 때문이 아니다. 임진왜란을 일으킨 도요토미를 키웠기 때문이다.

만약 '도키치로'라는 이름의 떠돌이 거지를 오다가 거둬들이지 않았으면 '히데요시'라는 무사가 탄생할 일도 없고 임진왜란도 일어나지 않았다. '히데요시'라는 이름도 오다가 벼슬과 함께 붙여주었다. 그는 천민 출신이라 무사가 될 수 없었다. 나름대로 싸움질을 익혔지만 끝내 떠돌이 비렁뱅이를 못 면했다. 간신히 오다 가문의 하인으로 들어가 주군을 섬기던 중 유명한 '그 일'이 벌어진다.

어느 날 오다가 신발을 신다가 미간이 일그러졌다. 추운 겨울인데 신발이 따뜻했기 때문이다. 오다는 불같이 화를 내며 하인의 멱살을 잡고 소리쳤다.

"너 이놈! 내 신발을 깔고 앉아 있었구나!"

그러나 그것은 오다의 오해였다. 하인은 주군의 신발을 자기 품속에 넣어 체온으로 따뜻하게 데워놓았다가 주군이 방에서 나올 때 얼른 댓돌에 올려놓았다. 과연 하인의 가슴께를 보니 흙이 묻어 있었다. 그날부터 하인은 이미 하인이 아니었다. 졸지에 무사로 신분이 바뀌었다. 날로 주군의 신임을 얻어 승승장구. 그게 바로 장밋빛 인생이라는 것이었다.

오다가 죽고 '히데요시'는 일본 역사상 최초로 천민 출신 군주가 된다. 천하통일을 완성했다고 하나 사실은 주군 '오다 노부나가'가 닦아 놓은 신작로를 그대로 이어받은 것이나 다름없다.

그러나 도요토미 히데요시의 인생은 계속 장밋빛일 수가 없었다. 도요토미의 불행의 서막은 이순신의 출현에 의한 조선 정복의 실패였다.

나라 살림을 완전히 거덜 내고 죽는 것도 원통한데, 다시 이것은 또 무엇인가. 조선 백성들로부터 온갖 원망, 원한, 저주를 세세년년 혼자 뒤집어쓰고 혼자 감당해야 하는 것이다.

도요토미 히데요시가 무덤 속에서도 견딜 수 없는 것은 '장장 한 세기 동안 왜구들이 저지른 약탈과 유괴는 나와 무관하다. 그런데 왜 그 욕바가지를 내가 소급해 들어야 하는가' 그런데 그것으로 끝이 아니었다.

도요토미는 300년 후, 일본 외교의 마이너스 요인이 되기도 한다.

일제 36년 + 임진왜란 + 도요토미 플러스알파(교토 귀무덤 등등). 조선 백성들의 무의식 속에 숨어 있던 왜구와 임란의 악몽이 트라우마로 되살아났다. 일본을 더 증오하고 더 격하게 저항하는 요인 중 하나가 되었다. 그러나 아직 멀었다.

일본이 조선에서 철수한 후에도 '도요토미 히데요시'는 대한민국 교과서에서 끈질기게 오명을 떨친다. 아이들은 도요토미는 몰라도 '풍신수길'은 정확하게 답안지에 썼다. 세월이 흘러 잊기는커녕 한국인 관광객들이 오사카성에만 오면 천수각을 손가락질 하면서 임진왜란을 떠올린다.

도요토미는 흙이 되어서도 억울하고 분해서 눈을 감지 못하고 있을 것이다.

한국의 일부 정치인들은 껄끄러운 한일관계를 '일제강점기 36년' 작은 틀만 놓고 해소 방안을 모색한다. 그러나 70년간 아무런 진전이 없었다.

다수 국민감정이란 단시간에 형성되는 것도, 사그라지는 것도 아니기 때문이다. 역사를 보다 넓고 깊이 살펴야, 오랜 세월 켜켜이 쌓인 환부를 제대로 볼 수 있다.

'일제강점기 36년'이라고 하지만 원(몽고)은 98년간이나 한반도를 지배했다. 임란보다 아득한 옛날 같지만 잠깐 앞선 13세기 때 일이다. 그러나 그 일로 지금까지 몽고에 악감정을 품고 있는 한국인은 없다.

일본은 그런 사실에 별로 관심이 없는 듯하다. 자꾸만 과거를 잊고 싶은 일본의 입장이 아니어도 한국사 전체를 보면 '임진왜란 7년'은 눈 깜짝할 시간이다. '강점기 36년' 또한 차 한잔의 시간일지 모른다. 그러나 일본이 알아야 할 것은 나라 주권을 빼앗고 박해하고, 독립군을 죽이고 고문해서 생긴 '천추의 한'이 아니라는 점이다.

일본이 그랬던 것처럼 13세기, 원나라의 조선에 대한 수탈도 극심했다. 어부들이 생선을 뺏기지 않으려고 눈(雪) 속에 고등어나 꽁치를 숨겨 놓았다가 군인들이 가고 난 후 꺼내먹으니 그 맛이 너무 좋더라. 그것이 오늘날의 별미 과메기다.

몽고군이 쌀, 보리를 뺏어가면서 너희들은 이거나 먹어라! 메밀을 주니 솜씨 좋은 아낙네들이 냉면과 막국수를 만들어 먹으니 그 맛이 좋고 건강식이더라.

몽고군은 고려인의 두발까지 트집 잡아, 우리도 자기네처럼 앞머리를 밀고 꽁지머리를 땋아 늘어뜨리라고 했다. 고려 남자들이 그것만은 죽어도 안 된다고 하자, 본국 황제에게 전령을 보냈고 이런 답신이 왔다.

"그토록 싫다는데 머리털까지 자르라 강제할 수 있겠느냐. 내버려 두도록 하라!"

강점기에 일본은 그러지 않았다. 거리 곳곳에 숨어 있다가 상투머리 조선인을 닥치는 대로 붙잡아 삭발을 시켰다. 발버둥을 치면 총칼을 들이댔다. 졸지에 봉변을 당하고, 조상을 대할 면목이 없다고 대성통곡을 했다. 그 광경을 외국 기자들이 사진을 찍기도 했다. 일본은 조선 백성들의 자존심을 짓밟고 가슴을 후벼 팠다.

"그까짓 머리털이 뭣이 그리 중하냐, 시간 지나면 다시 날 테고, 정 너희들이 원한다면 가발을 사줄 수 있다."

아직도 이런 생각이라면 양국 관계는 백년하청, 영원히 으르렁대면서 살 수밖에 없을 것이다.

그러나 그 머리카락의 아픔과 치욕을, 내 머리카락에 가해진 고통과 수치로 느끼고 진심으로 미안했다고 사과한다면 가슴 속 상처는 풀어질 수 있다. 다시 친한 이웃으로 얼마든지 돌아갈 수 있다. 아주 쉬운데 일본은 그것을 모르는지, 모르는 척해야 할 사정이 있는지, 아니면 이미 까맣게 다 잊어버렸는지 알 수가 없다. 왜 한국과 일본은 대화도 안 되고 매사가 잘 안 풀릴까.

'절대로 두 나라는 친구가 되어서는 안 된다.'

무덤 속 도요토미 히데요시의 저주일까.

하수(下手)들의 총집합

갑신정변을 일으킨 김옥균과 방랑시인 김삿갓(김병연)을 사람들은 얼핏 잘못 알고 있는 듯하다. 김옥균은 현대인, 김삿갓은 태곳적 인물이 아니다. 둘 다 거의 비슷한 시기 사람이다.

김옥균은 일본을 보면서 조국 근대화를 꿈꾼 혁명가이고, 김삿갓은 죽장 짚고 천하를 떠돌던 엽전 느낌의 시인이다.

김옥균은 일본에서 기차와 자동차와 양주를 파는 바를 보았고, 김삿갓은 초가 처마 밑에서 비를 피하면서 소달구지를 얻어 타고 주막집 동동주를 마실 궁리를 했다.

김옥균은 혁명에 실패, 중국에서 암살당했고, 김삿갓은 한껏 시를 쓰고 한껏 마시고 객사했다.

누가 성공하고 누가 실패한 삶일까.

실패하지 않았다. 둘 다 충분히 성공한 사례가 아닐까. 두 인물 다 많이 꿈꾸고 많이 고뇌했다. 미개사회 탈피에 분명한 일 획을 그었다. 벼슬을 하고 거금을 움켜쥐고 인색했던 천박한 삶보다 훨씬 지적이고 인간적인 향내가 난다.

동동주와 위스키는 몰라도 자동차와 소달구지는 확연히 시대 차를 느끼게 한다. 그러나 자동차나 기차를 타야 유복하고, 소달구지를 탄다고 빈천한 삶은 결코 아니다. 오히려 반대일 수 있다.

분명한 사실은 소달구지가 교통 체증을 유발하는 점, 도로 점유 대비 운송량이 미미하다는 점이다. 서울은 물론 뉴욕, 도쿄 어디나 소달구지 통행 불가의 이유다.

그러나 소달구지를 기차나 자동차로 바꾸기는 쉽지 않다. 내가 하고 싶은 말은 조선의 임금과 신하들이 "우리도 기차라는 물건을 가질 수 없을까" 한번이라도 생각해 봤냐는 거다.

달구지 바퀴 소리를 개혁을 외치는 백성의 질타로 듣는 성군은 못 되어도, 땅에다 뭘 어떻게 하면 바퀴가 쑥쑥 안 빠질 수 있을까, 그 생각이라도 한번 해봤을까.

"아스팔트보다 흙이 좋은 거야! 우리는 누가 뭐래도 흙과 더불어 살아가야 할 농민 아닌가" 그랬을까. 선대 임금께 죄송하지만 그런 마인드조차 꿈에도 없었고, "내관(비서)! 오늘 연회에 오는 기생들, 몇 살 먹은 누구누구인지 이름을 알고 있느냐" 그랬을 것 같다.

만약 왕과 신하들이 오늘날 같은 자동차를 보았다면 무슨 생각부터

할까. 초등학교 6학년만 돼도 최소 이런 상상을 할 것이다.

“일단 신기하고 멋있다. 우리도 저런 쇠로 된 차를 가질 수 없을까? 한 대 얼마쯤 하지요?”

“저것이 기름으로 움직인답니다. 참기름 값도 비싼데 저 쇠차 기름은 쌀 몇 가마로 살 수 있을까?”

“적군이 저것을 타고 달리면서 활을 쏜다면, 마소밖에 없는 우리가 어찌 막지.”

“어찌 됐든 저것이 있으면 국경을 빠른 시간에 돌아볼 수 있겠네. 어디 국경뿐이겠어요.”

그러나 왕이나 신하는 그런 상상은커녕,

“참으로 해괴하게 생긴 쇠붙이로다! 서양의 대장간 기술이 신묘할세!”

“가마도 있고 말도 있는데 저런 괴물을 탄다는 말씀이옵니까! 천부당만부당하옵니다.”

“서양 놈들이 우리나라에 비싸게 팔아먹고, 계속 기름까지 팔기 위한 검은 속셈이 다 보입니다, 전하.”

“저것을 타면 조상이 준 소달구지를 갖다버리란 말인가, 천벌을 받을 소리!”

“새털같이 맑은 날. 저런 걸 타고 바삐 다닐 만한 일이 어디에 있느뇨.”

"저것이 필시 재앙을 부를 것이오. 당장 저 요망한 쇳덩이를 내다 버리도록 하라!"

상상력이 없으면 상상력이 풍부한 사람 곁에라도 있어야 진보할 수 있다고 한다. 모든 부강한 국가가 선대의 풍성한 상상력 위에 우뚝 섰다. 김삿갓이 세상을 질타하고, 김옥균이 혁명을 꿈꾼 것도 알고 보면 애끓는 상상력이 아니고 무엇이랴.

바둑에서 상대를 압도하는 길은 상상력(수읽기) 여하다. 그러나 바둑에서 고수가 수를 읽는 동안(상상하는 동안) 하수는 졸거나 쉬는 시간이다. 생각을 해봐도 하수 머리로는 더 나올 게 없다. 떠오르는 수가 너무 빤하기 때문이다.

조선의 대다수 임금과 신하들은 상상력에 관한 한, 국정과 치세에 관한 한 하수들이었다. 하수가 하수를 모시고 하수가 하수에게 보고하고, 하수가 하수를 등용하고, 하수와 하수끼리 국사를 논했다.

오사카(大阪)

일본 '오사카'는 수도 도쿄에 필적할 만한 관서지방의 대도시다. 한국 동포들이 특히 많이 산다. 에도 이전부터 세계적으로 알려진 상업 도시로, 농수산물은 물론 첨단 IT 기기까지 그야말로 없는 것 빼고 다 있는 활기가 넘치는 도시다.

일본 맛집 기행에서 절대로 오사카를 빼놓을 수 없을 정도로 싸면서 맛있는 음식점이 많다. 원래 너무 먹다가 재산을 날린다는[食(い)倒れ)] 먹보 도시다. '무뚝뚝한 오사카인'이라고 하지만, 가보면 아주 친절하고 너무 잘 웃는다.

물건을 작게 만드는 것은 되도록 멀리 많이 보내고 많이 팔기 위한 오사카 상인들의 지혜였다.

내기를 유독 좋아해, '야오초(八百長)'라는 미리 짜고 하는 승부로 유명한 것이 옥에 티라고 하면 티일까.

오사카가 얼마나 재미난 도시냐면, 연말이면 대대적인 바겐세일 행사가 꼭 있다. 1년 동안 이득을 남기게 해줘 고맙다는 사은의 뜻 외에, 옛날 창녀들이 남자한테 바가지를 씌운 데 대한 '참회의 날'이라고 해, 관광객들을 엄청 웃게 했다. 원래 오사카는 메이지 초기까지 '大坂'였는데, 장사가 안 되는 좋지 않은 도시명이라고 상인들이 들고 일어나 '大坂'가 '大阪'가 되었다. 오사카 학생들한테 그 얘기를 하면 "아! 그래요? 몰랐어요" 하는 이들이 제법 있다.

사실은 먹다가 망한다는 '쿠이 타오레'는 먹는 쿠이(食)와 말뚝 쿠이(杭)가 발음이 같아서 생긴 오류로, 입으로 먹는 것보다 수로에 선착장 말뚝(杭)을 확보하는 데 재산을 날린 사람이 더 많았다는 것이 숨은 정설이다.

어마어마한 부자도 오사카에 많이 살지만, 시민들이 가장 살기 편한 도시 중의 하나가 오사카이기도 하다.

오사카성은 임진왜란을 일으킨 도요토미 히데요시가 임란 전 1583년에 축성, 그 이후로 급격히 상업도시로 번창했다고 한다. 도요토미는 도시에 부를 불러다 준 은인이자 오늘의 오사카 관광 상품 중의 하나이기도 하다.

도요토미 히데요시만큼 죽고 나서까지 좋은 뜻에서든 나쁜 뜻에서든 계속 유명한 인물도 드물다.

천수각 군주를 만나러 갔으나

나는 아주 어릴 때 '오사카'를 알았다. 대단한 신동이라서가 아니다. 내 주위, 일본인도 아닌 토종 한국인 어른들이 늘 나를 놓고 일본 말을 했다. 처음에 나는 "엄마 하는 말 하고 왜 다르지?" 했는데, 초등학생이 되면서 그것이 외국어임을 알았다.

자기들끼리 독일 말을 하든 아프리카 말을 하든 자유지만, 내가 기분 나빴던 것은 아무래도 내 흉을 보는 것 같았다.

"누구를 닮았는지 통 공부를 안 해요."

"이 집도 큰일 났군! 애들은 회초리를 들어야 말을 들어요."

"철공소 보내지 뭐! 목공소도 있고."

대개 그런 얘기 같았다. 할머니한테 물어보니 내가 감으로 때린 게 반은 맞았다. 어른들은 수시로 '오사카' '오사카' 했다. 한참 뒤에 교포들이 많이 사는 일본의 큰 도시임을 알았다. 그래서 친척 아무개, 송금, 편지 같은 말이 오갔고 내 머릿속에도 자리 잡게 되었다. 오사카.

내가 다시 오사카를 만난 것은 초등학교 역사 시간에서였다. 선생님은 강한 어조로 누구를 성토하듯 "오사카성 천수각에서 풍신수길이가 임진왜란을 총지휘하고, 여기에 우리 이순신 장군이…."

나는 그날 굳게 결심했다. 언젠가 오사카에 간다! 가서 이 못된 풍신수길이를… 어린 내 가슴에 의분을 심어준 오사카였다. 그리고 많은 세월이 흘러갔다.

'풍신수길'에 대한 적개심을 접고, 관광객으로 오사카에 갔다. 감개무량했다. 처음 가는 도시가 왜 감개무량했을까. 오랜 세월 오사카, 오사카 하다가 '아, 드디어 왔구나!' 그 감개였을까. 문제의 오사카성이 정말 있었다.

흙으로 메꾼 것을 원상복구했다는 해자에는 바다처럼 물이 넘실댔다. 산이 없는 도시인데 오사카성이 등대처럼 서서 어디에서나 천수각이 보였다.

'도요토미 히데요시'가 죽고 '도쿠가와'로 세상이 바뀔 때 유일하게 도요토미의 아들 '히데요리(羽柴秀頼)'가 막부군(軍)에 저항하다가 끝내 자결했다는 오사카성.

그러나 거기는 장강의 뒷 물결도 앞 물결도 다 흘러 사라지고 무심한 바람 소리뿐이었다. 늙은 까마귀가 그게 인생이고 권력이라고 가르쳐주는 듯 깍깍댔다.

원래 오지는 오지 말라고 오지. 너무 알려진 명소도 잘 생각해보고 가야 한다. 기대가 너무 크거나 관광객이 붐비는 곳은 반드시 실망한다.

그 후로 여러 번 오사카를 갔지만, 오사카성까지는 가보지 않았다. 내가 다시 성을 찾은 것은 10년쯤 지나서였다. 어릴 때 적개심이 남았던 것이 아니고, 사실은 그 반대였다. 내 나라를 쑥대밭으로 만든 장본인 집에 왔는데 세월 좀 지났다고 이렇게 덤덤할 수 있나. 내가 나이가 들면서 성숙해졌나 떨떨해졌나…. 그러나 다시 또 덤덤했다. 높다란 성벽이 물끄러미 나를 내려다 봐서, 나도 쓸쓸히 올려다 봐주었다. 천민 출신 군주는 과욕을 부리다 병사하고, 하늘을 찌르던 도요토미 가문은 흙먼지로 흩어졌다.

그는 군사들을 독전, 조선군 장수들 목에 상금을 걸었다. 나중에는 조선군의 귀를 잘라오면 그 숫자대로 돈을 준다고 했다. 부산포에서 배에 실어 일본으로 보내온 귀만 10만이다, 20만이다 하는 기록이 있다. 그 끔찍한 귀들을 어느 스님이 한데 모아서 묻어주고 제까지 지내주었다. 지금도 교토에 가면 있다. 조선인 귀무덤. 도요토미는 창건 이래 가장 많은 전함을 바다에 띄우면서 엄청난 양의 전쟁 물자도 함께 실었다. 쌀은 말할 것도 없고 많은 양의 된장과 간장, 술통도 선적되었다.

대부분 대금을 지불하지 않은 외상 거래였는데, 도요토미가 저세상으로 가면서 받을 길이 없어졌다. 말린 생선값과 김값을 못 받은 상인도 많았다고 한다. 콩값을 못 받은 농민이 된장 공장에 몰려가 싸우기도 했지만 끝내 받을 길이 없었다.

나이 많은 택시기사와 그런 얘기를 하다가 내가 정색을 하고 따져 물었다. "일본답지 않다. 국가가 무책임하지 않은가" 했더니, 택시기사가 무슨 바보 같은 소리냐며 "군주가 바뀌고 세상이 뒤집혔는데 어딜 감히 가서 돈 달라 손을 내미느냐. 그 자리에서 목이 날아갈 수도 있다"고 했다. 그런가? 대통령이 바뀌었다고 정부와 계약한 게 꽝이 된다고? 하긴 옛날에는 왕이 곧 법이고 칼이 법이었다.

된장 기업, 간장 기업도 세상 돌아가는 거 잘 보고 거래 트고 외상도 줘야지, 까닥 잘못 하면 '친멸문 기업'으로 찍힐 수 있다. 된장값은 고사하고 된장 공장이 날아갈 수 있는 정권 교체기였다. 도요토미는 한반도에만 빚을 진 게 아니고 자기 나라 사방팔방 군데 어음을 남발하고 죽었다.

텅 빈 나라 금고, 마구 발행한 부실채권. 그뿐인가, 조선 원정에 나섰던 군사들이 돌아와서 수당 주시오! 귓값 주시오! 전쟁에서 이겼다 해도 도요토미는 지는 싸움이었다. 전쟁이란 도박이면서 기업의 선물투자다. 그러나 모두 사라졌다. 긴 세월이 모든 것을 덮어주었다. 차창 밖으로 조그맣게 멀어져 가는 오사카성을 돌아보면서 나는 다시 무덤덤해졌다.

그 막강했던 권세, 오사카성을 호령하던 천수각의 오야붕(親分: 두목)…. 무덤덤하게 탄식하면서 나는 곁눈질로 택시 미터기 숫자를 확인하고 있었다.

택시기사가 모처럼 먼 나라(한국이 먼 나라?)에서 오셨는데 곧장 '나라(奈良)' 도다이지(東大寺)까지 드라이브 어떠시냐, 요금을 깎아 줄 수도 있다며 계속 유혹했다. 나는 완곡하게 거절하고 선술집 많은 시내로 갔다. 택시비를 설사 반값만 받는다 해도 그날은 그만 발품을 끄고 '퇴근'하기로 했다. 조선군의 귀무덤 생각이 나는 순간 기분이 나빠졌다.

오사카에서 관광객이 '먹자' '마시자' 하면 '도톤보리(道頓堀)'지만 그날만은 번화가에도 가고 싶지 않았다. 택시기사가 그래도 미련을 못 버리고, 마음이 바뀌면 꼭 전화해 달라면서 명함을 주고 갔다.

아직 해가 중천인데 한국 교포가 하는 소낙집을 찾아갔다. 소나기가 오는 집이 아니고 소주 + 낙지볶음 집. 천수각에서 천하를 호령하던 도요토미도 출출한 오후에 마시는 소주와 매운 낙지 맛을 모를 것이다.

'당신은 조선을 쳤지만 나는 오늘 일본 낙지를 씹어 삼킬 것이다.'

이미 일본인 손님들이 오후 4시 반인데 와글바글, 한국인인 나도 매워하는 낙지볶음을 맛 좋게 먹고 있었다.

시끌시끌해도 오사카 사투리는 꼭 부산 말투 같아 정겹다. 못 알아듣는 말이 너무 많지만.

전쟁은 승리해도
망한다

고등학생들이 꼭 이렇게 묻는다.

"명나라 그 큰 국가가 조선에 파병 좀 했다고 재정 파탄이 나서 망했다고요? 그게 무슨 대국?"

그러나 그 답은 아주 쉽다.

사극 영화의 단골 전투 신. 창칼을 든 떼거리가 와! 빠르게 돌진한다. 선두에는 덩친 큰 코끼리가 좋지만 비싸고 관리하기 까다롭다. 소는 느려서 운반용. 말이 제격인데 역시 비싸게 먹히고 숫자를 유지하기 쉽지 않다.

사람만큼 싸고 적게 먹고 명령대로 잘 싸우는 전력이 없다. 문제는 무거운 창칼을 들고 전쟁터까지 이동해야 한다. 수십 수백 킬로를, 몇 달 며칠을 산을 넘고 강을 건너야 한다. 바위나 풀숲에서 잠을 잔다고 해도 끼니마다 필요한 가스불도 전기밥솥도 없다. 오직 장작불에 수천수만 그릇 밥을 짓고 반찬을 마련해야 한다. 10만 대군이면 하루 밥 30만 그릇. 광화문 광장 촛불 시위 군중들 모두에게 밥상을 차려준다고 생각해보라.

밥만 먹나 물도 줘야지. 커피는 그때 없었다 쳐도, 녹차 한 잔씩이면 웬만한 연못이 금방 바닥을 드러낼 것이다.

전쟁하러 왔으니 대부분 젊은이다. 대식가도 많다. 끼니마다 산해진미는 어렵더라도, 한 주에 닭 한 마리는 먹어야 기운 내서 싸운다. 한 번에 통닭 10만 마리, 100만 마리를 삶거나 튀길 솥은? 기름은? 보통 사람 머리로는 감당이 안 된다.

옛말에 "금강산도 식후경"이라고 했고, 일본도 "싸움도 밥부터 먹고"였다. 북방 민족이라고 다를 게 있겠는가. 식량이 곧 실탄이다. 거기다 압록강 건너 조선 반도, 길은 좁고 산세는 험하다. 하루에 몇 킬로나 걷겠는가.

본국에서 조달된 보급품이 바닥나면 현지에서 약탈해 먹는다 쳐도 한 번에 몇십만 끼니가 쉬운가. 쌀 창고를 턴다 해도 다시 또 반찬 문제. 방어하는 이쪽은 호락호락한가.

죽기 살기로 싸우다 보면 다치고 지친다. 언제 끝날지도 모르는 전쟁. 더는 못 견디겠다. 탈영병이 그래서 생긴다. 말은 그렇게 하지만 적편에 가서는 대개가 "춥고 졸리고 배고파서 왔다"고 한다.

실제로 임진왜란 때 투항, 귀순한 일본군이 1만 명에 달했다고 한다. 참으로 사람 못할 짓이 전쟁이다. 반드시 이긴다는 보장도 없고 밀리면 전멸할 수도 있다. 고향 생각, 가족들 생각, 낯선 타국에서 죽기는 죽기보다 싫다. 그렇다고 후퇴는 간단한가.

장수의 카리스마도 병졸들의 창 검술도 식사 후의 문제다. 전쟁을 너무 쉽게 생각하는(자신이 직접 안 싸우니까) 참으로 어리석은 황제들이 많았지만, 전쟁이란 엄청난 인력과 비용을 요하는 쩐과 쩐의 대결이다. 전쟁에 이기고도 나라가 망할 수 있는 것이다.

쿠다라나이

지리적 조건에서 일본은 사정이 다르다. 조선은 가깝고 험산을 넘을 것도 없다. 파도만 잠잠하면 물자를 배에 싣고 순풍에 돛을 달면 한반도요 부산포•다. 함선이 부산이나 거제에 닻을 내리고 상륙만 하면 일사천리다. 시대에 뒤처진 조선군 무기. 일방적으로 총을 쏘고 죽이고 뺏으면서 북으로 영토를 확장해가면 된다. 쉽다. 조선 음식은 맛있고 조선 기생은 너무 아름답다.

왜 하필 조선이냐 화가 나지만, 지도를 펴보면 금방 알 수 있듯이 대한해협을 폴짝 건너뛰고 싶은 욕망이 생기게 돼있다. 중국도 한반도를 거쳐야 한다. 북동쪽 러시아가 있지만 멀고 춥고, 척박한 땅이라

• 실제로 왜정 때 대마도에서 아기가 태어나면 일본 본토 나가사키 쪽으로 가지 않고 부산으로 많이 왔다. 산후조리를 잘 해주는 한국의 산파가 훨씬 좋고 값이 싸기도 해서.

뺏을 것도 없다.

대만이나 상해 쪽 역시 당시 함선으로 간단치 않은 원거리다. 누가 봐도 조선은 절호의 표적이자 탐나는 먹잇감이다. 최고의 유혹은 방비가 허술하고 국가기관이 늘 파벌 싸움으로 내분 상태라는 점이다.

일본어로 '시시하다'를 '쿠다라나이(下らない)'라고 한다. 이 말은 뜻밖에도 '백제 나라의 물건이 아니다'의 준말이다. 근세 들어 일본제, 일제, 일본 술 하지만, 그 옛날 일본인들이 얼마나 이 나라 물건을 좋아했고 갖고 싶어 했는지 알 것 같지 않은가.

흔히들 고려청자, 조선백자 하지만 일본은 아득한 삼국시대부터 '백제 것'이라면 미칠 정도로 탐을 냈다. 일찍이 유럽인들이 잘 구워진 중국, 일본 찻잔에 매료됐었다. 그런데 그 섬세, 화려의 틀을 깨면서 백제 물건이 혜성처럼 등장한 것이다. '백제 물건'은 고흐나 모네 그림만 보던 이들에게 파격의 피카소였다.

몇몇 정신 빠진 학자들이 백제를 "부패하고 보잘것없는 국가"로 묘사했지만 그것은 완전 엉터리 '승자의 기록'이었다. 백제 패망 때 3천 궁녀가 낙화암에서 몸을 던졌다는 것부터가 말이 안 되는 '가짜 뉴스'다.

당시 건축 양식으로 볼 때 궁녀의 처소는 오늘날 학원가 비좁은 고시원이 아니다. 궁녀 3천 명이 거주할 궁궐이면, 간단한 비율로 역산해봐도 왕과 왕비, 기타 식솔과 수비 병력 처소 등을 더하면 백제가 중국만 해야 한다.

백제가 일부 역사학자 말대로 그토록 허약한 국가였다면 그냥 가서 점령하면 되지 애써 당나라 대군까지 끌어와서 '나당' 연합 전선을 폈겠는가.

삼국지보다 과장이 심한 소설을 역사라고 학교에서 가르쳤다. 백제는 오히려 일본이 더 정확하게 알고 있었다.

정한론의 실체

"일본이 조선을 침략했다기보다 조선 스스로 어서 쳐들어오라고 패를 다 보여주면서 항시 빗장을 열어놓은 측면이 있다"라고 말하는 선생님도 많은데, 내가 듣기로는 "스스로 어서 쳐들어오라"가 아니고 "제발 빨리 와서 먹어주세요" 소리를 상당히 절제 순화한 것 같다.

참으로 신기한 것은, 허술한 국방으로 뼈아픈 고통을 겪은 선대왕들을 너무 많이 봐왔으면서 왜 계속 그 전철을 밟을까.

'그래도 결국은 안 죽고 살더라.' 무지무모한 태생적 낙천 마인드일까. 더 신기한 것은, 전쟁이 나면 백성은 나 몰라라 쏜살같이 피신한다. 혹시 우리 후손들이 왕가 신하들의 차원 높은 깊은 뜻을 모르는 것일까. 적이 침공해 나라가 망하고, 백성들이 모두 노예가 되어 혹사당하고 죽어갈 때, 비로소 왕이라는 자가 턱 나서며 "그러게 짐이 뭐라고 하였느냐. 국방을 소홀히 하면 어떻게 되는 이제야 알겠느냐"

그렇게 계몽을 하려던 것일까. 나라 없어지고 계몽 아니라 춘몽을 한들 그게 다 무슨 소용.

일본이 볼 때 조선은 일종의 소나기였다. 한때 반짝 강대국. 한때 반짝 대마도 정벌. 한때 반짝 이순신. 그때만 잠깐잠깐 피하면 물러터진 나라.

뇌물에 너무 쉽게 넘어가는 관료. 가야금과 기생춤을 좋아하는 무능한 고관대작들. 철학도 비전도 없이 늘 흔들리는 머리 나쁜 왕들…. 조선인은 화를 내고 한 덩어리로 뭉쳐 덤빌 때가 무섭고 겁나지만 그것만 잘 피하면 태생적 순둥이들이다.

가뭄에 콩 나듯 총명한 임금이 있어도 '나를 따르라!' 적토마에 올라 장검을 휘두른 왕은 본 적도 들은 적도 없다. 강직한 충신은 모두 누명 쓰고 죽거나 유배지에 가 있으니 궁궐은 무풍지대. 실제로 총소리 몇 방에 궁성을 버리고 달아났던 겁쟁이 왕과 신하들이다. 이것이 조선에 몇 차례 혼나고도 변치 않는 일본의 조선관이었다. 근세 일본 역사에 정변으로까지 비화했던 '정한론'의 골자이기도 하다.

원래 정한론은 메이지 초기(1873) "일본을 멀리 하려는 돼먹지 않은 조선을 쳐서 무릎을 꿇리자"는 조선 침략의 명분이었다. 그러나 큰 의미는 없다. 정한(征韓)은 왜구 이후 일본의 역사 그 자체이기 때문이다. 늘 친교다 평화다 하면서 일본 사무라이의 칼끝은 사시사철 한반도를 겨누고 있지 않았는가.

"조선을 먹자" "안 돼. 조금 있다 먹자" "아냐, 빨리 먹읍시다". 명칭과 명분이 그때그때 조금씩 달랐다 뿐 조선은 늘 그들의 간식거리요, '찬바라(ちゃんばら: 칼싸움)'의 실습 무대였다.

엄청난 규모의 조선통신사 행렬이 길을 가득 메우고 가다가 멈출 때마다 "귀한 손님들 오셨다"고 일본 백성들이 뛰어나와 손을 잡았다. 음식을 내오고 어떤 이는 비싼 옷감과 돈까지 손에 쥐어 주었다.

"우리 백성끼리는 전쟁 같은 거 하지 말고 서로 돕고 잘 살아보자"면서 눈물까지 흘렸다. 알고 보면 그저 착한 양국 백성들이었다. 그러나 잘 지어진 성곽 깊숙한 밀실에서 탐욕의 사무라이들이 소곤댔다.

"조선을 먹기는 먹어야 해!"

"안 돼! 지금은 때가 아니오."

"허 참! 중국이 먼저 먹을 수 있다니까요!"

"기회를 더 보자고요. 조선이 어디로 날아가나요."

조선통신사들이 귀한 새우튀김을 대접받고, 생선 초밥을 손으로 집는 법을 배우고 있을 때도 일본 밀정이 부산, 상주, 재물포, 한양 민심을 살피러 다녔다.

임진왜란 전 도요토미 히데요시가 보냈던 밀정 '요시라'가 조선의 지형지물을 살피듯, 시대가 바뀌어도 그 후임들이 임무를 떠안은 듯 분주했다.

"조선을 치자"던 정한론자들이 일본 '주류'에서 밀려나고, 결국 "내치(內治)에 전념하자"는 온건파가 득세했다. 그러나 참으로 끈질긴 일본. 무서운 섬나라 집념.

정한론을 시기상조라 천명하고 불과 2년 후(1875) 일본 전함 '운양호'의 강화도 포격을 시작으로 일본은 '강점기 36년' 예고편을 만천하에 알린다.

세상 돌아가는 것은 까맣게 모르고 있는 사람은 조선의 임금과 그 신하들뿐이었다. 힘없고 가난한 백성들이 아무 죄도 없이 그들 손에 목숨을 의지한 채, 이리저리 고난의 골짜기로 이끌려 갔다.

토론은 무슨 얼어 죽을

전쟁은 기본적으로 공격과 수비 두 가지 패턴이다. 야구나 축구와 똑같다. 다만, 많은 사상자를 내고 국가가 망할 수도 있다는 점이 다르다.

일단 떼거리로 맞붙으면 공수 구분 불가. 오로지 치고받고 죽고 죽일 뿐 대화나 타협은 없다. 중간 휴식도 화장실 타임도 없다. 한 장소에서 수천 명, 수만 명이 죽는 일도 흔했다. 그래서 중국 고서에 "한 장수가 공을 세우는 데 1만 병졸이 뼈가 마른다"고 했을까.

한창 나이 젊은 피들이 한 장수의 공격 명령에 목숨을 내던지고 뛰어나간다. 나가지 않으면 반역죄로 등에 화살이 꽂힌다. 임란 때 일본은 공격, 우리는 수비였다. 적의 총 앞에 칼로 맞선 조선군이 도처에 쓰러졌다. 어떤 지역은 아주 전멸했다. 공격이 강했고 수비가 미비했기 때문이다.

그러나 수비의 이순신은 방어하는 듯 되받아쳤고, 공격하는 듯 후진해 적을 함정으로 몰아 궤멸시켰다. 이른바 공수 변환 자재의 전술이다. 스포츠에서도 공수의 빠른 템포, 빠른 전환이 경기를 지배하고 우승을 일구어낸다.

야구나 축구에서 '한 장수'는 누구일까. 감독이나 구단주일까. 그러나 전쟁도 스포츠도 현장의 전투력만이 전부가 아니다. 충분한 사전 토의와 토론이 뒷받침되어야 한다. 우선 이 전쟁을 할 것인가 말 것인가. 전비는 어떻게 충당하고 지휘관은 누구로 하며, 병력을 어디서 어떻게 배치할 것인가. 적을 협공할 때 보병이냐, 기마병이냐.

스포츠 역시 감독 혼자 용병술을 펼치는 것 같지만, 그것은 전투의 일부다. 타격 코치진을 바꿀 것인가. 강속구 투수를 영입할 것인가. 내야수 보강을 해야 하는데 비용 문제는? 스카우터가 비밀리 작업한 값이 싸면서 내용 있는 거물 신인은 누구인가…. 이쯤 되면 토의와 토론이 아니고 계산기 두들기는 장사꾼이요, 펀드매니저다.

웃기게도 어떤 구단주는 '감독을 언제 자를 것인가' 작전을 짜고 측근끼리 토의를 하고 토론을 한다.

알고 보면 감독은 '한 장수'가 아니고 소모품 병졸 느낌이 든다. 때로는 승산이 없는 전쟁인데 '한 장수'가 공을 세워 출세하려고 무리한 공격을 외치기도 한다. 그러나 전쟁은 대개 통수권자인 왕의 명령에 병졸이 움직인다.

야구와 축구에서 구단주와 감독이 충돌하듯 전쟁에도 독단과 아집이 존재한다. 그래서 전략가가 토의와 토론으로 짜낸 묘안이 아무 소용이 없게 된다.

왕이 야욕에 불타면 공격, 나약하고 소극적이면 회군이다. 애써 짜준 전략을 검토 한번 안 해보고 꼬리를 내린다. "절대로 경솔하게 공격하면 안 됩니다" 하는데도 경솔하게 공격해 병사들을 다 죽이기도 한다.

지금이야 스포츠 과학이다 뭐다 각종 데이터를 놓고 전문가끼리 토의하고 토론하지만, 그 옛날 전쟁판에 정말로 토론 같은 게 있었을까.

칭기즈칸은 칭기즈칸류로 밀어붙였고, 람세스도, 제갈공명도, 시저도, 조조도, 경험이나 예감에 의존했지 토론을 했다는 얘기는 못 들어봤다. 이순신도 홀로 아이디어를 짰다. 토론하면 오히려 정보유출 우려가 크고, 지휘관의 카리스마에 금이 갈 수 있다. 제2차 세계대전 사막의 여우 에르빈 롬멜이나 처칠도 그랬다.

나폴레옹도 부하들 의견을 참고했지, 자기 의중을 미리 까발리지 않았다. 오다 노부나가나 도요토미 히데요시도 토론은커녕, 주군 앞에서 괜히 의견 제시 잘못했다가 그 자리에서 죽을 수도 있었다.

로마 원로원을 토론의 장으로 높이 평가하는 학자들이 있다. 그 당시 노친네들한테 죄송하지만, 원로원은 토론의 장이 아니고 성토의

장이었다. 누가 유식한가. 누구 이빨이 더 센가. 도토리 키재기 하는 원맨쇼 무대가 원로원이었다. 나는 옛날 사회에 토론이라는 것이 진짜로 있기는 있었나 철저히 의심하는 사람이다.

영국의 의회주의 등장으로 토론이 활성화 되었다.—언뜻 들으면 진짜 같지만 90퍼센트 뻥이다. 영국 정치인들, 잘 차려입고 나서면 너무 점잖고 인자해 보이지만 의회고 뭐고, 모였다 하면 대가리 터져라 싸움만 했다. 프랑스, 독일도 소리 지르고 책상을 부수며 싸웠다. 한국 의회도 뒤늦게 전투 수칙을 들여와 연장까지 들고 싸웠다. 일본 의회는 하도 삿대질을 해 노인들이 팔이 아파 요즘은 입으로만 싸운다. 참 많이 발전했다.

토론이란 우선 상대방 말을 잘 들어보는 것이 기본이다. 옛날 우리 선비들은 자기 마음에 드는 소리만 귀를 열었다. 논리에 맞지 않으면 조리 있게 반박하고 대안을 내야 하는데 일단 소리부터 질렀다.

"저놈 내쫓아!"

토론할 상대를 밖으로 내쫓고 혼자서 무슨 토론?

잔인무도
옛사람들

요즘 들어 "오너가 오만하다" "상사가 갑질한다" "고객님 너무 하십니다" 하지만 사실은 전 세계가 갑질의 전성시대에 살고 있다. 갑질을 전혀 안 하는 사람 찾기가 하늘의 별따기다. 상대보다 그저 찔끔, 한 끗발만 높으면 일단 갑질! 하고 보자 갑질! 지르자 갑질! 완장만 차면 보이는 것이 없다. 특히 조선의 임금쯤 되면 각료는 내 발바닥 아래고, 백성들은 자신이 놓아먹이는 염소 떼나 개, 소, 돼지였다.

1인 독재, 내가 곧 법이고 내 말이 법인데 누구 말을 듣겠는가. 골아프게 무슨 토론! 어전회의가 있어도 결론은 이미 정해져 있다. 궁궐에도 엄연한 법과 원칙이 있었다. 하늘 같은 도덕, 윤리가 두 눈을 시퍼렇게 뜨고 있고 임금이라고 엽전 한 닢 내 맘대로 쓸 수 없게 돼 있었다. 그러나 그 모든 것을 지킨 왕이 단 한 명이라도 있었나 심히 의심스럽다.

어떤 내시는 임금 앞에서 온종일 자신의 발등을 바라보는 것이 일과였다. 그러니 위로부터 꾹꾹 눌려 살던 신하가 자기 아랫것들을 밟고 그 아랫것들은 다른 아래 갑질 대상을 찾았다. 상전들은 물론이고 일반 백성도, 부부 사이에도, 가족 간에도 토론의 토 자(字)를 찾아볼 수가 없었다.

원래 학교(서당)에서 토의와 토론을 가르치고, 상호 의견 조율이 몸에 배게 해야 하는데, 훈장님이 가진 것이라고는 회초리와 큰 기침뿐이었다.

남자가 그 지경들이니 여자(엄마들)끼리라도 모여 자식 교육 걱정을 하고 의견을 나눠야 하는데 여자가 모이는 것을 원천 봉쇄하였다. 姦(간) 자는 사전을 찾아보면 '간음할 간'이라고 쓰여 있지만 사실은 시끄럽다는 뜻이 먼저다.

여자는 셋(姦)이 모이면 시끄럽다. 그러니 여자끼리 만나지 마라! 그러니 더 무슨 말을 하리요.

일본은 우리보다 좀 나았나 싶지만 더했다. 일본 가정의 아버지는 친근한 아빠가 아니고 성질 더러운 군주였다. 군주한테 감히 의견 제시? 의논? 토론? 당치않다. 말대답만 해도 그 자리에서 벼락이 떨어졌다.

더러 일본 소설에 "겉보기는 무뚝뚝해도 부인 몰래 비싼 고등어를 주방에 갖다 놨다" "데이트 자금하라고 딸 손에 만 엔짜리를 꼭 쥐여

주었다" 그야말로 소설이고 TV 연속극이다. 아주 드문 기네스북 미담 후보일 뿐이다.

설사 어쩌다 마음 따뜻한 '도짱'이 있어도 일본 아버지들은 절대 내색을 안 했다. 특히 사농공상(우리 쪽 사는 선비고, 일본 사는 무사다) 중 으뜸 신분인 사무라이 가정은 평온한 긴장 속에 늘 사무라이 검이 번득였다.

이것은 아주 유명한 이야기인데 옛날 에도시대. 다섯 살 된 남자아이가 과자가게 주인한테 매를 맞고 있었다. 사무라이가 왜 아이를 때리느냐고 물었다. 그러자 과자가게 주인이 "당신 아들이 과자를 훔쳐 먹었다"고 말했다. 사무라이는 그 자리에서 칼을 뽑아 아이를 베어버렸다. 기겁을 하고 벌벌 떠는 주인에게 사무라이가 말했다.

"아이 배 속을 뒤져보라. 내 자식은 남의 것을 훔치지 않는다."

이 끔찍한 이야기는 오랫동안 사람들 입에 오르내렸다. '세상에 그런 무지막지한 애비가 어디 있느냐' 하겠지만 사무라이는 자식보다 가문의 명예와 자존심이 더 중했다.

누구를 위한 무슨 명예였을까.

정말 과자를 훔쳤느냐. 어떤 과자냐. 입으로 들어가는 것을 직접 보았느냐. 단 한 차례도 묻지 않고 어린 생명을 무참하게 베었다. 불같은 성격 탓이었을까. 옛날 사람은 참으로 단순 직선적이다. 고작 사농공상, 사무라이가 이 정도였으니 진짜 귀족계급 상층부는 미루어 짐

작이 가고도 남는다.

조선의 왕 역시 난형난제, 거기가 거기다. 비정한 사무라이보다 더 한 방법으로, 조선왕조 500년 동안 죄 없는 사람 참 많이 죽였다. 모두가 신분 낮은 아랫것들에 대한 총체적 갑질이었고, 토론을 모르던 시대의 야만적 범죄다.

배려,
최고의 예절

한국인은 남한테 무시당할 때 제일 큰 상처를 입는다고 한다. 그런데 무시당하는 게 죽기보다 싫다면서 자기는 남을 무시한다. 애인도 없느냐 무시하고, 애인이 생겼다고 무시한다.

현금 만 원도 안 가지고 다니느냐 무시하고, 만 원밖에 없냐고 무시한다. 아침부터 여자 손님이라고 택시를 태워주지 않고, 안경을 꼈다고 태워주지 않는 기사도 있었다(옛날에 많았다).

나는 소년 시절 그리 많은 가정을 가서 보지 못했지만, 가족끼리 둘러앉아 도란도란 대화하는 식탁을 한 번도 본 적이 없다. 가난한 시절인데 언제나 남편 밥상 따로, 아이들은 그 옆으로 따로 보잘것없는 밥상이었다. 가난하면 가족끼리도 찢어져 먹나 싶었는데, 사실은 남편(집안 어른)은 장교, 아이들은 병(兵) 취급이었다. 엄마는 식사 안 하고 어디 갔을까.

살그머니 가보니 아이들 엄마는 부엌에서 혼자 한 가지 반찬을 놓고 식은 밥을 먹고 있었다. 그때는 그런 집 많았다(부자들은 모를 테지만). 명백한 성차별 여성 학대였다. 발목에 쇠사슬만 차지 않았을 뿐, 미국 남북전쟁 시 흑인 노예와 조금도 다를 게 없었다.

나는 괜히 우리 어머니 생각이 나서 슬그머니 돌아서 나와버렸는데, 눈물이 찔끔 났다.

가난한 집 중에서 열에 한 집은 밥상이 그거 한 개뿐인지, 둥근 상 하나에 식구들이 오글오글 달라붙어 먹었다. 된장 뚝배기 한곳으로 숟가락이 칼싸움하듯 다섯 개, 여섯 개가 드나들었는데 차라리 재미있고 정겨운 가족으로 보였다.

내가 어른이 되고 GNP가 대망의 5천 달러를 곧 돌파한다고 신문들이 '희망찬 조국'을 써대고 있었다.

하지만 내 눈에 세상은 별로 달라진 게 없어보였다. 다방마다 식당마다 술집마다 사람들은 꼭 악을 쓰듯 대화를 했다. 드디어 우리나라도 토론 문화가 자리를 잡으려고 시동을 거는구나! 기대에 부풀었는데 어디를 가나 목소리만 클 뿐 결론은 없었다. 싸우는 줄 알고 외국인이 신고하면 어쩌지? 했더니 "대한민국은 무조건 목소리 큰 놈이 이기는 사회인 거 모르냐" 핀잔만 들었다. 나도 목소리를 키울 수밖에 없었다. '이기기 위해서'가 아니고 조그맣게 얘기하면 상대가 못 알아들을 정도로 늘 주위가 시끄러웠다. 어떤 일본 사람은 서울에 오면 시끌시끌한 게 사람 사는 것 같고 역동적이라 좋다고 했다.

암만 그래도 60년대, 70년대, 80년대 사람들은 너무 말을 함부로 했다. 말다툼하면서 상소리가 나오는 정도야 화가 나서 그럴 수 있다 쳐도, 길 가다 한눈팔아 어깨 좀 부딪쳤다고 "눈깔을 어디다 빼놓고 다니냐" 소리치던 험악한 그 시절.

예사로 질러대던 원색적 유행어를 열거하자면 끝이 없겠지만 나를 깜짝 놀라게 했던 70년대 해운대 그 아가씨.

해변 근처 다방에서 차를 마시고 있는데 밖에 비가 오는 것 같았다. 마침 커피 배달에서 돌아온 여종업원에게 "밖에 비 많이 오느냐"고 물었다. 그랬더니 그 아가씨 아주 친절한 목소리로 "대가리 빵구 안 날 만큼 온다. 우산 안 써도 되예." 어쩌면 그녀의 개그를 내가 받아들이지 못한 것일까. 그래도 어쨌든 전달하려는 의중이 확고하고 유머스럽기라도 하지. 그 시절 내 귓전을 스치는 말들 속에서 그저 찬바람만 휘몰아쳤다.

사람은 칭찬과 격려를 받으며 발전한다는데, 나는 상처받는 말을 안 듣고 하루를 넘기는 것만으로 '아! 오늘도 무사히!' 감지덕지했다. 꼭 무엇을 바라서가 아니고 도대체 내 주위에는 인간을 배려하는 따뜻한 매너를 찾아볼 수가 없었다.

밥이나 술을 사준다고 해서 떨거지들 틈에 끼어서 가보면 사주는 이는 꼭 자기가 헤쳐온 인생 역정을 백마고지 무용담처럼 길게 길게 늘어놓았다. 그래도 자기가 땅 부자에 아파트가 몇 채라고 자랑하고 소주 겨우 두 병 사는 이보다 나았다.

나는 늘 빗물로 흙이 튄 내 구두를 내려다보면서 술을 먹었다. 한번은 누가 무슨 상을 받아 한턱 쏜다고 해서 갔더니(우와!) 처음으로 겸손한 어른인 데다 장소도 비싼 평양냉면 집이었다.

"자자! 모처럼 왔는데 맛있는 거 시킵시다!"(간만에 웬 대박)

그래놓고 본인은 '물냉면 보통'을 시켰다. 그래서 결국 모두가 '물냉면 보통'을 시켰다.

메뉴를 보니 무슨 쟁반이다, 수육이다 쭉 써있는데 시키는 이가 없었다. '보통'보다 조금 비싼 '회냉면'이 있었지만 아무도 시키지 않았다. 객들은 상당한 경지의 눈치에 숙달돼 있었다. 잘 먹었지만 어른이 교회를 다닌다고 소주를 안 시켜줘 조금 쓸쓸한 회식이 되었다. 모두 소주가 마시고 싶은 눈치였다.

그렇다고 음식점까지 가서 '자 오늘 어떤 것을 먹어야 건강에도 좋고 살도 안 찌고 배부를까요?' 토론하는 사람은 별로 없다. 그러나 돈을 내는 오너님께서 객들이 눈치 보지 않게 조금만, 아주 조금만 세심하게 배려할 수 없을까.

유명한 '시칠리' 출신 시카고 마피아 보스가 세상을 떠나면서 가족과 부하들에게 이런 유언을 남겼다.

"항상 적의 입장에서 생각하라."

토론과 갑질은 전혀 다른 말인데 신기하게도 두 단어의 본질은 똑같다. 정말 신통하게 똑같다.

"상대방 입장에서 생각하라."

마피아 보스를 존경할까 말까 고심하던 그 무렵, 나는 참으로 놀라운 장강(長江)의 뒷 물결을 보았다. 광화문 중국집에서였다. 대학생으로 보이는 10여 명이 우르르 중국집으로 들어왔다. 긴 테이블 한가운데 포진한 리더 격인 선배가 "오늘 토론은 충분히 했고, 밥이나 먹자"면서 보이를 불렀다. 그리고 씩씩하게 "나는 짜장면!"을 선창하며 나를 실망시켰다. 혹시 했더니 젊은 놈들조차냐!? 나는 "짜장면" 한 마디가 심히 슬펐다. 연이어 학생들의 주문이 이어졌는데 (앗!) 한 후배 대학생이 파격적으로 "나는 잡탕밥!" 했다. 거의 동시에 리더가 탁 쏘아보면서 "이 자식, 너만 비싼 거잖아!" 했다.

그러나 놀랍게도 잡탕밥이 용인되었다. 곧바로 "야, 우리는 탕수육 둘이 같이 먹자"로 이어졌다. 나는 너무너무 감동했다.

그날의 리더는 참으로 위대했다. 아랫것들을 그렇게 통 크게 따뜻하게, 기분 좋게 배려하는 진정한 상전을 55년간 광화문에 살면서 나는 처음 봤다. 나는 너무 기분이 좋아 울고 싶었다.

'그래 역시 젊은 피야. 너희들이야말로 이 나라의 보배고 진정한 마스터야.'

나는 당장이라도 자리를 박차고 뛰어가 대학생 리더를 꽉 껴안아주고 싶었다. 그러나 결행하지 못했다. 마음속으로만 존경하고 포옹은 그만두기로 했다. 흥분을 가라앉혔기 망정이지 정말 큰일날 뻔했다. 그 리더는 여학생이었다.

예술,
그 슬픈 밥그릇

할복자살한 소설가 '미시마 유키오(三島由紀夫)'가 생각나는 벚꽃이 아름다운 금각사, 꽃잎이 진눈깨비처럼 쏟아지는 '철학의 길', 산기슭 꽃 대궐 '청수사'.

일본에서도 가장 일본스러운 도시 교토는 한국으로 치면 경주다. 연중 세계 각국 관광객이 구름처럼 몰려드는 곳이다. 일본 전통 의상, 정통 요리의 진수를 맛볼 수 있는 고도(古都). 태평양전쟁 시 미군이 원폭 투하지점으로 찍었다가 신사와 절이 너무 많아 변경했다는 도시. 사실은 부처님들의 처소라 감히 비행기가 범접을 못했다는 교토. 나는 그래서 교토에만 가면 머리를 갸웃거린다.

옛날 종교 박해 때, 이곳도 많은 천주교도가 희생되었다. 종교가 민심을 현혹한다 어쩌고 했지만, 사실은 "내가 군주인데 나를 두고 누구한테 고개를 숙이느냐"는 이유였다.

그게 이상하다는 거다. 백성들이 오랜 기간 신사와 절에 고개를 숙였다. 엎드려 빌기도 했다. 그것은 왜 놓아두었을까. 부처는 되고 예수와 성모는 안 된다? 아무리 이해하려고 해도 너무 이상하지 않은가.

조선도 그랬다. 절은 털끝 하나 건드리지 않고 천주교만 박해했다. 왜 그렇게 혹독하게 종교를 탄압했을까.

시각을 조금 달리해서 보면 그 시대 양국 권력자들은 평소 익숙지 않은 생소함을 꺼렸다. 새것을 거부했다. 새로운 것이 세상을 새롭게 하고 유익을 가져와도 낯선 것이 싫었다.

새로운 건축양식, 새 옷, 새 음식은 영감과 노력으로 얻어지는 창조요 예술인데 웬 쓸데없는 짓거리냐고 했다. 쓰던 것이 편했다. 한국, 일본 똑같이 사농공상인데 예술이나 문화는 없다. 겨우 있어도 공동체 일원으로 끼워주는 둥 마는 둥 거의 가축 서열이었다. 밥상으로 치면 상 구석 저쪽, 있어도 그만 없어도 그만 젓갈. 아니, 젓갈만 돼도 상전이지. 아예 상에 올라도 못 갔다. 어쩌다 운이 좋아 예술을 조금 아는 임금을 만나면, 수라상에 돼지고기가 올려졌을 때 곁들이는 새우젓. 그게 그나마 최고 대우. 예술가의 호시절이었다.

쉽게 말해 예술가는 '백성은 백성이되' 비정규직 백성이었다. 밤낮 풍악을 울리라면서 음악가를 머슴 취급했다. '기생 없이 무슨 연회냐. 어화둥둥 내 사랑 매월아!' 하면서 기생을 천한 것들로 분류했다.

도자기를 굽거나 거문고를 만들거나 곡괭이 자루를 끼우거나 다 같은 하인, 종놈이었다.

중국 문화를 신봉하던 시대라 유학을 하러 가든 여행을 가든 오로지 중국이었다. 한 고관이 중국에 가서 새로운 형식의 기행문을 써왔다. 그러나 임금은 해괴한 글이라고 내동댕이쳤다.

하늘 같은 선왕이 땀 흘려 만든 언문(한글)을 쓰지 말라고 엄명을 내리기도 했다. 임금은 새것이 일단 마음에 안 들고 싫었다. 화가들이 시대만 잘 만나면 잘 먹고 잘살 수 있었다고 하지만 극히 일부였다. 그림을 전혀 모르는 상전들이 애써 그린 그림을 함부로 비평했다. “그림이 마음에 안 드니 다시 그려오라”고 해서 획기적 화풍으로 다시 그려가면, 구관이 명관이라며 다시 퇴짜를 놓기 일쑤였다. 기생들 앞에서 찢어 팽개치기도 했다.

‘작년에 왔던 각설이’는 배고프다 밥 좀 달란 소리에 가락을 넣은 어쨌든 새 음악이었다. 그러나 그리해도 부지깽이가 날아왔다.

나라 잃은 설움에 선술집 구석에서 탄식으로 쓴 시가 ‘나그네 설움’이라는 새 노래가 되었다. 시나 소설은 글자의 단순 집합이 아니다. 꾹꾹 눌러 쓰고 때로는 휘갈겨 쓴 땀과 피가 밴 문장 속에는 바이올린 선율, 뱃고동, 풀피리 소리, 어머니의 그리운 음성이 있다. 읽는 이를 울리고 웃기고 가슴을 치게 한다.

이 이상 마술 같은 예술이, 곡예 같은 예술이 어디 있으랴. 그런 것들을 천시하는 행위는 백성의 삶을 외면하고 짓밟는 국가적 자해가 아니고 무엇이랴.

유럽이라는 동네는 예술가를 업어주고, 고기와 포도주를 주고 금화를 주기도 했다는데…. 한일 양국 예술가들은 그저 감옥에 안 간 것만으로, 그저 아사하지 않은 것만으로 천운인 줄 알고 살았다. 아득한 부싯돌 시대부터 도로에 우마차 대신 전차가 다닐 때까지 예술을 하는 아랫것들은 그런 세상을 살아왔다.

어느 부슬비가 내리던 날. 큰 도로변을 비를 맞으며 걸어가는데, 시가 2억이 넘는 외제 차가 내 옆으로 와서 멈췄다. 아니 웬 천사가 비 맞는 게 가엾여 보여 태워주려나 보다 했더니, 창문을 내리고 "이 근처 김밥 집이나 컵라면 싼 집 없냐"고 물어왔다. 아는 대로 가르쳐주었는데, 진짜 돈이 없어보이는 젊은이였다. ('자기 차가 아닌가? 혹시 도난 차?')

비오는 날의 천사는 아니었지만 영감을 준 은인은 맞았다.

예술가를 천시하는 사회의 전형.

'2억짜리 외제 차와 컵라면 싼 집.'

아무리 부강한 나라면 뭐하나. 예술이 헌신짝 휴지 쪽이면. 아무리 가난해도 시인이 허허 웃는 나라. 탱고가 흐르는 거리에 가난한 커플이 춤을 출 수 있다면 행복한 사회. 충분히 살 만한 나라다. 적어도 나는 그렇게 생각한다.

영화판에 몸담은 지 10년 차라는 자칭 조감독을 만났다. 1년 수입이 얼마쯤 되냐고 물어봤다. 깜짝 놀랐다. 대기업 한 달 치 절반쯤 된단다. 1년 수입이.

더 나를 우울하게 만든 것은, 자기 미래나 영화계 앞날보다 담뱃값이 너무 비싸다고 괴로워했다. 그나마 없으면 질식해 죽을지도 모른단다. 그는 빈 담뱃갑을 휴지통에 던져 넣고, 건너편 책상 위 재떨이 수북한 꽁초들을 흘끗 봤다. 손을 내밀 듯 하다가 그만두었다. 그러나 결국 담배꽁초 하나를 집어 들고 불을 붙였다.

일본의 영화계도 가요계도 한국과 대동소이하다. 많은 이들이 매일 매일 예술의 바다에 낚싯대를 드리운다. 또 매일 낚싯대를 거두고 어디론가 떠난다. 여느 기업과 마찬가지로 그 바닥도 흥망성쇠가 유수와 같다. 그 세계 역시 빈부 격차가 심하다 못해 상상을 초월한다. 그러나 10년 차 영화 스태프가 남의 재떨이를 뒤지지는 않는다. 재떨이를 다 치워버려 내가 못 본 것인지는 모르지만….

서울이나 도쿄나 교토나 계절이 되면 어김없이 벚꽃이 핀다. 활짝, 화사하게, 흐드러지게 핀다. 벚꽃은 진눈깨비처럼 질 때가 아름답다는 이도 있는데 그는 사무라이를 좋아하는 사람일지 모른다.

벚꽃은 역시 필 때가 아름답다. 예술가의 길은 험난하지만 벚꽃들은 너무 쉽게 꽃망울을 터뜨린다. "이게 바로 예술이야" 가르쳐주는 듯이.

일본 여성

'화끈한 애인을 원하면 스페인, 함께 살 부인감은 일본 여자가 짱.' 한 시절 유행하던 세계 공용어다.

왜 일본 여자가 최고일까. 친절함과 순종의 미덕 때문이란다. 실제로 많은 미국인과 유럽인이 일본 여성과 결혼했다. 그러나 존 웨인 서부영화 시대에나 있던 얘기다. 지금의 일본 여성, 절대로 만만치 않다.

순종적이고 친절? 순종은커녕 마누라 손아귀에 꽉 잡혀 사는 일본 남편이 너무 많다. 외도를 했거나 무능력하다는 이유로 잘린 남편 수는 셀 수가 없다.

세계적 추세이기도 하지만 일본 여성의 파워 정말 막강해졌다. 허술한 상품을 비싼 값으로 유통시키다가 여성 단체에 찍히면 그날로 회사 문을 닫을 수도 있다. 자칫 거짓 해명을 했다가는 가중처벌은 물론 일본 시장을 영원히 떠나야 한다.

여성이 출세해봤자 사장 비서가 고작이던 일본 사회가 여기자, 여전무, 여사장, 여장관, 잘하면 여총리까지 나올 기세다. 오늘날 일본은 '여자, 고양이, 까마귀' 삼총사 세상이라고 말하는 사람까지 있다.

친절하고 순종적이던 일본 여인이 근세 들어 갑자기 근육질이 된 것이 아니다. 여성들의 사회 활동이 제한적이던 시절. 밥을 짓고 목욕물을 데우고 술이나 따르던 시절. 남자한테 대들 힘이 없었던 것뿐이다. 힘이 다 무언가. 눈 한번 치켜떴다가 그 자리에서 칼을 맞을 수도 있었다. 일본 여인들은 살아남기 위해 고개를 숙이고 친절하게 웃어야 했고 복종할 수밖에 없었던 것이다.

TV 사극을 보면 옛날 일본 여성들의 화려한 기모노(의복)가 눈길을 끈다. 그런데 등 쪽을 잘 보면 무슨 상자 같은 것을 업고 있다. '다이코무스비(太鼓結び)'라고 하는데, 원래 그렇게 얇고 예쁘지 않았다. 옛날 전란시대는 담요 같은 포대기나 거적을 둘둘 말아서 지고 다녔다. 일종의 간이침구다. 역사에 밝은 일본인들은 수치스럽다고 말을 잘 하지 않으려 하지만, 그 옛날 자고 깨면 죽고 죽이던 전란시대.

창칼도 소중하지만 그것을 다룰 수 있는 사람이 많이 있어야 했다. 강한 전력은 곧 다수의 인간이었다. 그래서 성주들이 엄명했다.

"모든 가임 여성들은 이유 따지지 말고 아기를 낳아 전사로 키워라!"

절대로 거역할 수 없었다. 특히 사내아이면 산모에게 혜택이 주어졌다. 여성들은 충실하게 국가 시책에 따랐다. 길을 가다가 만난 초면의 남자라도 등에 진 침구를 깔았다. 아이를 만들고 낳고 길렀다. 그것이 차츰 변하고 진화해 패션화한 것이다. 그게 '다이코무스비'다.

힘이 없어 순종을 미덕으로 삼던 일본 여성들은, 그러나 어머니는 강했다. 조국을 위해 필사적으로 전사를 키워냈던 것이다. 근세 들어 여성들의 첫 집단적 파워는 패전 후유증이 촉발시켰다고 볼 수 있다.

전쟁으로 남편을 잃고, 아들을 잃고, 손자를 잃은 일본 여성들이 "우리 다 같이 손에 손을 잡고, 일본의 모든 여자들이 감옥에 가더라도 더 이상 전쟁은 안 된다!"는 피맺힌 절규가 마침내 '징집 금지'에서 '아예 군대도 없애라'로 발전, 마침내 법을 바꾸었다. 세월이 흘러 먹고살 만해지면서 다시 힘을 갖게 된 것은, 조금 우습게도 돈의 위력이었다.

여성들이 직접 일을 해서 벌기도 했지만, 은행이 전산화되면서 일본의 월급쟁이 기혼 남성들은 "죽었다" 복창했다.

요코하마에 사는 내 친구 '우에노 겐지' 씨는 "그날로 장송곡이 울려 퍼진 것 같다"고 술잔을 기울이면서 실토했다. 어느 나라 남자든 돈 없는 남자는 초라할 수밖에 없다. 아무리 공처가라도 월급날만은 온갖 폼을 다 잡았다. 현찰이 든 누런 봉투를 받아내려고 부인들이 화장을 하고 술상을 차려놓고 갖은 애교를 다 부렸다. 적어도 그날 그 시간만은 갑과 을이었다.

그런데 돈 봉투 직접 수령이 폐지되고 월급이 통째 계좌로 날아와 꽂히니 남편들은 졸지에 "꼼짝 마라"였다. 봉투 시절은 약간의 삥도 치고 잔머리도 굴렸는데, 그놈의 은행 전산화가 남편들 숨통을 틀어잡은 것이다.

그럼에도 불구하고 90년대 초까지, 아직도 여자를 우습게 아는 일부 잔당들이 버텼다. 훈도시(褌: 씨름 샅바 같은 남성 팬티) 세대가 아직도 집안을 쩌렁쩌렁, '나 안 죽었어'라고 포효했다. 중년 부인들은 그것을 '촌뜨기 사무라이'의 마지막 발악이라고 비웃었다.

그래도 쇼와시대(昭和時代, 1989)까지 딸들은 여전히 남자를, 특히 아버지를 두려워했다. 오죽했으면 일본의 3대 공포 '지진, 천둥, 번개, 아버지'라고 했을까.

그러나 세월이 가면서 그것도 희미한 전설이 되었다. 아버지가 무섭기는커녕 대학 입학 선물로 자동차를 사내라고 난리치는 딸 앞에서 쩔쩔매는 아빠를 엄마가 구출하는 세상이 되었다.

아버지 잔소리 듣기 싫어서 집 나가 독립한다고 엄포를 놓으면 딸한테 휴대폰 문자로 반성문을 보내는, 갈 데까지 간 아버지도 있다.

오늘의 일본 여성, 세계 어디 내놔도 힘으로, 단결로, 깡으로 밀리지 않는다. 그렇다고 '진삐라(んぴら: 깡패)'가 됐다는 게 아니다. 필요하다면 남자 혼을 빼는 애교도 부릴 줄 안다.

오래전(10여 년 전) 오카야마에서 알게 된 지인이 손녀를 데리고 나왔었다. 유치원생이었는데 어찌나 부끄럼을 타고 순진, 순박 시골티를 내는지 나는 참 신기했다.

그런데 그 애가 어느새 성인이 되어 나는 눈이 똥그래졌다. '세월이 참 빠르구나'가 아니다. 아니 이럴 수가! 그 순진 수더분한 시골 아이가 어느새, 뭇~서운 자기 엄마보다 훨씬 매서운 일본 여인이 되어 있었다. 약하고 순종적인 일본 여성은 이제 일본에 없다.

가슴 저미는 '나니와부시'•!

눈물 없이 볼 수 없는, 아! 애달픈 에도 여인의 사랑!

그것은 옛날 진짜 사무라이 시대 이야기일 뿐이다.

• 浪花節: 샤미센의 반주로 곡조를 붙여서 부르는 일본 고유의 창.

조선 여인

순종을 미덕으로 삼던 일본 여성에 비해 우리네 조선시대 여성은 어땠을까.

긴말을 생략하고, 하나를 보면 그때 여인들 열 가지를 알 수 있다. 그 시대 알량한 학자들의 회심의 역작을 한번 보자.

'부인을 내쫓을 수 있는 일곱 가지 올가미.' 이른바 '칠거지악'이라는 게 있었다.

"도둑질하면 안 된다" "음행 조심" "시어머니한테 대들지 마라" "애 못 낳은 년은 나가라" 이 정도라면 지금 세대도 전혀 이해 못할 사안은 아니다.

"주둥이를 함부로 놀려 구설수에 오르지 마라." 이것도 말이 된다. 눈을 의심케 하는 것은 "병에 걸리면 나가라"다.

기르던 개, 고양이, 닭도 병이 들면 약을 써보는 게 인간인데, 자기

마누라가 병이 들어 아픈데 치료할 생각은 않고 '나가라?'

만약에 안 나가면? 때려서 내쫓는다는 소리다. 실제로 그 시대는 그랬다. 하기야 조선시대, 남편은 상전이요 부인은 소, 돼지 다음 서열이니 명령이 떨어지면 군소리 없이 짐을 싸야 했다.

마지막으로 제일 기가 차게 웃긴 것은 '질투 금지' 조항이다. 즉 남편은 부인 이외의 여자와 버젓이 사랑을 나눌 수 있었다. 그러니 찍소리 말라! 즉 남편이 정부 혹은 2호 부인이랑 노는데 눈을 흘기거나 얼굴을 찌푸렸다! 그날로 마누라 파면! 즉각 보따리를 싸서 떠나야 한다. 남편께서 다른 상대와 바람을 피우면 웃는 얼굴로 침구를 펴주고 "낭군님 좋은 시간 보내세요" 이래야 안 쫓겨난다는 얘기다. 요즘 여성들이 이런 엽전 시대 괴담을 알기나 할까.

자기도 딸자식이 있을 텐데, 자기 딸이 출가해서 그런 황당한 꼴을 당할 수 있다는 생각은 안 해봤을까.

'인습이고 사회공동체 법규이니라.'

눈 하나 깜짝 않고 이런 선무당 철학을 읊었을까.

따지고 보면 조선은 그때 이미 층층시하• 갑질의 나라였다. 뿌리 깊은 갑질 천국. 임금은 신하를, 신하는 그 아래를, 그 아래는 더 아랫것을, 더 아래는 갑질 대상이 없으니 세상에서 만만한 마누라를 괴롭혔

• 層層侍下: 부모, 조부모 등의 어른들을 모시고 사는 처지.

다. 세상에서 최고로 비겁하고 비열한 사내들. 시집와서 낭군 수발들며, 자식 낳아 먹이고 키우고, 농사짓고 염소 기르고, 전쟁 나면 과부될라 노심초사, 행주치마에 돌을 담아 함께 싸워왔는데….

'칠거지악'이 아니어도 그 시대 여성은 쓰다가 버려도 되는 옹기 같은 물건이었다. 사내들은 기생춤과 장구 소리를 좋아하면서도 여자란 밥하고 아기 낳고 술이나 따르는 존재로 알았다.

월급도 수당도 따로 안 주면서 소처럼 부리고 굼뜨다고 때렸다. 질투한다고 내쫓았다. '반찬이 이게 뭐냐' '국이 식었다' 밥상을 내던졌다. 그런데 참으로 알다가도 모를 일.

그토록 여자를 무시하고 박대하면서도 밖에 나가서는 아무 여자나 찝쩍대고 희롱하고 말을 함부로 했다. 요즘 식으로 따지자면 일거수일투족이 다 성추행, 성희롱이다. 양반이나 글줄 읊는 선비들은 은유적 음담패설을, 상것들은 육두문자를 예사로 날렸다. 참으로 추악하고 추잡한 사회였다. 만약 오늘날 같은 미투운동이 있었다면 어찌 되었을까. 조선 남정네 태반은 구속, 아니 태반이 무언가 조사해보면 안 걸릴 사내가 없다.

모든 사내를 잡아넣을 감옥이, 아니 우선 잡으러 갈 나졸도, 포도대장도, 원님도 다 피의자 용의자니 누가 누구를 어떻게 잡으러 갈꼬. 영의정, 좌의정, 의금부, 병조판서 모조리 고발을 당했으니…. 아니 그보다 상감마마는 중전 외에도 후궁에 또 후궁에…. 거기서 태어난 자식만 수십 명. 아무리 임금이라도 도의적, 정치적 책임을 면할 수 있을까. 어떤 행실 고약한 임금은 기소되면 거의 무기징역감이다.

그러나 왕을 기소할 사람도 다 감옥 가고…. 어이 할꼬, 나랏일은 누가 보며…. 천년 사직이 '미투'로 붕괴 직전에 이른다. 그러고 보면 법 적용도, 사회 정풍 운동도 시기와 자리를 살펴가며 다리를 뻗어야 하는가. 꿀 얻으려다가 말벌에 쏘여 죽을 수도 있기 때문이다.

그러나 다시 곰곰 생각해보면 부패 만연, 춘풍 연월 그 시절에 미투는 고사하고 "여자도 사람이다! 그만 좀 괴롭혀라!" 크게 외쳤다가 그날로 끌려가 치도곤을 된통 맞을지 모른다.

자칫 왕이나 고관대작을 건드렸다가 삼족 멸을 당할지 모를 시대였다. 본론에서 잠시 비껴났지만, 조선조 여인들이야말로 신전에 바쳐지는 처녀 제물 다음으로 처절하고 불행한 삶이었다. 이름을 날린 명기도 있고 사내 못잖은 문인, 명창도 있었지만 극히 소수였다.

한국인이 한이 많다고 쉽게 말을 하지만, 여인들이 내뿜는 오래 쌓인 고통의 기화(氣化), 문득문득 새어나오는 가슴 저린 차가운 숨소리. 그것이 한이다. 남자들의 '한'과는 전혀 결이 다른 것이다. 그러고 보니 남자들한테 성욕이나 하찮은 명예욕 말고 한 같은 게 있기나 하나? 더러 복수를 외치는 이들이 있지만, 재화를 안겨주면 금방 없던 일이 된다.

흐르는 강물에 새기는 허망한 사내들의 맹세.

일란성 쌍둥이

보면 볼수록 신비로운 일란성 쌍생아. 한 개의 수정란이 두 개의 생활체로 성숙해, 한 배 속에서 두 아이가 태어난다.

누구나 주변에서 한두 번은 만난 적 있을 것이다. 보면 볼수록 신기하기까지 한 쌍둥이 형제, 영화나 TV 드라마에도 잊힐 만하면 등장한다. 쌍둥이 자매.

정신, 육체가 둘이 똑같아서 한쪽이 아프면 같이 아프고, 한쪽이 슬프면 같이 슬퍼한다. 작가들이 살을 잔뜩 붙여, 한쪽이 악당이 쏜 총에 맞으면 멀리 떨어진 한쪽도 비명을 지르고 아파서 몸부림친다.(말도 안 됨)

한쪽이 이성과 사랑을 나누면 한쪽도 같은 감정을 느끼고 어쩌고….(더 말도 안 됨) 다 만들어낸 얘기지, 실제로 그런 쌍둥이는 없다. 그런데 웃기게도, 정말 웃기게도 '한국과 일본이 전생에 일란성 쌍둥이가 아니었을까' 생각될 때가 종종 있다. 실제로 나라 자체도 해저 융기가 아니고, 같은 대륙에 붙어 있다가 어느 날 뚝 떨어져 나간 일본이 차마 멀리 못 갔다. 일란성 쌍둥이라서 두 나라가 운명적으로 마주보고 티격태격하며 산다. 틀림없다. 그렇지 않고서야 어떻게 일본에서 일어나는 일이 한국에 그대로, 한국에서 있는 일이 일본에 그대로 있을 수가 있단 말인가.

같이 쌀밥 먹고 된장국에 젓가락질. 그거야 중국도 그런다 치고, 어떻게 똑같이 고두밥을 쪄 술을 담그고 누룩을 만들고…. 뭐 그것도 중국, 동남아도 그렇다 치자.

어떻게 똑같이 고령화에 똑같이 도시산업화, 사라져가는 소도시 인구, 소멸하는 산간벽촌. 짜고 치는 고스톱이 아니고서야 이럴 수가 없다. 일본도 한 세대 전까지만 해도 애를 너무 많이 낳아 골머리를 앓았다. 나라는 좁은데 어쩌자는 거냐. 집을 지을 땅도 없다. 바다라도 메우잔 말이냐. 제발 그만 좀 낳아라! 제발 남자들은 집에 들어가지 말고 파친코나 마작으로 밤 좀 새워라! 농담이 아니고 진짜로 그런 말이 나왔었다. 엄마가 아기 셋을 업고 안고 버스를 타면 아기라고 다 공짜가 아니었다. 한 애는 징벌적 버스요금을 받았다.

한국은 어땠는가. 무슨 애를 열씩이나 낳았느냐! 아주 '돼지 열두 마리' 채울 작정이냐! 방학됐다. 쌀값 아끼게 친척집 가서 살다 오너라! 온 동네 골목마다 애들로 바글바글, 교실마다 콩나물 공장…. 그러던 게 오늘날 어찌 되었나.

그 나라나 이 나라나 애를 안 낳아서 장차관들이 국정을 미뤄 놓고 모여 앉기만 하면 느느니 한숨이다. 양국이 인구절벽이 두려워 쏟아부은 돈이 조 단위를 넘어 조조 단위가 된 지 오래다. 두 나라 나란히 나이 든 부모를 산에다 갖다버리는 '고려장'이 있었지만, 그래도 부모에게 효도하는 것을 자식된 도리요, 철칙으로 알았다. 그러나 오늘날 양국이 모두 부모를 옛날같이 끔찍이 모시지 않는다. 두 나라가 입을 맞췄는지 부모 부양할 돈이 없단다. 부모는 어느새 버거운 짐 보따리가 되었다.

두 나라 늙은이들의 서로 짠 듯한 독백. 참으로 안쓰럽다.

"자식한테 부담주고 싶지 않다."

"효도 안 해도 된다. 너희들이나 잘 살면 돼."

"몸은 아프고 생활비는 빠듯하고 얼른 죽어지지도 않네."

늙어서 연금을 탄다고 하지만 생활비와 거리가 먼 용돈 수준. 일본 쪽이 좀 낫나 싶어도, 차츰 줄고 쪼그라드는 추세다. 도쿄 거주 40대들의 불안한 목소리를 들어보라.

"내가 정년퇴임할 때 과연 연금이란 게 있기나 할까요?"

수명이 늘었다고 하지만 거동이 불편하거나 요양병원 감옥살이가 태반이다. 숨이 붙어 있을 뿐 산목숨이랄 수 있을까. 그나마 시설 좋고 저렴한 병원 들어가기가 판검사 되기보다 어렵다. 이 슬픈 현실마저 양국이 똑같다. 선거 때마다 정치인들이 허풍만 떨 뿐 아무런 변화가 없는 것까지 두 나라가 똑같다.

늙은이 사정만 그런가. 사랑한다 어쩐다, 벌건 대낮 대로변에서 낯뜨겁게 굴던 젊은이들. 어느새 찢어지고 툭하면 이혼이다, 별거다. 툭하면 재산분할 소송, 걸핏하면 고소 고발.

변호사만 떼돈 버는 것 같지만, 집세 내기도 힘든 변호사가 양쪽 나라 똑같이 줄을 섰다.

눈살을 찌푸리게 하는 정치인들 계파, 이합집산, 철새, 해바라기, SNS…. 한일 양국이 쌍둥이 아니랄까 봐 그리 똑같은지…. 사실 '뇌물'은 일본에서 한국으로 건너온 것인데 일본 탓할 것 하나도 없다. 궁합이 딱 맞으니까 검은 뇌물, 비자금, 배달 사고가 끈끈하게 장수하는 것 아닌가.

여자한테 폼 잡으려고 무리해서 자동차 구입하는 거, 이제 일본에서 시들해졌다. 기가 막히게도 한국도 뒤쫓아가는 추세다. 왜색이다, 일제 잔재다, 친일이다 욕하면서도 모두 일본 술, 일본 음식 좋아한다. 물가 비싼 일본 여행을 제일 많이 간다. 피가 통하기 때문이다.

일본에서 배울 점이 많다고 말만 하고, 왜 좋은 것들 다 놔두고 원조교제, 음란사이트, 음란CD, 야릇한 청소년 용품이 기어들어 유행할까. 왜 '스리(掏摸: 소매치기)', 들치기 퍽치기, 부축빼기, '스리가에(摩り替え: 가방 바꿔치기)'를 그토록 한국인이 애용할까. 쌍둥이라 그런 것이다.

정말 그런 것들이 싫어보라. 어떻게 그리 오래 생명력을 이어 갈 수가 있겠는가.

일본에 신용카드라는 게 처음 대중화되었을 때, 이게 웬 공짜 비슷한 요술카드냐며 미친 듯이 긁어대다가 뒷감당을 못해 자살하는 사람이 속출했다. 현금 없는 선진사회를 꿈꾸던 일본은 큰 충격에 휩싸였고, 신용카드가 한때 재앙으로 떠올랐다. 아니나 다를까. 한국도 그대로 뒤좇아갔다. '카드 돌려막기'라는 더 망국적, 파멸적 테크닉까지 개발하면서. 자동차에 일부러 슬쩍 몸을 갖다 대고 죽는 소리 하면서 쓰러지고 돈을 뜯어내는 '아타리야[当(た)り屋: 자해공갈단]'만은 한국에 안 오나 했더니 허허참. 이미 옛날에 들어와 요즘은 CCTV가 너무 많아 한물갔단다.

너무 자랑스럽게도 두 나라 다 마약 청정국으로 분류돼 있다. 그러나 '마약사범 검거' '해외파 마약 밀반입' '주부 마약' 기사가 너무 자주 TV에 나온다. 양국이 같이…. 도대체 거기 있는 무엇이 여기 없나. 여기 있는 무엇이 거기에는 없단 말인가.

이제 대형 지진과 쓰나미 공유만 남았다. 그러나 아무리 사이렌을 울리고 경광등을 번쩍여도 한국인들은 어디서 그런 만만디를 배웠는지, 태연히 스마트폰 들여다보면서 치맥을 음미한다. 대륙 간 미사일에 단련된 코리안이다. 수천 년을 지진, 쓰나미에 훈련된 일본과 어느

새 눈높이, 간덩이까지 서로 맞춘 것일까.

제발 양국이 하루만이라도 그놈의 스마트폰 내려놓고 육성을 주고 받는 순수 인간으로 돌아갈 수 없을까. 너무도 부끄러운 억지 일란성 쌍생아 그만 끝내고 좋은 나라, 좋은 것만 공유할 수 없을까.

두 나라 손을 꽉 잡고 지구 멸망 촉진제 플라스틱 용기 추방에 나설 수 없을까. 비닐봉지를 10퍼센트대로 낮추고 '시장바구니' 옛날로 돌아갈 수 없을까.

서로 손가락질 그만하고, 축구나 야구로 맞붙으면 서로 박수쳐주고 환호해주는 착한 쌍둥이, 예쁜 쌍둥이가 될 수 없을까.

강적

일본에 가면 "이것 좀 주시겠습니까" "이거 얻어가도 되겠습니까" 늘 아쉬운 소리만 했는데, 처음으로 내가 부탁을 받는 날이 있었다. 친구의 후배가 밥을 살 테니 좀 만나자는 것이었다.

오사카 살다가 고베로 이사한 재일동포 법무사였다. 깜찍하게 생긴 여자를 데리고 나왔는데, 내 눈이 그리 나쁜가. 중학교 3학년짜리 딸이었다. 오사카 조선인 학교에 다니다가 이사하는 바람에 다시 일본인 학교로 전학한단다. 고베-오사카는 아주 가까운 거리인데, 학교까지 차를 4번 갈아타는 통학은 아무래도 무리였다고 한다.

무슨 부탁인가 했더니, 아빠와 딸이 일요일마다 한국사 공부를 하는데 "최근 들어 딸이 교과서에 없는 질문을 해 당할 수가 없다. 도와줄 수 없겠느냐" 하였다.

그런데 백화점 옥상 레스토랑에서 식사한 후 중학교 3학년짜리 딸

아빠가 휑 사라졌다. '급한 용무'는 핑계고, 우리 딸 한 시간만 한국사 좀 가르쳐주세요, 그 눈치였다. 참 난감했다.

고스톱을 가르쳐도 한 시간 가지고는 어림없는데, 일국의 역사를 한 시간 동안 뭘 가르칠 수 있을까. 세상에 공짜 점심은 없다더니 정말 난감했다.

그런데 그 애는 미리 준비한 것이 있다는 듯 주스 한 모금을 마시고 "정말 아무 질문이나 해도 돼요?" 내 눈을 똑바로 보며 말했다. 너무 유창한 한국어에 나는 조금 놀랐다.(웬 강적?) 내가 아는 대로 답해줄 테니 말해보라 했더니 이게 뭐야. 참으로 해괴한 첫 질문이었다.

"임진왜란 때는 이순신 장군이 일본군을 막았고 일제 36년 때는 누가 나가서 싸웠죠?"

내가 우물쭈물 얼른 대답을 못하자 그 애는 아주 작정을 하고 왔는지 더 고약하게 나왔다.

"무력으로 침략하지 않았다는 일본 주장이 맞나보네."

나는 기분이 좀 상했지만 그 애 말도 맞았다. 1875년 일본 군함이 강화도에 나타나 겁을 좀 주자, 고종은 다음 해 외국과 최초로 수호조약을 체결했다. 부산, 인천, 원산항을 개방했고 서울에 일본공사가 들어서면서, 일본은 총 한 방 쏘지 않고 조선에 젓가락질을 시작한 것이다. 밉살맞게 그 애는 확인 사살을 했다.

"예스, 예스, 예스! 모두 도장을 찍고 서명을 했네, 임금이."

나는 조금 언성을 높여 다시 말해주었다.

"옛날 왕은 선출직이 아니다. 능력이 검증되지 않은 권력자들이 독단과 전횡을 일삼았다. 그런 점은 일본도 똑같다."

그러자 이 깐깐이 중3짜리가, 조선 문제를 물어보는데 왜 일본 얘기를 하느냐며 나를 또 코너로 몰았다. 그러면서 저는 멋대로 일본 역사를 끄집어냈다.

혹시 시마바라(島原)의 난을 아느냐고 내게 물어온 것이다. 나가사키 시마바라의 난은 1637년 종교 탄압과 학정에 못 이겨 일어난 시마바라 농민 봉기로, 도쿠가와 막부의 대군과 무력 충돌, 농민이 전멸당했다.

나는 이 애가 3·1운동이나 6·10만세사건에 대해서 알고 싶은 거구나! 했는데, 어쭈! 중3짜리 애가 들고 나온 것은 전봉준의 '동학란'이었다.

그러고 보니 시마바라의 난과 동학란의 거의 똑같은 농민 봉기다. 다른 점이 있다면 농민을 다 죽이지 않았다는 점. 그러나 중3짜리 논점은 거기 있지 않았다.

"폭동이 일어났는데 고종은 왜 일본군을 동원해 막게 했냐"는 것이다. 나는 다시 궁지로 몰렸다.

당연히 일본 학생들은 조선 농민이 반란을 일으켜, 나라가 위태로울 때 자국 일본군이 막아주고 조선왕을 구했다고 배운다. 그 애는 다시 내 눈을 똑바로 바라보며 족치듯 따졌다.

"왜 한국은 일만 터지면 스스로 해결 못하고, 당나라, 명나라, 청나라 등 꼭 외세를 끌어들이느냐. 그것도 이번에는 왜 하필 일본이야! 어떻게 일본한테 손을 내밀 수 있느냐!"

나는 찍소리도 못했다.

나는 한참을 고심하다가 결심을 내렸다. 중3짜리 재일동포의 칼 같은 지적에 변명하지 말자. 차라리 정직하게 자수해서 광명을 찾자.

"그래, 조선이 멍청했다. 조선은 어쩌다 총명한 왕이 등장해도 그때뿐이었다. 늘 예산이 없다 죽는 소리하면서 걸핏하면 남산만 한 궁궐을 지어 연회를 즐기고 놀았다. 덕분에 서울은 면적대비 궁궐 수 많기로 세계 톱클래스에 들었다. 너무 부끄럽다.

1910년 일제강점기가 시작됐다고 학교에서 가르치지만 일본은 그 훨씬 전에 들어왔다. 을사늑약이다, 무슨 조약이다, 온갖 일 다 저지르고, 멀쩡한 남의 나라 왕(고종) 몰아내고, 자기네 입에 맞는 왕(순종)을 앉혔다. 북 치고 장구 치고 다 해놓고 1910년 국권침탈이 무슨 특별한 의미가 있겠는가.

마치 그것은 선물꾸러미 몇 개 싸 들고 남의 아파트에 쑥 들어와 슬금슬금 주인 행세하며 살다가, 무슨 서류를 어떻게 꾸몄는지 가구도 내 소유, 벽시계도 내 것, TV 냉장고도 내 거, 주차장도 내 땅, 드디어 어느 날 '아파트 명의 이전 사인하시오!' 그렇게 집주인이 바뀌듯 대한민국이 일본의 식민지가 된 것이다."

소상히 설명했지만 나는 기운이 하나도 없었다. 그 애는 그제야 꼬리를 내린 내 모습에 만족하는 눈치였다. 그러나 아직 끝난 게 아니었다.

"여기 일본에서 듣기로 한국은 애국자가 너무 많아 탈이라는데 조선 역사를 보니까 충신은 별로 안 보이고, 어떻게 간신만 그렇게 많을 수가 있죠? 나는 그럼 간신의 핏줄을 이어받은 간신의 후손이네요?"

또 내 눈을 똑바로 바라보면서 물었다.

나는 그저 상전을 모시듯이, 아부하듯 답했다.

"핏줄 같은 의학적으로 아무 근거도 없는 것을 믿냐. 미국을 봐라. 아프리카 노예 후손이 장관이 되고 대통령까지 되지 않더냐."

내 열변에 그 애는 조금 누그러지는 듯했다. 기죽은 나를 그 애가 오히려 위로하려는 듯, 엉뚱한 쪽으로 화제를 돌렸다. 그게 또 끔찍한 악몽이었다.

"한국에서 일어난 미투운동, 나 너무 감명받았어요. 한국 여성들 정말 대단해요. 나 있죠. 내 몸속에도 한국 여성의 피가 흐르고 있다는데 자부심을 느껴요."

바로 그다음이 또 문제였다.

"한국 남자들 요즘 쥐구멍 찾느라 난리가 났다면서요. 판사, 검사, 교수, 유명 연예인, 체육인 등 수백 명 고소, 고발당했다죠. 모두 구속

됐죠. 물론?"

나는 다시 대답이 궁해졌고 그 애가 또 다그쳤다.

"다 구속된 거 아네요? 그래도 최소 백 명은 넘죠? 정확히 몇 명?"

"백 명은 안 되고…."

"정확히 몇 명이 감옥에 갔는지 모르세요? 한국 살면서."

"내가 알기로 두…명…아니 조금 더…."

나는 내가 왜 얼굴이 벌게져 머리를 긁적거렸는지 나중에 내가 생각해도 나를 알 수가 없었다.

그 애는 한참을 물끄러미 내 얼굴을 보고 있었는데, 그때 전화벨이 요란하게 울렸다. 그 애 전화였다.

그 애는 스마트폰을 꺼내 정확히 1초간 문자를 확인하고 자리에서 발딱 일어났다. 나는 별로 목도 안 마른데 얼음물을 벌컥벌컥 한 컵을 다 들이켰다.

그 애는 "아빠가 기다린다"며 깍듯이 인사를 하고 총총 사라졌다. 나야말로 물끄러미 그 애 뒷모습만 보고 있었다.

마치 중3짜리한테 뺨을 여러 대 맞은 기분이었다.

일본을 30년간 돌아다니면서 나는 참으로 별별 사람을 다 만나고 별별 일을 다 겪었다. 동네 건달을 만나 옥신각신했어도 얻어맞지 않고 살아남은 내가, 쥐방울만 한 중3짜리 여자애한테 이토록 다중 수모를 당하다니….

깜찍한 외모에 유창한 한국어에 인사성까지 밝았지만 그 애는 내 가슴에 여러 개 대못을 박고 갔다. 야외 레스토랑 화초들 사이로 말벌 한 마리가 왱왱거리고 있었다. 그러나 나는 하나도 겁이 안 났다.

'쏠 테면 쏴라. 죽기밖에 더하겠냐.'

나는 그저 멍청히 앉아만 있었다.

새삼 조선의 왕과 신하들이 원망스럽다. 강직한 충신들은 정말 씨가 말랐을까. 누명 쓰고 많이 죽었지만 씨가 마르지 않았다. 유배지에 가 있었다. 생각이 짧은 고관대작들에게, 국가 발전을 생각하는 진보적 논객은 항상 성가신 존재였다. 파벌에 속해 있어도 천재는 살아남지 못했다. 늘 무능한 간신들끼리 뜻이 통해, 국정은 그래서 늘 일사천리였다. 미인박명 아닌 천재단명시대. 생각이 짧은 신하들이 살아남았고 득세했다. 혹시 후손들이 그 시대 하향 평준화 유산을 물려받았을까. 정말 그랬을까.

배상금에 관한 몽상

독일이 지난 과오를 사죄할 때마다 한국인들은 꼭 한마디씩 한다.

"독인은 저러는데 일본은 뭐냐."

똑같은 전쟁 가해자 독일과 일본이다. 그러나 두 나라의 생각과 처지는 아주 다르다.

독일은 전후 반드시 '나치' 망령을 털어내야 했다. 독일은 수십 년에 걸쳐 피해 당사자를 찾아내고 일일이 사죄하고 보상했다. 전 세계가 고개를 끄덕였다. 실제로 독일이 가야 할 유일한 길이었다. 우리나라 충청도를 떠올리면 독일이 쉽게 이해된다. 만약 항공, 뱃길, 다 끊기고 육로도 막혔다고 가정해보라. 서울도 부산도 인천도 광주도 못 간다. 제주도나 중국은 아득히 멀어진다. 독일은 정밀기계가 주력 산업이었다. 인터넷도 없고 전화마저 시원찮던 시절, 수출이 막히고 고립되면 그대로 고사한다. 국경을 맞댄 나라가 충청도보다 몇 갑절 많아 더욱 그렇다. 거기에 비해 일본은 좀 다르다.

'약육강식의 시대였다. 당신네 조선이나 중국이 거꾸로 일본을 쳤어도 비슷한 일이 벌어지지 않았을까. 조선인 박해다. 난징학살이 어쩌고 하지만 나치독인은 유태인만 600만 명을 죽였다. 일본과 비교하지 말라. 이미 한 세대가 지난 일 아닌가.'

일본은 그런 인식을 가진 듯하다.

패전 후 일본은 왜 독일같이 고립을 염려하지 않았냐고?

독일은 같은 레벨의 강대국들과 싸웠다. 일본은 주변국이라고 해야 조선, 중국, 러시아인데 솔직히 미미했다(청일전쟁, 노일전쟁, 모두 일본 승리). 선박, 항공, 경중공업 모두 일본이 압도적이었다. 한중이 견제할 수 없었다. 오랜 전쟁과 핍박에 시달리다가 "일본 천황 항복" 뉴스만으로 그저 살았다! 하던 시대다.

설사 배상 관련 국제법이 있다 해도 이미 미꾸라지 일본. 태평양전쟁에서 참패하고 빈털터리가 된 국가였다. 물어낼 돈이 없었다. 배 째라고 하면 배를 쨀 국가도 없었다.

그러던 일본이 기적처럼 재기, 드디어 먹고살 만해졌다. 거대 미국을 바짝 뒤쫓는 경제 대국 소리도 들었다. 그렇다면 이웃나라 빚진 것도 좀 갚아야지! 일본이 원래 철면피 국가였느냐. 일본은 고민했다. 경제 대국으로서 이미지 관리도 필요했다. 큰마음 먹고 선뜻 지갑을 열었다. 대일청구권을 받아들인 것이다. 당시 박정희 정부는 그것을 산업자금으로 아주 요긴하게 잘 썼다. 그러나 이웃집 자동차를 부숴 놓고 물어내라니까, 겨우 타이어 두 개 값 정도의 액수였다.

밀실의 양국 대표단도 그것을 잘 알면서 대충 넘어갔다. 아주 운이 좋았다. 없는 살림에 돈을 잘 쓴 우리가 아니고 일본이. 푼돈 얼마로 지난 과오가 완전 면피된 줄 아느냐 소리도 아니다. 그 시절 중국이 덩치만 크고 힘이 없는 존재였기에 망정이지. 만약 요즘에 '돈을 주었다! 그것을 중국이 봤다!' 당장 팔을 걷어붙이고 달려와 "우리 중국은?" 했을 것 아닌가. 중국뿐이랴. 동남아 여러 나라가 야자수 그늘 밑에서 튀어나오며 "우리는요" "우리도 줘요!" 할 것이다.

인간이 처음으로 달에 발을 내디뎌 온 지구가 떠들썩하던 그때. 순수하고 순박했던 당시 일본 총리의 호의였을 뿐, 시절이 다르다. 오늘의 일본은 단단한 쇠지갑을 쉽게 열지 않는다. 근래 들어 중국이 커지고 발언권도 막강해졌다. 그런데 이상하지. 중국이 손을 내밀지 않는다. 왜일까. "그까짓 달러 우리도 있을 만큼 있거든요!"일까.

하기야 미국을 얼른 따라잡아 지구 일등을 꿈꾸는 중국이 과거 문제 구실 삼아, 라이벌 일본에 "돈 주시오"는 대국의 풍모가 아니다. 그러나 사실은 체면이나 자존심 영역의 문제가 아니다. 돈이야 주면야 누가 싫대. 중국도 겉으로 보기 졸부 같아도 솔직히 그 나라도 돈 들어갈 곳이 너무 많다. 문제는 그 청구 액수다. 쉽게 말해 '얼마를 달라고 해야' 하느냐다.

가만히 잘 있는 나라 쳐들어와서 총 쏘고 대포 쏘고 사람 죽이고 했으니 1천만 달러 물어내라. 아, 너무 적은가? 100억 달러 배상하시오! 그래도 적다. 보유외환이 조 단위인데 차라리 안 받고 말지. 그럼…1천 억 달러? 그러나 1천 억을 받으면 중국의 가치가 겨우 1천 억 달러가 된다. 안 된다. 우리 스스로 평가절하할 수 없다.

따지고 보면 국토가 망가진 것보다 200만 명이 넘는 인명피해, 찢긴 자존심, 정신적 피해는 돈으로 환산할 수 없다. 그래도 인공지능에 계산을 맡겨보았다. 놀랍게도 우주의 별들을 살 수 있는 그야말로 천문학적 액수가 산출되었다. 그러나 가해자 쪽에서 인정할 리 없다. 국제사회도 싸늘하게 웃고 외면할 것이다.

결국 아무리 계산을 해봐도 돈 얘기는 안 하는 쪽이 나을 것 같다. 괜히 긁어 부스럼이요. 풀숲 뒤져 뱀 불러내기다.

"그래, 점잖게 그냥 있자. 우리 중국 아무 말도 안 했어요."

그렇게 보자면 한국도 대동소이. 중국과 같은 입장, 같은 배를 탄 가슴앓이 선객들이다.

이것은 다시 우스개 삼아 상상해본 것인데. 그래도 어찌어찌 태평양전쟁 피해국들이 똘똘 뭉쳐 세계 여론에 울면서 호소했다고 하자. 어찌어찌 국제 재판이 진행됐다고 치자. 엄청난 시간과 비용을 소모한 끝에 "일본이 배상하라!"가 도출됐다고 하자. 당황한 일본이 배 째라고 버티다가 끝내 국제 여론에 굴복. 나라를 다 팔고 끝내 일본이 지구상에서 사라지게 됐다고 치자. 거기서부터가 진짜 문제다. 국가 간의 이해관계는 오늘날 어느덧 사람 몸속의 신경망처럼 진화했다. 그것이 어느새 유기체화, 혈액처럼 호환되고 있다. 한 나라가 망하면 여러 국가가 함께 망하는 구조다.

일본이 없어지면 여럿이 같이 없어질 수 있다. 물귀신처럼 다 같이 죽게 되어 있다. 가해자 일본은 그것을 믿고 있을까. 피해국들은 그것을 빠삭하게 알고 있어 인내하는 것일까. 둑이 무너지면 당장 내 양말, 내 바지부터 젖으니까.

죽음의 미학은 태곳적 전설

'조그만 섬나라에 웬 나무가 아마존보다 울창해.'

일본을 좀 다녀본 사람들이 꼭 하는 말이다. 일본은 이곳저곳 아름드리 숲에 산도 많다. 백두산보다 높은 산이 수십 개나 된다. 일본은 그야말로 나무의 나라다. 젓가락부터 목각인형, 주택, 절, 신사 모두 나무다. 그래서 불을 극도로 조심한다.

그런 나무 나라에 웬 섬뜩한 칼일까. '닛폰도(日本刀).'

일본도는 날이 시퍼런 사무라이 검이다. 쇠다. 일본은 오랜 전란기로 무기가 발달했고, 나무를 베고 깎아내는 도끼, 낫도 덩달아 진화했다.

그런데 일본인은 참 특이한 면이 있다. 어느 나라 남자든 정의를 외치며 완력을 뽐내는 한창때가 있지만, 자존심 덩어리 사무라이는 극적이면서 순간적 기세를 존중한다(서양인들은 기세라는 것을 몰라 번역이 안 된다). 기세는 대쪽 같은 자존심으로 대변된다. 남자가 구질구질 해서 안 되고 비굴하게 장수하는 삶도 안 된다. 벚꽃처럼 피었다가 벚꽃이 지듯 떠난다. 비슷한 일본 군가까지 있다. 그러나 벚꽃같이 살든 나팔꽃같이 살든 개인의 취향이다. 문제는 시퍼런 칼로 자기 배를 가르고 죽는다는 것이다. 체면을 지키기 위해, 주군에게 의지를 보이기 위해, 실추된 명예를 씻기 위해 스스로 삶을 접고 일순간에 떠난다.

물론 옛날 얘기고 지금은 할복이라는 말도 안 쓴다. 시대소설에나 나온다. 암만 그래도 사무라이들 참 독하다. 자기 배를 찌르면 아프지 않을까. '구로자와(黑澤)' 영화를 좋아했던 삼촌들이나 선배들은 할복 얘기만 나오면 "난놈들이야 대단해" "그래서 일본 애들 화끈하잖아" 은근 칭찬한다. 사람이 배를 제 손으로 가르고 죽는 것을.

그래서 그럴까. 일본 사람과 가깝게 지내보면 꽤 정직하고 솔직하다. 거짓말을 하거나 줄 돈을 안 주고 질질 끌지 않는다.

되면 된다. 안 되면 안 된다. 예스, 노가 분명하다. 물론 구렁이 담 넘기 요리조리 뺀들이가 없는 것은 아니지만.

가끔 소설에 빚을 지고 야반도주하다가 자객의 손에 무참하게 죽는 경우도 있고, 요즘은 호텔 방값을 내지 않고 도망치는 사람도 있지만 드물다. 할복은 사라졌지만 그것이 목을 매거나 투신자살로 대체되었는지 일본인들은 궁지에 몰리면 조용히 단호하게 결단한다.

일본인 특유의 결백 증세일까. 아직 사무라이 기질이 남은 것일까.

그러나 잘못 전철 같은 데 뛰어들어 목숨을 끊으면, 남은 가족들이 죽어난다. 철도회사에서 영업 손실에 따른 거액의 손해배상을 청구하기 때문이다. 그래서 일본 부인들은 농담 반 진담 반, '당신 혹시 죽더라도 전철에는 뛰어들지 말라'고 신신당부한다.

일본인은 죽음에 대한 야릇한 미학이 있다고 한다. 참으로 서늘한 미학도 다 있다. 그러나 그 또한 한 세대 전 얘기다. 오늘날 일본인들은 좀체 안 죽는다.

TV 뉴스로 한국에서도 가끔 보았을 것이다. 관료나 기업의 책임자가 우르르 기자들 앞에 나와 고개를 숙이며 공개 사과하는 광경. 옛날이면 자신의 과오를 자결로 대신했는데, 오늘날은 다수국민의 생명을 위태롭게 만들고 자기 생명은 소중히 지킨다.

비겁해진 것인지 생명존중 사상이 투철해진 것인지 판별이 어렵다. 늘 말로 때우는, 말로 애국하는 한국 정치인들한테서 배운 것일까. 한류 시대니까.

일본인은 상대가 누구이든, 자기 잘못이 드러나면 깨끗이 인정하고 허리를 깊이 숙여 사과한다. 그 자세 하나는 전 세계 일등이다. 그런데 그 깍듯한 자세가 최근 허물어졌단다.

옛날에는 혼외정사로 무리를 했고, 오늘날은 잃어버린 10년, 20년 먹고사느라 다리 관절과 허리가 약해졌다. 그래서 깊이 허리를 못 숙인다고 엄살을 떤다. 그야말로 우스개 엄살이다. 정통 일본인은 여전히 깍듯하고 절도가 있다.

옛날, 함부로 칼을 휘둘렀던 조상들이 문제였지만 오늘날 일본 젊은 남자들, 선하고 매너 좋고 재미있다.

사죄에 관하여

그렇게 정직하고 솔직한 일본인들이 아니라고 우기고 거짓말까지 한다고? 자기 잘못에 대한 사과에 인색하다고?

사실이다. 위안부다 뭐다 민감한 사안만 테이블에 올려지면 고개를 돌리든지, 아니라고 화까지 낸다. 왜 그럴까?

그러나 늘 몇몇 사람이지 일본 국민이 다 그렇다고 단정 짓고 오해하면 안 된다.

나는 30년을 일본을 돌아다니면서 남녀노소 1만 명 이상을 직접 만나 사람당 30분 이상 이야기해 본 사람이다(신분 방송 통계와 긴 시간 털어놓은 속내는 전혀 다르더라).

한국에 대해 "잘 모르겠다"가 몇 명 있고, 어리버리가 몇 명 있었지만, 호감 비호감은 반반이었다.

그런데 조금 길게 얘기해보면, 호감이나 호기심 쪽이 비호감보다

월등 많았다.

가장 중요한 것, 거의 대부분의 사람들이 자기네 일본이 과거 한국에 많이 잘못했다 생각하고 있었다. 그리고 소극적이든 어쨌든 미안해했다. 나는 그거 하나만으로 눈물이 다 났다(일부 가식으로 미안했다 할지라도).

한국이 싫은 이유는
'한국인이 일본 국기를 찢고 불태워서'
'한류 스타들이 일본 연예계를 뭉개는 것 같아서'
'일본 것을 너무 베껴 먹어서'
'너무 시끄럽고 무질서해서'
등이었다.

젊은이들 관심사는 뜻밖으로 한국의 대졸 초봉이 얼마냐였다(회사마다 다른데 나도 모르지). 대충 추측해서 말했더니 무척 놀라고 부러워했다. 내가 너무 올렸나 싶어 딴 데 가서는 조금 액수를 내려 말했더니 안도하는 눈치였다. 하기야 젊은이들 월급 문제 민감하다. 당장 먹고살고 노는 문제인데…(일부 미디어들이 일본을 '일자리 천국'인 양 보도하지만, 여전히 취업자 눈높이와 현실과의 격차가 문제로 대두된다. 지방 소도시로 갈수록 힘겹게 사는 젊은이가 많았다. 외국인 노동자에 눈을 돌리는 기업이나 국가기관의 고민이 한일 양국 똑같은 숙제다).

어떤 영피플은 왜 한국이 싫으냐고 했더니 "돈이 없어서"라고 투덜

댔다. 자기 빈 지갑하고 한국이 무슨 상관이 있나 싶지만 한국에 가보고 싶은데 계속 여건이 안 돼 짜증이 나서 포기한 것이다. 그렇다면 '호감' 쪽으로 분류해야 한다.

아무리 살펴봐도 한국인이나 일본인이나 거기가 거기다. 똑같은 동양인 피부, 다 같은 민초들이다. 다른 것이라면 숟가락과 나무젓가락, 치마저고리와 기모노뿐인데, 그나마 양쪽 나라가 다 옛날 전통의상을 특별한 날 빼고 잘 안 입으니 그것까지 똑같다.

정치인을 별로 좋아하지 않고, 관료들 말을 못 믿고 뒤에서 흉보고, 전시행정에 엄청 불만인 것까지 두 나라가 그대로 붕어빵이다. 국가는 어디를 향해 가고 있는가.

늘 단골로 설쳐대는 정치 거물들, 결국 그들 몇몇이 '대일본'을 끌어간다. 밤낮 툴툴대면서 왜 계속 그들을 뽑아주느냐고? 일본도 울며 겨자 먹기 차선책의 나라다. 여러 열혈 애국자들 중에서 할 수 없이 그중 나은 이를 찍는다.

골라봐야 거기가 거기라, 조금 예뻐 보이는 과일을 집어내는 식이다. 그래도 당선자는 유능하니까 뽑혔다고 환호성을 지른다. '아베' 총리같이 한때 폭발적 인기몰이를 하는 정치인도 있지만 오래가는 인기맨이 참 드물다.

어쩌다 '돌풍 신인'이 반짝 각광을 받지만, 국민들은 좀 굴려보다가 새 맛이 안 나면 매몰차게 버린다.

한국과 마찬가지로 스캔들에 민감하고 한물갔다 싶은 고목에 느닷없이 꽃이 피기도 하지만 영원한 장수 무대는 없다.

현찰을 팍팍 국민들에게 나눠주어서 탄성을 자아내게 했던 정부가 있었지만(실패했다) 소비하라고 준 돈을 쓰지 않고 몽땅 장롱 속에 넣어놓는 국민이다.

오늘날 일본인들은 정부를 신뢰하지 않고 은행을 믿지 못하며 산다. 그래도 어쩌겠는가. 차선책이나마 의원들을 믿고 총리를 믿고 나라에 의지하는 척이라도 해야지. 유권자가 달리 어쩌겠는가.

그러나 과거 일본은 그렇지 않았다. 태평양전쟁 시 천황폐하의 1억 총포탄이 되어 결사 항전했다. 전쟁이 끝나고 온 국민이 똘똘 뭉쳐 "재팬 어게인"을 외쳤다. 단결력 하나는 세계 어디 내놔도 안 밀리는 국민이었다. 일장기가 올라가는데 스마트폰 들여다보는 청년 하나 없었다. 스모 15일째 결승전이 있는 날은 거리에 사람이 안 보였다. 그 정도로 일본다운 일체감이 있었다.

정치도 양심과 신의를 표방하던 시대였다.

패전 후 왜 독일같이 사죄할 줄 모르냐고 하지만, 독일처럼 아니어도 일본은 광복 후 수없이 한국에 사죄하고 고개를 숙였다. 당시 관련자들이 은퇴하고 많이 돌아가셔서 사람들 기억도 함께 흐려졌지만, 일본이 사죄했던 것은 사실이다(독도 문제 빼고). 아무리 세월이 가고 세상이 변해도 한 것은 했다고 해야 한다.

그러나 일본이 그 당시 '과거 무엇 무엇을 어디서 어떻게'까지는 문서에 적지 않았다. 그게 불찰이라면 불찰이었다. 너무 많아서 적을 종이가 부족했을까. 그래도 강력 어필해서 달력 뒷면에라도 적어놨어야 했다.

일본은 지금 와서 볼펜도 없었고 받쳐 쓸 책상도 없었다고 기억을 바꾸고 있다. 선배에 깍듯한 일본 관료들이 하늘 같은 정치 선배를 궁지로 몰아넣었다. 일본인답지 않다. 그러나 우리 쪽도 복잡한 집안싸움, 여야 간의 정통성 시비라는 것이 있었다.

이를테면 "군사독재정권이 무슨 자격으로 한일 문제까지!"

"삼십 몇 퍼센트로 집권하면서 무슨 대표성!"

"언제 우리 야당하고 상의 한 번 해봤냐."

서로가 자기가 찬 완장이 진짜라고 우기니 일본도 무척 난감했을 것이다. '어느 장단에 춤을 춰야 하나' 하는 사이에 또 정권이 바뀐다. 겨우겨우 양국 관료들이 말을 맞춰서 테이블에 올리면 바뀐 새 얼굴들이 "그 사람들 하고 한 거 무효야. 우리랑 처음부터 다시 해."

이쪽 패를 다 본 일본은 좋아라! 오리발로 재무장했다.

마침내 국민들이 진이 빠져 소리친다.

"일본은 왜 사과 않느냐. 남의 나라 강점하고 위안부 끌어가고."

결국 수십 년 한일관계는 돌고 돌아 이승만 시대로 회귀했다. 일본도 다시 머리를 싸맨다. 역사의 공동묘지로 간 '진주만 기습'부터 조선 독립군 고문까지, 밤하늘 별보다 많은 악몽들이 되살아나면 다시 큰일이다. 일본은 그것들을 뭉뚱그려 '약육강식의 시대에 있었던 안타까운' 방패로 철벽 블로킹한다.

그러나 일본도 이제 좀 간결하게 변화해야 한다. 이제 그만 '약육강식의 시대' 빼고 '안타까운' 빼고 그냥 "후손으로서 부끄럽다" 한마디가 차라리 깔끔하다.

양국 수뇌부는 지긋지긋해 하는 두 나라 국민들을 편하게 해줄 줄 알아야 한다.

좋은 관계는 모두가 대득

세월이 약인지 시대 조류인지, 다행스럽게도 양국 관계도 다시 우호 쪽으로 방향을 틀고 있다.

서로가 총명을 되찾은 것일까. 만약 또 낌새만 보이고 옛날로 되돌아간다면 전 세계적 비웃음을 면키 어려울 것이다. 내가 볼 때 마지막 관문은 한국인들의 자존심에 달려 있다. 일본 총리가 "후손으로서 부끄럽다"고 해도, 한국 국민은 또다시 성의와 진정성을 따질 것이다. 한국인들은 입으로 열 번 사죄보다 일본 총리가 광화문 광장에 와서 무릎 꿇기를 원한다.

그러나 그것은 솔직히 무리한 요구다. 일국의 원수에 대한 예의도 아니다. 일본 우익이 펄쩍 뛰기 전에, 총리 자신이 '나에게 할복이라도 하라는 것이냐'로 받아들일 것이다. 일본 국민이 우선 동의하지 않을 것이다. 무릎을 꿇는 그날로 총리는 일본에서 살기를 포기하고 가족들과 무인도로 떠나야 한다. 그것은 안 된다. 그쪽 지도자를 존중할 줄 아는 것이 우리 쪽 지도자를 존중하는 길이다.

조금 비유가 다를지 모르지만, 만약 우리나라가 쌀이 떨어져 비축 창고가 텅텅 비었다고 치자. 당장 내일 밥 지을 쌀이 없어 한국의 장관이나 차관이 쌀 사정 좋은 나라를 찾아가 쌀 좀 꿔달라고 무릎을 꿇는다고 하자. 아마 전 국민이 격분해서 "당장 돌아오라! 라면 먹어도 된다!" 소리 칠 것이다. 쌀보다 국민의 자존심이다.

사과라는 것은 아무리 반복해서 해도 받는 쪽 마음에 미흡할 수 있다. 그러나 대한민국도 이제 너그러운 풍모를 보일 만큼 충분히 커진 국가다. 정말 미안한 마음, 용서하는 마음이 손을 잡으면 정치꾼끼리의 악수와 전혀 다른 심오한 에너지가 생성된다. 지나간 일이 마음에 걸리면 잠시 접어두고 얼마든지 둘이 발맞춰 나갈 수 있다.

달걀이 불러일으킨 아픈 추억들

나는 밤이거나 낮이거나 출출할 때, 라면 대신 달걀을 삶아 먹는다. 영양가도 있고 제일 손쉬운 요리이기 때문이다. 달걀 삶는 게 요리나 조리 축에 드나 싶어도, 달리 식재료도 없고 솜씨마저 없는 나로서는 가스불 켜고 물 끓이고 시간 맞추고 소금 준비하고, 꽤 바쁜 충분한 요리다. 급할 때는 그냥 날달걀도 먹는다. 달걀이 물릴 만한데도 바쁠 때 큰돈 안 들고 그 이상 없다.

일본의 중서부 어느 소도시에 갔을 때, 어떤 가게 출입문에 붙여놓은 메모판에 유부우동에 고등어 초밥 두 덩이 '특별서비스'라고 쓰여 있어 얼른 들어갔다. 서울에서도 흔한 조그맣고 아담한 우동집이었다.

벽걸이 TV를 보면서 유부우동을 먹다가, 나는 물론이고 그 집 주인, 종업원 다 함께 웃었다.

TV 뉴스 화면은 도쿄 시내 어느 만화 가게였다. 새벽에 도둑이 들어 만화 여러 권을 보고(당연히 돈 안 내고) 달걀 두 개를 부쳐 먹고 잠도 잠깐 자고 갔단다. 일본은 도둑이 별로 없다는데, 있었다. 그리고 그런 웃기는 도둑은 난생처음 봤다. 잡혔는지 어쨌는지 그 후 TV를 못 봐 알 수 없지만, 만약 잡혔다면 어느 정도 처벌을 받을까? 쓸데없이 궁금했다.

내가 보기에 달걀 두 개 값은 뻔하고 만화책 본 게 문제인데, 만화가게 안에 CCTV도 없다. 만화를 몇 권이나 봤는지 지문을 남기지 않았다면 형사들이 과연 어떻게 특정할까? 정확하게 읽은 만큼 자백을 할까? 그 자백을 판사가 인정할까?

지금이야 한국이나 일본이나 달걀 몇 개 우습게 알지만 전후 일본에서 달걀 한 개는 거의 금덩이였다. 뜨거운 쌀밥 위에 날달걀 한 개를 탁 깨뜨려서 얹고 간장을 쳐 비벼 먹던 눈물 나는 추억을 일본인들은 절대 잊지 못한다. 그걸 혹시 아빠가 좀 남겨주지 않을까 싶어 아이들이 이불 속에서 잠도 안 자고 기다렸다.

남의 나라 만화가게 도둑 든 뉴스를 보면서, 왜 별별 생각이 다 나면서 갑자기 달걀이 먹고 싶어질까.

태어나서 지금까지 어지간히 먹었는데, 달걀도 쌀밥같이 물리지 않는 무엇이 있는 것일까.

"악명 높은 일본 ○○형무소 재소자는 모두 조센징"이라는 말이 돌았는데, 그것은 완전 날조, 거짓말이다. 조선인을 멸시해서라기보다 조선인 중에 범죄자가 많으니 조심하라고 퍼뜨린 루머였다.

광복 전 일본 교도소에 수감된 소수 조선인들은 밀항이나 불법체류로 붙들렸거나, 기껏 범죄라고 해야 생계형 좀도둑이었다. 돈을 벌겠다고 무작정 와서 이리저리 배회하다가 밥이나 빵, 달걀을 훔쳐 먹다 잡혔다. 가끔은 무임승차를 하다가 발각, 제법 능숙한 일본 말로 조선인이 아닌 척하면 어려운 일본어를 시켜보고 수갑을 채워 끌고 갔다.

달걀을 훔쳤다고 순사와 닭장 주인이 함께 때리기도 했다. 그냥 아무 짓 않고 역전 벤치에 앉았다가 형무소 대신 탄광 같은 데로 끌려갔다. 밥 주고 돈도 준다 소리에 신이 나서 간 조선인도 있었다.

술에 취해 깡패와 싸우다가 기절했는데 같이 싸운 일본 애는 안 보이고 자기들만 트럭에 실려 탄광으로 갔다는 케이스도 있다.

그러나 일본의 경찰서나 파출소에 붙들려 갔다고 해서 덮어놓고 무자비하게 때리는 일은 거의 없었다. 영화에서 '일본 순사가 조선인을 때려 피가 낭자하고 팔 다리가 부러지는 장면이 나오지만 대개가 과장된 묘사로 흉악범이나 사상범도 검찰 송치될 뿐 구타는 없었다. 가끔 성질 급한 형사가 뺨을 때려 코피가 난 정도였다. 피가 나면 빨리 닦으라고 종이나 수건을 주었다. 자기 손수건을 건네 준 순사도 있었다.

'아니, 광복 전 일본이 그렇게 신사적이었다고? 듣던 것하고 다른데!?' 의심을 해도 사실은 사실이다. 조선이 아니고 일본 본토다.

당시 일본으로 건너 간 조선인은 크게 네 부류로 나뉜다.

1. 유학생, 비교적 부유층 자제
2. 연예인 등 문화예술 단체나 개인, 기술자들
3. 상인, 꽤 규모가 큰 합작회사부터 보따리상까지
4. 일자리를 얻으려는 서민. 이른바 막노동꾼

비교적 좋은 환경에서 유학을 한 조선인 대부분은 일본에서 차별받은 기억이 없다고 한다. 당연하다. 돈 싸 짊어지고 와서 학비 내고 집세 잘 내는 도련님을 누가 뭐라 하겠는가. 일부 학생들은 돈을 아주 잘 써 유흥가 인기스타였고, 귀국할 때 옷자락을 붙잡고 운 일본 여성도 많았다.

작별인사 차 나온 일본인 동창들은 "어서 가서 독립운동 잘하라"고 등도 토닥거려 주었다. 그런가 하면 하숙집 주인이 가면서 배 안에서 먹으라고 삶은 달걀을 바구니에 가득 담아 건네기도 했다.

이 시대 하찮은 달걀이 그 시대의 귀한 영양식. 그 조그만 '닭의 알' 속에 이별의 슬픔, 눈물, 맹세 등 아련한 추억들이 가득 들어 있었다.

연예인이나 무역상 중에 은밀하게 독립자금을 댄 이가 없지 않았으나, 일본 당국의 주 감시 대상은 '4. 조선인 노동자'였다. 기껏해야 좀도둑, 무전취식 정도였는데 '조센징'이라는 선입견으로 가혹하게 대했다. 전쟁 막바지, 탄광의 채굴 인원을 강제 동원 조선인으로 보충한다는 소문이 파다했다.

그렇다고 해도 이해가 안 간다. 선진 법치국가 일본 본토라 해도, 그 당시 모습을 재현해놓은 서대문 형무소하고 너무 다르다. 독립군 배후를 대라고 잠도 안 재우고 손톱을 뽑고, 분명히 그랬다. 불구가 됐거나 시체가 되어 나왔다. 명백한 사실 맞다. 내선일체라고 하면서도, 도쿄와 서울은 너무 다른 세계였기 때문이다. 일본 관료는 조선 땅에 발을 딛는 순간부터 '군기를 잡는다'는 강박에 시달렸다.

잡범이나 일반범죄의 법 적용은 공평했지만, 독립운동 관련 단돈 1원 전달 혐의만 있어도 죽일 듯이 몰아세웠다. 정말 별것도 아닌 일로 가족의 부축을 받고 기어 나오다시피 했다. "조선이 곧 일본"이니 독립운동은 곧 반역이기 때문이다.

일본인 회사에 다니면서 우국단체 사람에게 직원이 몇 명, 총매출이 얼마라 했다고 반역자, 간첩 취급을 했다. 일본 간부가 서울역에 몇 시 도착, 별 뜻 없이 말한 것을 비밀정보를 유출했다고 반죽음이 된 조선인도 있었다.

당시 조선총독부 한 간부가 이렇게 탄식했다.

"게으르고 무식하고 힘도 없는 조선인이라더니 합방이 되고 나니 웬 독립투사가 이리도 많으냐. 이것들 잡으러 다니다가 뭐하나 할 수가 있겠느냐. 아예 조선 땅 전체를 감옥으로 울타리를 치든지 해야지."

일본은 마치 군홧발로 달걀을 으스러뜨릴 듯한 기세로 조선을 압박했다. 그러나 독립군의 저항 또한 나라 안팎에서 수그러들 줄 몰랐다.

빈대떡 신사의 슬픔

세계의 이목이 차츰 일제강점 조선에 쏠리던 그 무렵. 참으로 부끄럽게도 조선인 밀고자, 배신자도 많았다고 한다. 거기다 일본 검찰국이나 고등계 조선인 형사들의 악명도 높았다. 조선 말이 통한다는 이유로 심문을 맡아 아주 심하게 제 동포를 고문했다. 신임을 얻어 승진했는지 몰라도 참으로 사람 못할 짓을 했다.

거기다 또 쓴웃음을 짓게 한 것은, 일반범죄—강도, 절도, 도박, 사기— 등으로 체포되어 형을 살거나 두들겨 맞고 나와서 독립운동을 하다가 다쳤노라 죽일 놈들한테 죽을 고생을 했다는 '가짜'들이 적지 않았다. 이런 자들이 광복이 되고 독립유공자 명단에 혹시 오르지 않았나 걱정이 될 정도다.

일본은 가혹한 짓도 많이 했지만 억울한 욕도 많이 먹었다. 일본 야쿠자들이 경성에 진출해 종로통을 주름잡으며 많은 상인을 울렸다.

술에 취해 어깨를 조금 부딪친 조선인을 죽도록 팼다. 예쁜 기생을 인력거로 납치하고, 협조 안 한다고 술집이나 상점을 때려 부쉈다.

사람들은 모두 총독부가 시킨 것으로 생각했지만 오해였다. 비슷한 일이 많았다. 급기야 투서가 들어오고 항의 전화와 함께 관공서로 돌멩이가 날아들었다.

일본 당국이 하도 성가셔 형사를 풀어 야쿠자를 단속하러 다니기도 했다. 그러나 아무 잘못도 없이 길을 가다 돌에 맞아 머리가 깨진 일본 공무원이 여럿 나왔다.

사건 사고가 단 하루도 끊이지 않았던 강점기. 그러나 조선에 온 일본 민간인까지 덮어놓고 침략자로 낙인찍어 공격한 것은 실수였다. 옳지 않았다.

그들은 장사를 하려고, 회사를 세워보려고, 조선이 땅값이 싸다고 해서 조선에서 살아보고 싶어서 왔을 뿐이었다. 어느 쪽 법으로도 전혀 문제가 없었다. 정작 문제는 지배층 일본 당국이 일본인 특혜까지는 아니어도, 매사 자국민 우선이니 상대적으로 '조선인 찬밥'일 수밖에 없었다. 특히 일본 자본의 유무형 일탈은 눈감아주고, 조선인은 배급 쌀 한 됫박 더 타 먹었다고 감옥을 보냈다.

지금도 노래방에서 가끔 부르는 흘러간 가요 '빈대떡 신사'는 가사 그대로 '양복 입은 신사가 돈도 없이 요정에 가서 술 먹고 요리 먹고, 뒷문으로 도망가다 붙잡혀 매를 맞는다'는 내용인데 사실은 그 당시

에도 엄연히 폭행죄가 있었다. 돈 안 낸다고 때릴 수 없었다.

그러나 "법은 멀고 주먹은 가깝다" 소리는 분명 그때 나왔다. 어디를 가나 얻어맞는 쪽은 조선인이었다. 일본인은 설사 폭력 혐의로 입건이 돼도 결국은 풀려났다. 조선인이 조선인을 때려도 가해자 배후에 반드시 일본인이나 일본 자금이 있었다. 모두가 나라 잃은 설움이었다.

그런데 일본의 차별이 고마울 때도 있었다. 군대에서까지 차별 대우라 조선인은 아무나 황군(일본군)이 될 수 없었다. 생각해보면 그럴 만도 했다. 가만 내버려 두어도 독립운동을 한다고 야단인데, 총까지 주었다가 무슨 일이 일어날지 충분히 우려가 된다. 무장 폭동이 일어날 수도 있다.

만약 그때 아무 차별 없이 탄광에 광부 보내듯 조선인을 마구 입대시켜 전쟁터로 보냈다면? 그래 가지고 미군과 조선인이 싸웠다면? 지금 생각해도 모골이 송연해진다.

일본 놈을 왜 따라 해

생각할수록 화가 나고 어처구니없는 일제강점기. 울어도 소용없던 그 시절. 시뻘건 일본기만 보면 피가 끓어오르던 암흑기.

그러나 감정을 억누르고 조금 냉정하게 생각해보면, 일본은 밉지만 일본인한테 배울 점도 많았다. 집 안팎 청소와 약속 시간 엄수. 일본인들을 천황을 숭배하듯 그것을 너무 잘 지켰다.

내 어린 시절 자고 깨면 들리는 소리가 귀 따가운 "아이고, 집 안 꼴이 이게 뭐냐. 청소 좀 해라"였다.

머리가 조금 더 커지면서 '코리안 타임'이라는 소리도 어디서 들었다. 나는 얼핏 '한국 시간이 낮 12시면 미국 시간은…' 의미로만 알았는데 그게 아니었다. 하도 사람들이 약속 시간을 제대로 안 지켜 한국인을 비하하고 조롱하는 말이었다.

특히 60~70년대, 사람 만나러 약속 장소로 가보면 30분 늦는 것쯤은 기본이었다. 코리안 타임. 어떤 선배는 중앙극장 앞에서 무려 4시간을 기다려 겨우 친구랑 영화를 봤단다. 4시간을 기다리는 끈기보다 4시간이나 약속을 어기고 어쨌든 약속 장소에 와준 친구분도 대단하다. 나 같으면 안 간다. "누가 4시간이나 기다리겠어. 기다리다가 벌써 갔을 거야" 하면서. 하여간 참을성이 대단하시다고 했더니 선배 왈 "달리 갈 곳도 없고 집에 가봐야 할 일도 없고…. 겨우 4시간인데 뭐"라고 했다.

하긴 나도 80년대, 신촌에서 여자친구를 기다리는데 얼른 나타나지 않았다. 30분은 기본 에티켓이라고 해서, 특별히 1시간까지는 기다려보기로 했다. 정확히 1시간 후, 그만 갈까 하는데 커피숍 카운터에서 큰 소리로 전화 받으라고 하여 전화기를 들었는데 여자친구였다. 지금 영등포에 있는데 늦어도 한 시간 내로 도착한다고 했다. 나는 다시 줄담배를 피우며 기다렸다.

바로 그게 '코리안 타임' 전형이다. 지금은 거의 사라졌지만, 그러나 그것이 좋지 않다는 것을 알면서 "일본 놈 시간 잘 지키는 거 흉내 낼 수 없다"였을까.

아무리 원수라도 좋은 것을 배워 익히면 여러 사람이 함께 시간을 절약할 수 있다.

일본,
오해와 진실

김영삼 대통령 때니까 아주 옛날도 아니다. 지인의 딸이 도쿄에 유학을 갔는데, 집주인이 차별을 해서 살 수가 없다고 해 만나보러 갔다. 따질 일이 있으면 따져주려 했는데 집주인이 외출 중이었다.

도대체 무슨 차별인가 사연을 들어보니 쓰레기 문제였다. 다른 학생들(일본인 포함) 쓰레기는 다 가져가면서 자기 쓰레기만 벌써 몇 주째 잔뜩 그대로 있다는 것이다(그럴 리가 있나). 내가 쓰레기 봉지들을 열어보니 그 속에는 휴짓조각, 라면 봉지, 깨진 소주병, 맥주 캔, 양말, 샌들, 먹다 남은 만두와 치킨 조각, 냄새가 심한 김치 찌꺼기가 한데 엉켜 있었다. 집주인이 화를 내고 청소 담당자에게 절대 치워주지 말라고 할 만했다.

차별이고 뭐고 그 애는 나에게 호되게 야단만 맞았다. 아마 지금쯤 40대 중년이 되었을 것이다. 결혼했다면 지금쯤 아들이나 딸에게 내가 야단쳤던 그대로 분리수거 잔소리를 하고 있지 않을까.

하긴 60년대, 박정희 대통령 신년 담화에 이런 말도 있었다.

"일부 국민들이 연탄재를 담 너머로 내던지기도 하는데…. 이런 좋지 못한…"

다음날 조간신문에 "산적한 현안을 놔두고 대통령 각하께서 그런 언급까지 하는 것은 좀…"(어떤 바보가 원고를 써주었나) 식의 논평이 실려 사람들의 눈길을 끌었다.

분리수거는 고사하고 '쓰레기 대란'이란 희한한 용어가 신문 TV에 등장한 것도 얼마 되지 않는다.

백 엔의 가치

같은 도쿄 유학생 R군은 조금 좀스러운 불평을 했다.

음식점 알바를 하는데 팔고 남은 음식, 어차피 버릴 것 아니냐, 그걸 집에 갈 때 좀 싸 가지고 가서 먹는다. 그런데 사장이 치사하게 돈을 받는다. 너무한다, 일본인은 역시 돈밖에 모른다. 그런 얘기였다.

R군 몰래 그 식당에 손님인 척 가서 슬쩍 알아봤더니 그 또한 오해였다. 사장이 팔고 남은 음식이나 식자재를 알바들(일본인 포함)에게 챙겨주고 받는 돈은 겨우 100엔이었다. 그까짓 100엔, 차라리 안 받고 거저 주고 말지 싶은데, 식당 사장의 뜻은 달랐다.

"그냥 음식을 주면 학생들이 얻어먹는 느낌이 들어 자존심이 상할 수도 있을 것 같아 당당히 돈을 내고 사 먹는다 생각하라고 100엔씩 받는다"는 것이었다.

그 말을 R군에게 전해주니 아주 많이 미안해하고 고마워했다.

아직도 방을 쉽게 못 얻나

한국인은 방 얻기가 무척 어렵다. 그 소리는 한국인한테는 방을 되도록 안 주려 한다는 뜻으로 들린다.

사실 그런 경향이 있다. 쓰레기 분리수거도 안 지키고, 친구들 데려와 늦게까지 술 마시고 떠들고…. 이웃에서 민원이 들어오기도 한다. 내가 집주인이라도 교양과 룰을 갖춘 이에게 방을 세놓겠다.

그런데 일본 집주인이 가장 싫어하는 것은, 한국인은 일단 방을 얻으면 나 혼자 살든 친구를 데려와 같이 자든, 내 마음대로라고 생각한다.

그러나 일본은 계약자 외 다른 사람이 방을 사용하면 안 된다. 어떤 학생은 방학이 돼서 한국에 가면서 그사이 다른 이에게 방을 쓰게 한다. 당연히 싫어할 수밖에.

그러나 요즘은 많이 변했다. 한국 학생들이 똘똘해져 민폐 끼치는 일 잘 안 한다.

참으로 합리적인
건물 주인

사람들은 상가나 일반 점포에 붙는 '권리금'이라는 것이 한국에만 있는 줄 안다. 아니다. 일본에도 권리금이 있다. 도쿄 변화가 유명 보석상은 권리금만 몇억 엔이라는 소문이 주위에 널리 퍼졌다. 당연히 보증금, 월세도 엄청나다.

그 반면에 장사 안 되는 상가도 당연히 많다.

장사가 아주 안 되지는 않는데 집세가 너무 비싸 세입자가 가게를 접는 경우도 있다. 한국이랑 똑같다. 그런데 도쿄 변두리 어느 빈 점포에 '세입자 구함'과 함께 이런 글이 붙어 있었다.

보증금, 월세, 너무 걱정하지 마세요.

일단 입주해서 1~3개월 장사를 해보고

매출을 확인하고 나서, 그때 집세를 정하면 어떨까요.

-건물 주인

나는 그 가게 들어갈 사람도 아니면서, 어찌나 고맙고 황송한지 눈물이 다 났다. 서울에는 사전 통보도 없이 갑자기 집세를 5배, 10배 올리고 싫으면 나가라 한다는데….

물론 점포마다 건물마다 사정이 다 다르겠지만.

한국도 '일단 장사를 해보시고…' 하는 건물 주인 혹시 안 계실까. 정말 그런 천사 같은 주인 안 계실까.

도쿄 거리, 서울 거리
담배꽁초 문제

일본은 어디를 가든 거리나 골목이 너무나 깨끗하다. 나는 그 이유가 알고 싶어 이곳저곳 많이 기웃거리고 다녔다. 그렇게 할 일이 없냐고 핀잔도 들었다. 일본이 깨끗한 이유는 바보같이 간단했다. 자주 쓸고 닦고 자주 휴짓조각을 집어내기 때문이었다.

또 사람들이 길에 함부로 버리지도 않았다. 안 버리고 자주 청소하니 더 깨끗할 수밖에. 사람은 깨끗하면 더 안 버린다. 일본인들은 왜 길거리에 뭘 버리지 않을까. 어려서부터 가르치기도 하지만, 일단 생리적으로 지저분한 것이 싫기 때문이란다. 산책을 해도 깨끗한 길이 그만큼 쾌적하다는 것이다. 그게 일본인이란다.

듣다보니 은근 화가 난다. 그럼 한국인은 쾌적한 게 별로다? 한국 거리는 지저분해도 된다?

서울 와서 학원가 젊은이들에게 기분 나쁘지 않게 슬쩍슬쩍 물어

봤다. 열이면 열, 지저분한 게 싫고 깨끗한 게 좋다고 했다. 그런데 왜 버리냐고 하니까, 자기는 안 버리는데 일부 개념 없는 사람들이 버린단다. 열 명이 다 똑같은 소리를 했다.

개념 없는 사람을 찾아 물어보고 싶은데 찾기가 쉽지 않았다. 개념 없는 사람이 그토록 가물에 콩 나듯 귀한데, 길에 버려지는 잡동사니는 왜 그렇게 많을까. 참 불가사의하다.

일본 동네가 깨끗한 이유 중에 단연 돋보이는 것은 흡연자 매너다. 담배 피우는 사람이 아직도 꽉인데, 길에 담배꽁초가 한 개도 없다. 왜 없을까. 나는 또 알아보러 다녔다. 아주 간단했다.

요소요소에 재떨이가 있고, 사람들은 그 장소에서만 담배를 피우고 재떨이에만 꽁초를 버린다. 아주 기계적으로 습관화되어 있었다. 그러고 보니 서울 거리에는 재떨이가 너무도 귀하다.

아예 없는 거리가 더 많다. 금연하라는 무언의 압력 같지만, 재떨이를 없앤다고 사람들이 담배를 끊을 것 같지 않다. 재떨이가 없다 보니 아무 데나 꽁초를 던지고 버려서, 근처에 인화 물질이 있으면 아무 때고 불이 날 수도 있다.

학원가나 다운타운 인접한 골목길, 이른 아침에 지나가다 보면 담배꽁초가 거짓말 하나 안 보태고 수천수만 개가 널려 있다. 멀리서 언뜻 보면 어마어마한 새 떼들이 지나간 것처럼 새똥 같은 꽁초가 길을 하얗게 덮고 있다. 서울에만 그런 골목길이 아마 수천 군데도 더 될 것이다.

근처 주민들의 고통이 이만저만이 아닐 것이고 민감한 이들은 담배 연기가 미세먼지 이상의 괴로움을 준다고 느낄 것이다. 어떤 집은 '제발 여기서 담배 그만' '당배꽁초 스톱' 커다란 글자판이 내걸려 있다. 그래도 다음 날 보면 그 밑으로 담배꽁초가 수북하다. 담배가 몸에 좋고 나쁘고 문제가 아니라 당장 코끝에 들이닥친 환경 현실이다.

서울의 모든 이면도로와 으슥한 골목은 때아닌 담배꽁초 홍수로 인해 날로 흉물스러워져 가고 있다. 아마 전국이 다 그럴 것이다. 흡연자든 비흡연자든, 모든 서울 시민은 쾌적한 거리, 깨끗한 골목을 보고 싶고 걸어가고 싶은데, 담배꽁초가 그것을 가로막고 있다. 적당한 간격을 정해 재떨이를 놓아 흡연자들을 분산시키지 않으면 애꿎은 인접 주민들이 매일매일 담배 연기의 습격에서 벗어날 수가 없다.

담배 판매로 수익을 올리는 회사나 막대한 세금을 거둬들이는 국가가 담배 생산을 중단하지 않는 이상, 구매자에게 재떨이 정도 서비스는 할 줄 알아야 한다. 그 많은 꽁초를 일일이 손으로 치우는 청소원들을 위해서라도, 꽁초를 한데 모아 손쉽게 처리할 수 있는 재떨이가 절대 필요하다. 조금치의 성의만 있다면 깡통 하나쯤 비치하고 비우는 비용 그리 크지 않다.

다른 거면 몰라도 재떨이 문제 하나까지 일본과 비교되는 거 정말 부끄럽다. 서울 시민의 자존심 문제다.

일본의 진정한 애국자들

힘 좀 세다고 남의 나라로 쳐들어가 죽이고 뺏고, 제 나라 말도 못 쓰게 하고…. 이쯤 나오면 우리는 얼른 일본을 떠올린다.

하도 당한 게 많아서다. 그러나 원조 약탈자는 모두 유럽에 있다. 영국, 프랑스, 로마, 스페인, 포르투갈. 온 대륙을 휘젓고 온 바다를 호령하면서 엄청 죽이고 뺏었다. 식민지를 만들고 노예로 삼고 학살하고…. 일일이 열거할 수조차 없다.

스페인은 남미 곳곳을 쑥대밭으로 만들고 신전을 모조리 무너뜨렸다. 그리고 그 위에 자기네 교회를 세웠다. 개종하지 않는 원주민은 다 죽였다.

영국은 어땠나. 인도를 들볶은 것만으로 책을 수백 권 쓰고도 남는다. 프랑스와 영국은 서로 같은 해상 깡패끼리 잡아먹을 듯 싸웠다. 그러나 세월이 국가를 바꾸고 인간을 바꾼다.

그들 국제 무법자들이 미국과 함께 국제보안관이 되었다.

누가 대량살상무기를 만드나 살피고 엄격한 윤리적 잣대까지 들이댄다. 룰에 어긋나는 상행위나 비양심적 기업을 채찍으로 때리기까지 한다. 당연히 아무도 끽소리 한마디 못한다. 그들 눈에 잘못 보이면 투자금을 회수해가고 거래마저 끊기니 하루아침에 기업이 망할 수도 있다. 나라까지 휘청거릴 수 있다. 황야의 무법자들의 빛나는 개과천선.

유럽에 비하면, 한때 총칼 휘두른 일본군 죄과는 별것도 아니었네 싶지만, '청출어람' 늦게 배운 도둑이 더 난리였다. 청일전쟁, 노일전쟁에서 승리한 황군(일본군)은 저 큰 인도 대륙까지 군침을 삼키며 군비 증강에 박차를 가했었다.

그러나 세월은 일본마저 변화시켰다. 일본이 조선에 준 가장 뼈아팠던 고통은 차별이다. 그런데 오늘날 일본 사회의 표방, 상위 랭크 중 하나가 차별 금지다.

일본은 세계 최초의 각성제 '히로뽕'을 국책사업으로 다량 제조했던 국가였다. 그러나 지금은 한국과 나란히 마약 청정국에 속해 있다. 일본 경찰은 마약 사범을 특히 죽기 살기로 쫓는다.

한때 일본은 권위주의를 등에 업고 관료들의 위세가 하늘을 찔렀었다. 더러 영화나 TV에서 칼 찬 순사(경찰)를 본 적 있을 것이다. 적어도 경성에서 그들은 저승사자였다. 얼굴에 칼자국이 있는 야쿠자,

천하 흉악범도 순사 앞에서는 꼬리를 내렸다. 그런데 거기도 세월 앞에 무릎을 꿇고 만다.

90년대 도쿄 '간다(神田)'에 갔었다. 헌 책방이 많은 곳이다. 그곳 어떤 집 책갈피 속에 꽂혀 있던, 누가 오려서 접어놓은 신문지 조각. 그것은 Y 신문의 석간, 인터뷰 박스 기사였다. 기자가 경찰관을 상대로 '민중의 지팡이로서 도쿄 시민에게 바라는 것이 있다면?'이었다. 당시 26세의 젊은 경찰관이 별로 망설이지도 않고 이렇게 대답했다.

"딱히 바라는 것은 없고요, 제발 반말 좀 하지 말아주세요! 제발 부탁입니다!"

저승사자가 반세기 만에 엉덩이를 걷어차이는 당나귀 신세가 된 것이다.

『채근담』에 이런 의미심장한 말이 있다.

"평생을 남자를 희롱하던 여인이 늘그막에 얼굴에 바른 분을 지우고 부처에 의지한다."

아무리 화장을 지우고 표정을 바꾼다고, 평생 행한 죄가 지워지겠느냐는 뜻일 것이다. 그러나 『채근담』은 그렇게 말해도, 오늘날 아무도 유럽 제국의 전과를 묻지 않는다. 따지지도 않는다.

아무 말도 안 했는데, 유럽이나 동남아에 가면 나를 일본인인 줄 알고 큰소리로 일본어 인사를 하는 현지인들을 많이 만났다. 일본 관광객이 돈을 잘 쓰는지 매너가 좋은지는 몰라도, 적어도 오늘날 일본인을 홀대하는 나라는 거의 없다. 그것이 국력이라는 것일까. 그러나 일본의 해묵은 과오를 잊지 않는 이들이 있다.

하나하나 기록을 해두고 수시로 꺼내 성토하기도 한다. 한국인들이 아니다. 바로 자국 일본인들이다. 나는 가끔 일본이 못마땅하다가도 이 사람들 때문에 목소리를 낮춘다.

어찌 보면 은근히 화가 난다. 왜냐하면 일본으로서는 감추고 싶은 일들, 이를테면 관동대지진 때 조선인 무차별 학살이나 강제 동원 위안부, 광부, 선박이나 탄광 폭발 같은 크고 작은 조선인들 수난사를 이 사람들이 일일이 기억하고, 조사하고, 신고하고, 고발했기 때문이다. 일본인들의 죄과를 일본인들이 모두 까발렸기 때문이다. 그들은 사립탐정도 아니고 부자도 자선사업가도 아니다. 한국인과 특별한 연고가 있는 것도 아니다. 잘못된 것을 지적해서 바로잡고 도울 수 있는 일은 돕고, 산야에 나뒹구는 뼛조각이 있으면 묻어줄 뿐이다.

일본 정부로서는 조금 성가신 존재들이다. 자꾸 나라의 치부를 들춰내고 정의를 요구하기 때문이다. 그들이 정의 실현을 외치며 일본 정부를 들볶을수록 일본이 빛이 난다.

내가 머리 좋은 일본의 관료라면, 귀찮아할 것이 아니라 그들 모두에게 훈장을 수여할 것이다. 훈장에 들어간 비용 수만 배로 일본이 다시 빛이 나지 않을까?

영웅은 아니어도 그리운 사람들

폭우나 홍수로 사람들이 어려움에 처하면 많은 이웃이 발 벗고 나선다. 기업들이 큰돈을 내놓는다. 유치원 꼬마들까지 돼지저금통을 깨서 수재의연금에 보탠다. 단순 수치로 보면 그런 동전을 다 모아봐야 기업들이 낸 것과 비교조차 안 된다. 수재민에게 실질적인 도움이 못 된다. 신문에도 몇억, 몇십억은 크게 기사화되지만 아이들 동전 2천 원, 3천 원은 아예 없다.

연예인이 나오는 이벤트도 유명인 이름이 나붙어야 좌석이 찬다. 무명들 잔치는 홍보를 해도 행사장은 늘 썰렁하다. 크고, 많고, 비싸고, 알려져야 눈길을 주는 자본주의 세상이기 때문일까.

"티끌 모아 태산"이라고 가르치면서 정작 티끌에는 관심이 없다. 그러나 밤하늘 별들의 생성 과정도 알고 보면 티끌이었다. 가스 먼지가 모여 행성이 되고 지구가 되었다.

기업들의 큰돈이 폭포수라면 아이들 고사리손 2천 원은 쫄쫄쫄 흐르는 시냇물이다. 그러나 그것들이 호수를 만들고 바다를 이룬다. 2천 원이라도 보태겠다는 아이 마음을 대견하게 바라보는 엄마의 눈길이 세상을 선하게 끌어간다.

무명 연예인이 초라해 보일지 몰라도 스타들의 고향이고 스타들의 씨앗이다.

일본 지하철에서 사람 생명을 구하고 대신 목숨을 잃은 한국 청년이 있었다. 진정한 의인이라고 전 일본이 눈물을 흘렸다. 평생을 한국에서 고아들을 돌본 일본 할머니도 있었다. 많은 한국인들이 고개 숙여 칭송했다.

그러나 그렇게까지 알려진 영웅들 말고도 세상에는 숨은 의인, 괜찮은 인생들이 많다. 착한 사람이라는 말조차 부끄러워 숨는 이들이 한국에도 일본에도 너무 많았다. 그러나 그런 이들의 이야기는 대개 구전되다가 희미해지고 소멸되어 버린다. 어려운 환경에서 그저 바르게 산 사람들이 그리울 때가 있다.

채석장
일본 십장님

1940년대 초, 일본 도야마현 산골 채석장에 조선인 청년 한 명이 흘러들어왔다. 성이 최(催)였는데 일본인들이 발음이 어렵다고 '초이'라고 불렀다.

채석장에는 15명가량의 인부가 있었다. 초이와 중국인 두 명을 제외하고는 모두 일본인이었는데 아주 거칠고 외국인을 멸시했다. 고된 일에 비해 급료가 적었지만 초이는 고국의 어머니를 생각하며 착실히 모았다. 일본 석공들이 그 돈을 뺏어 먹으려고, 돈내기 팔씨름을 하자고 초이를 꼬드겼다.

순박한 초이였지만 팔씨름에는 자신이 있었다. 내리 두 명을 이겨버렸다. 세 번째, 네 번째도 힘이 좀 들었지만 이겼다. 그러나 더 이상 팔씨름은 무리였다. 너무 힘을 써 팔목이 벌겋게 부풀고 다리까지 후들거렸다. "오늘은 그만하고 내일 하자"고 하니 석공들이 크게 화를 냈다. 할 수 없이 다섯 번째와 팔씨름을 했는데 젖 먹던 힘까지 짜내서 간신히 이겼다. 그때를 기다렸다는 듯 채석장에서 제일 체구가 좋은 사내가 팔을 걷어붙이고 나섰다.

초이가 도저히 더는 못 한다고 하자, 죽고 싶냐며 허리춤에서 시퍼런 칼을 꺼냈다. 어쩔 수 없이 팔씨름에 응했지만, 맥없이 져버렸다. 딴 돈은 물론 가지고 있던 돈까지 다 뺏겼다. 그런데 저만치서 담배를 피우며 구경만 하던 십장•이 조용히 걸어왔다. 돈을 나누던 석공들 얼굴이 일그러졌다. 십장이 돈을 모두 빼앗았기 때문이다. 체구가 큰 석공이 불같이 화를 내며 "정당한 승부였다"고 항의하자, 십장은 커다란 손으로 따귀를 때리고 정강이를 걷어찼다. 앞으로 고꾸라지는 것을 다시 발로 차고 짓밟으면서 이렇게 고함을 쳤다.

"너희들이 진짜 일본인이냐! 이런 비열한 쓰레기들!"

초이는 팔씨름 판돈을 전부 돌려받았다. 초이는 너무 고맙고 황송해 그 돈을 모두 십장에게 바치고 싶었다.

십장은 초이를 식당으로 데려갔다. 그간 밀린 임금을 계산해주면서 조용히 제안했다.

"이봐 조센징, 그만 떠날 때가 된 것 같다. 더 있다가 저놈들 칼 맛을 보게 될 거야."

• 일꾼들을 감독·지시하는 우두머리.

초이는 그날로 도야마를 떠났고 '후쿠이(福井)' 쪽에서 1년쯤 막노동을 하다가 고향 황해도로 돌아갔다. 고마운 십장한테 두 번이나 편지를 보냈는데 답장이 없었다고 한다.

일본 의사의 신의 한수

1945년 광복 직전.

서울 왕십리에 '후지다 내과'라는 일본인 병원이 있었다. 어느 날 간호사가 호박을 여러 개 안고 난처한 얼굴로 원장을 바라보며 말했다.

"조선 여인이 진찰료 대신 이 호박으로 안 되냐고 하는데 어떡하죠?"

환자는 갓난아기를 업은 젊은 엄마였다. 어디가 특별히 아파서 온 것이 아니고, 젖이 잘 안 나와 모녀가 함께 힘들다는 하소연이었다. 후지다는 청진기를 대 보고 맥도 짚어보고, 크게 걱정 안 해도 된다며 처방전을 써주었다.

그런데 집에 와서 보니 약봉지에 약은 없고 이상한 처방전과 돈이 15전 들어 있었다. 일본어를 모르는 아기 엄마는 같은 동네 조선인

교사를 찾아갔다. 처방전에는 이렇게 쓰여 있었다.

'산모 영양 상태가 좋지 않음. 곰탕을 두 그릇 정도 사 드시면 젖이 잘 나올 것 같습니다. -후지다'

아기 엄마는 염치 불고하고, 의사가 준 돈으로 곰탕을 세 번이나 사 먹었다. 신기하게도 잠이 잘 오고 젖도 잘 나왔다.

남편이 딸 얼굴도 미처 못 보고 독립운동을 하러 만주로 떠난 후 혼자 힘겹게 살다가 영양실조가 왔고, 후지다가 '신의 한 수 처방'을 내린 것이다.

그녀가 어떻게 이 신세를 갚아야 하나 고민하는 사이 8월 15일이 되었고, 조선이 광복을 찾았다.

작별 인사를 할 겨를도 없이 후지다 의사는 병원을 정리하고 일본으로 떠나버렸다.

그녀는 시청과 구청을 드나들며 어렵게 어렵게 후지다의 도쿄 주소를 알아냈다. 다른 건 몰라도 곰탕값 15전을 어떡하든 갚는 것이 사람의 도리라고 생각했다. 그런데 그게 쉽지가 않았다. 15전도 15전이거니와 당시 국제우편 비용이 만만치 않았다. 거기다 일본어를 모르니 여러 가지로 힘들었다.

겨우겨우 일본 돈을 마련하고 대필 편지를 쓰고 등기우편을 보내기까지 꼬박 2년이 걸렸다.

그래도 해묵은 빚을 벗은 것같이 홀가분했다. 그녀가 보낸 편지 내

용에, 큰 신세를 지고 인사가 너무 늦어 죄송하다는 말과 함께 이런 구절도 있었다.

"남편은 선생님의 나라 일본군과 싸우러 갔는데… 선생님은 적군의 아내를 돌보아주시고… 덕분에 딸아이가 무럭무럭 건강하게 잘 큽니다. 요담에 꼭 고마운 선생님을 찾아뵙도록…"

그런데 답장은 불과 두 달 만에 왔다.

한 동네 학교 교사가 번역을 해주었을 때, 그녀는 그만 주르르 눈물을 흘렸다. 후지다 의사는 세상을 떠났고, 답장은 그의 아들이 쓴 글이었다.

"별것도 아닌 일로 돈까지 보내주시다니 조의금으로 알고 고맙게 받겠다. 참으로 마음이 바른 조선분이시다"라는 내용이 또박또박 쓰여 있었다. 편지지 말미에는 조금 큰 글씨로 "조선 독립을 축하합니다"로 끝맺었다.

그녀는 그 편지를 봉투째 벽에다 붙여놓고, 늘 딸아이와 함께 바라보았다. 만주로 떠난 남편은 끝내 돌아오지 않았지만, 그녀는 아이를 정성껏 잘 키워 아이가 어느덧 장성, 열아홉 살이 되는 해 교사가 되었다고 한다.

저승사자
일본 판사

1930년대 경남 J시.

골목에서 아이들이 공을 차고 있었다. 당시의 공—밥그릇 크기의 딱딱한 고무공—이 그만 일본인 집 담 안으로 들어가버렸다. 그 집은 조선인들이 벌벌 떠는 판사의 집이었다.

아이들이 어쩔 줄을 몰라 하는데 판사 부인이 담 너머로 얼굴을 내밀고 냉정하게 일갈했다.

"공을 돌려받으려면 공값보다 소송비가 더 들겠네. 화분이 두 개나 깨졌으니…."

아이들 얼굴이 새파래졌다. 모두 '죽었구나' 했다.

그때 마침 퇴청하고 귀가하던 판사가 아이들 쪽으로 걸어왔다. 아이들은 바짝 더 쫄았다. 그러나 판사는 온화한 목소리로 "공은 좁은 골목보다 저쪽 공터에 가서 차는 게 좋겠다"면서 공을 돌려주었다.

아이들은 잠시 어안이 벙벙해 서있었다.

판사는 그것으로 끝이 아니라 부인에게 무어라 손짓해 집안에서 조그만 종이상자를 가져오게 했다. 영국제 초콜릿이 가득 들어 있었다. 판사는 그것을 상자째 아이들에게 주고 갔다.

아이들은 태어나서 처음 보는 '귀한 음식'을 한동안 바라보다가 조금씩 깨물어 먹어보았다. 솔직히 그 시절의 시골 아이들, 그런 초콜릿은 평생 가도 맛볼 기회가 없었다.

아이들은 공을 찰 생각도 않고 담벼락에 기댄 채, 입안에서 살살 녹는 초콜릿 맛을 음미하며 모두 스르르 눈을 감았다.

그 후 판사가 길을 가면 멀리서 놀던 아이들이 일제히 달려와 머리를 꾸벅, 허리까지 숙여 인사를 했다.

조선인을 보기만 하면 감옥에 보내는 '저승사자 판사'는 누가 무책임하게 붙인 잘못된 별명이었다. 그 판사 때문에 억울한 옥살이했다는 사람도 없었고.

우리 삼촌 친구

광복 전 시골 동네, 우리 삼촌 친구는 옆집 감나무 가지가 담 밖으로 나온 것을 보고 눈이 빛났다. 먹음직스러운 감이 주렁주렁 달렸기 때문이다. 그러나 무시무시한 일본인 집이다.

삼촌 친구는 잠시 고뇌하다가 그래도 몇 개 슬쩍 땄다. 그런데 마침 학교에서 돌아오던 그 집 딸한테 딱 걸렸다. 중학교 교복 차림의 딸은 무표정하게 집 안으로 들어가버렸지만, 삼촌 친구는 '죽었구나' 했다. 그 애가 고자질할 게 너무 뻔했기 때문이다.

한참을 다시 고뇌하다가 감을 가지고 그 집을 찾아가 벨을 눌렀다. 무서운 일본인(관공서 직원)이 마침 집에 있었다. 삼촌 친구는 "제가 생각 없이 남의 집 감을 땄습니다. 자수하러 왔습니다" 하고 감을 내놓았다. 그랬더니 일본인이 뜻밖으로 껄껄 웃고 "나도 어릴 때 그렇게 많이 했다"며 가져가서 맛있게 먹으라며 감을 주어 돌려보냈다.

정말 맛있는 감이었다.

사람 좋은 삼촌 친구는 다음 날 아침 일찍 기다란 빗자루를 가지고 그 집에 다시 갔다.

“너무 감을 잘 먹어서 인사로 마당이라도 한번 쓸어 드리러 왔다”고 하니 일본인이 웃으며 그러라고 했다. 삼촌 친구는 정성껏 마당을 쓸고 잡동사니도 한쪽으로 가지런히 치워 주었다. 발동이 걸린 이 씩씩한 17세 청년은 마루 밑에까지 빗자루를 집어넣고 흙먼지를 쓸어냈는데, 빗자루에 1전짜리 동전이 묻어나왔다. 그것을 일본인에게 갖다 주니 아마 마루 틈새로 빠진 게 더 있을 거라며 더 쓸어보라고 했다.

아니나 다를까 5전짜리, 10전짜리까지 돈이 꽤 나왔다. 그것을 물로 깨끗이 씻어서 갖다 주니 “청소해준 사례”라면서 모두 가져가라고 했다. 그 당시 1전이면 떡을 한 개 사먹을 수 있는 가치였다. 삼촌 친구는 기분이 너무 좋아 그 돈으로 물건도 사고 친구들과 술도 마셨다.

그런데 며칠이 지나자 이상한 소문이 동네에 쫙 퍼졌다.

“아무개 있잖아, 그놈 알고 보니 친일파였어, 왜놈 앞잡이.”

“사람 그렇게 안 봤는데 조심해! 왜놈한테 온갖 것을 다 꼰질러.”

“누구를 밀고했는지 돈까지 받는대요.”

“돈을 한 보따리 들고 그 집에서 나오는 걸 내가 봤다니까.”

삼촌 친구는 몇 달간을 소문에 시달리다 결국 동네를 떠났다. 떠난 것이 오히려 그를 확신범으로 굳혔다. 말도 안 되는 일이 현실이 되어 그는 영영 돌아오지 않았다. 결혼 적령기(16~17세)를 넘겼지만 그는 미혼이라 울고불고할 부인도 아이도 없었다.

그래도 가족들, 일가친척이 모두 찾아나섰다. 가깝게 지낸 친구들이 이웃 동네까지 수소문해 봤지만, 흔적조차 안 보였다.

1년이 지나도 편지 한 장 오지 않았다. 혹시 일본에 갔을까…. 세월이 많이 흐르고 내가 어른이 되었다. 나는 그 이야기를 있던 그대로 그 시대를 살았던 어른들께 들려드렸다. 모두 고개를 끄덕이면서 그 때는 그런 일이 흔했다고 했다. 삼촌 친구는 누명만 쓰고 끝났지만, 억울한 옥살이, 온갖 나쁜 짓으로 벼락출세한 놈, 엉터리 애국지사, 사기꾼 독립투사… 별별 인간이 다 있었단다.

물론 지금까지도 행방을 알 수 없다. 참 착한 삼촌 친구였는데…. 살았어도 벌써 돌아가셨을 나이다. 1925년생이니…. 나는 한때 일본에서 파친코 사업을 해서 성공한 사람 대부분이 재일동포라는 소리를 어디서 듣고 도쿄나 오사카, 나고야에 가면 혹시나, 행여나 하면서 파친코 가게만 보면 괜히 기웃거리고 주인 이름을 알아보곤 했다.

흔적

직접은 아니고 몇 사람 건너들은 얘기로, 삼촌 친구를 본 것 같다는 사람이 있었다. 같은 또래 S시 출신 백 씨라는 사람이었다.

그는 광복 전 노름을 하다가 갑자기 체포되어 트럭을 타고 배를 타고 보르네오 벌목공으로 끌려갔다. 동료들은 거의 다 죽고 홀로 용케 탈출해 종전을 맞으면서, 현지 처녀와 결혼을 했다.

벌목공에서 산호초와 진주 목걸이로 제법 부자가 되어 노태우 정부 때 한국에도 두 번 왔다 갔다고 한다. 그때 술자리에서 우연히 삼촌 친구 고향 사람들을 만났는데, 옛날 보르네오 벌목공 얘기를 하다가 같은 벌목공 조선인이 '다이쇼(삼촌 친구 별명)'를 알고 있더라는 것이다.

백 씨가 그때 들은 얘기로는, 1944년 당시 부산에서 같은 날 출항하는 배가 두 척 있었는데 한 사람은 보르네오, 다이쇼는 아마 일본으로 갔을 거라고 하더란다.

그게 끝이다. 단지 그뿐이다. 1990년대 얘기다. 지금은 이분, 저분, 그분 다 돌아가신 지 오래다.

삼촌 친구가 일본으로 갔다면… 일본 어디로 갔을까. 그러나 일본 전역 석탄광들이 폐광된 지 이미 수십 년. 어디라 해도 흔적의 흔적조차 남아 있을 리 없다.

삼촌 친구는 쇼와 앞 시대, 다이쇼시대(大正, 1912~1926) 말기에 태어났다. 아슬아슬 다이쇼 '끝물'이라고 놀림을 당하다가 하필이면 '다이쇼'가 별명이 되고 말았다. 정말 법 없어도 살 착한 사람이었는데….

일본을 비판하더라도 국민 모두를 도매금으로 어쩌지 말자고 슬그머니 해본 이야기들이 절대로 아니다. 일본인 중에 좋은 사람이 많더라 소리도 아니다.

그저 아득한 옛사람들의 삶의 편편들이 아련히 떠올랐을 뿐이다. 사랑, 미움, 배반, 분노, 슬픔… 그리고 매국, 애국, 우국….

아무리 세월이 흘러가도 인간들 곁을 떠날 줄 모르는 그것들.

그 아프고 시리고 절절한 것들이 오늘은 또 어떤 이들의 가슴을 흠뻑 적시고 있을까.

사카우라미

마쓰에역에서 한국 남자 셋을 만났다. 그들은 '현무 3인방'이라고 스스로를 소개했다. 현무라는 말을 얼른 못 알아들었는데 '현재 무직'이라는 뜻이란다.

일본의 로컬열차 시간표에는 유독 빨간 숫자가 많다. 급행이나 특급이다. 요금이 비싸다. 까만 숫자 완행은 역마다 정차, 툭하면 연착한다.

3인방은 자유여행이라 바쁠 게 없다며 나랑 완행을 탔다. 조금 좁다 싶은 좌석에 4인이 끼어 앉자마자 발차, 우리는 점심시간도 안 됐는데 '에키벤(역에서 파는 도시락)'을 즐겁게 까먹었다. 현무 3인방은 서울의 괜찮은 대학 동문들이었다.

청년 A가 에키벤 반찬이 짰다면서 물은 안 먹고 맥주를 찾았지만 시골 승강장에 알코올류는 없다. 신칸센은 수레를 끌고 다니면서 커피, 맥주, 삶은 달걀 다 팔던데, 조금 따분했다.

대개 자유여행 남자들 짐을 뒤지면 팩 소주 몇 개는 나오는데 이들은 빈털터리였다. 사실은 서울에서 라면과 팩 소주 20개를 가져왔는데 첫날 10개, 어젯밤 남은 10개를 다 마셔버렸단다.(웬 술고래들?)

하는 수없이 내 비상용 일본 청주 '아빠 힘내세요' 두 개를 꺼냈다. '아빠 힘내세요'는 일본의 '잃어버린 10년' 때 출시, 대박 난 사케 이름이다. 현무 3인방은 그걸 보더니 환호성을 지르며 좋아했다. 공공장소에서 술을 마시면 안 되는 나라도 많은데, 한국이나 일본이나 술에는 참 관대하다. 큰 소리로 떠들지만 않으면 뭐라 그러는 사람 아무도 없다.

술이 들어가면 말이 많아지는 사람, 계속 더 먹자는 사람, 제각각인데, 현무 3인방은 조금 달랐다. 이상한 한숨을 푹 쉬면서 "선생님 부럽습니다" 처음 보는 초식이었다.

자기들은 취업이 안돼 일본에 혹시 건수 없나 '열탐 중'인데, 나이 든 아저씨가 팔자 좋게 외국을 돌아다닌다, 그런 소리 같았다. 사실은 처음도 아니고, 비슷한 젊은이들 일본에서 참 많이 만났다. 해외여행이라고 무조건 쩐 있고 시간 많아 오는 이는 드물고, 대개 저가 항공 맛집 기행, 아니면 뭔가 고민 중, 혹은 괜히 울적해 집을 떠난 보헤미안들이다.

그들은 선술집 꼬치구이나 전갱이 회를 사주면 무척 좋아하고 고

마워했다. 대개 일본에 우호적이었고 술이 몇 잔 들어가면 대일정책을 신랄하게 비판했다. 중장년 세대를 싸잡아 성토했다.

"비전도 배짱도 없는 꼰대들! 밤낮 보수가 어쩌고 제 밥그릇만 챙겼지. 젊은 후진 위해 뭘 제대로 해준 게 있어. 밤낮 표 달라고 사기나 쳤지. 한일 문제요? 입만 열면 민족이 어쩌고 일제 청산 어쩌고 떠들기만 했지. 광복되고 70년간 뭘 했는데? 대한민국 안 돼요! 진짜 독립운동 후손들은 비참하게 살면서 말이 없는데, 무슨 날만 되면 가짜들이 악을 쓰고 더 떠들어요, 양국 관계를 어떡하든 꼬이게 만들고 자기 장사하기! 들어보면 중뿔난 묘책도 아이디어 하나 없으면서! 나라 주권 판 자가 친일 반역자면, 이 사람들은 독립운동을 팔고 애국을 입에 바르고 사는, 흙탕물 일으키는 미꾸라지들이라고요! 국가에 무슨 실질적 도움이 돼요. 돈은 잔뜩 갖고 쓰지도 않으면서! 그저 소리 소문 없이 죽는 건 영피플이죠. 신분 상승 사다리조차 없는 불쌍한 영혼들, 개천에서 용이 나요? 개천에는 바퀴벌레도 안 삽니다."

현무 3인방도 술 취하면 똑같은 소리를 하겠지. 또 귀 따갑겠군 했는데(어라?) 이상하게 조용하다 싶어 보니 세 청년은 자고 있었다. 현무 A가 가볍게 코를 골다가 잠꼬대하듯 중얼댔다.

"한국은 어른이 없어요, 어른이."

이게 무슨 소리! 어른이 없다니, 고령화로 난리가 났는데 왜 어른이 없어. 종로3가 나가봐, 할아버지만 수억이라고!

'돗토리사큐(모래언덕)'에 갔다.

나이아가라는 물줄기 하나도 돈을 번다면 '사큐'는 가만히 쌓여 있는 모래더미로 관광객을 끌어모으고 있었다. 현무 A, B 두 청년이 모래언덕을 밟아보고 온다고 뛰어갔다. 나랑 현무 만형 격 청년은 언덕 위 벤치에 앉아 먼바다를 바라보았다.

별로 할 얘기도 없어 내가 지나가는 소리로 "한일관계를 희망적으로 보느냐" 슬쩍 물었다. 그는 기다렸다는 듯 아주 싸늘한 말투로 "한국, 일본 손잡고 잘 나갈 수 있는 기회가 많았는데 모두 놓쳤다. 미래보다 과거에 매몰된 한국은 융통성 없는 바보다. 내가 보기 좋은 시절은 다 갔다"고 자락을 깔면서 그는 아주 무서운 얘기를 슬그머니 꺼냈다. 나는 섬뜩했다.

이것이 그 청년의 무서운 이야기다.

"중국 영화나 일본 사극에 흔히 나오죠. 부모의 원수를 갚기 위해 검술을 배우고 하산하는 청년 무사, 불구대천 원수를 찾아 헤매는 방랑의 사무라이, 어느 날 드디어 원수를 찾아내죠. 그러나 원수가 한발 앞서 몸을 피합니다. 무사는 결사적으로 뒤를 쫓고 원수는 필사적으로 달아납니다. 달이 가고 해가 바뀌어도 끝이 없는 추격전, 원수는 단 하루도 발을 뻗고 편히 못 잡니다. 그러던 원수가 어느 날 화를 내며 소리칩니다. 언제까지 이렇게 살 수 없다, 놈을 죽이자. 마침내 원수도 무사를 원수로 여깁니다. 칼잡이를 고용해 무사를 노립니다. 이렇게 되면 원수 대 원수죠. 일본에서 그것을 '사카우라미(逆恨)'라고 한답니다. 우리 한국에도 그 비슷한 말이 있죠. '쥐도 궁지에 몰리면 고양이를 문다' 혹은 '적반하장' 도둑이 오히려 몽둥이를 든다 소리죠. 하지만 그것도 오늘날은 시대에 뒤떨어진 옛날 말이죠. 요즘 도둑은 궁지에 몰렸다고 몽둥이를 들지 않습니다. 칼이나 총을 빼 듭니다."

우리 4인은 버스를 타고 다시 돗토리역까지 갔다. 거기서 나는 동쪽, 현무 3인방은 서쪽 '요나고(米子)' 방향으로 각각 찢어졌다.

된장라면과 맛도 없고 쓰기만 한 일본 커피밖에 사준 게 없는데, 현무 3인방은 개찰구 안으로 들어가면서 계속 손을 흔들었다. 나도 같이 애들처럼 흔들어주었다.

군함도는 저리 가라
오무타 탄광

일본 나가사키현 앞바다 '하시마섬' 일명 군함도.

세계문화유산 등재 얘기가 있기 전에도 TV에 자주 나온 섬이다.

한국에서도 동명 영화화로 다시 한차례 주목을 받은 사연 많은 섬. 강제 동원된 조선인 광부가 모티브인데, 극적 재미를 너무 살렸는지 일본에서는 말도 안 되는 사실 왜곡이라며 시끄러웠다.

그런데 사실은 군함도 형님뻘 되는 진짜 큰 탄광은 후쿠오카현 남쪽 끝자락에 있다. 오무타 미쓰이(회사 이름)의 미이케 탄광. 나가사키나 후쿠오카시에서 직선거리로 모두 한두 시간 거리다. 군함도는 전성기에 5천 명 주민이 살았고, 오무타는 인구 7천. '뭐야 그럼, 거기나 거기나' 할지 모르지만 본격 채굴 피크 시절 오무타 7천 인구가 20만으로 불어났다. 군함도 정도는 그야말로 꼬맹이 탄광이다.

오무타 탄광 조선인 수는 명확하지 않으나 여러 기록에 나오는 것으로 보아 상당한 숫자였으리라 추측된다.

오무타의 미쓰이 탄광은 미국의 존 F. 케네디가 암살되는 1963년, 같은 해 11월에 아주 큰 폭발사고가 나 500명 이상이 죽고 500명 이상이 다치는 대형 참사로 더 유명한 지역이다. 메이지 이전에 개발돼, 사고가 끊이지 않는 열악한 환경의 미쓰이 탄광은 부국강병의 기치 아래 본격 채굴, 강제 동원된 조선인은 물론, 교도소의 죄수들까지 대거 합류했다.

수형자• 차출은 국가의 뒷받침 없이 절대로 불가능했다. 거기에는 초대 수상 '이토 히로부미'(하얼빈에서 안중근에게 저격당함)의 입김이 크게 작용했다. 태평양전쟁이 터지면서 농민까지 동원되었는데, 채굴에 이미 숙달된 죄수보다 급료가 낮았다고 한다. 의료, 급식, 통풍 모두 열악해 광부의 일상은 만성피로와 호흡기 질환을 감기처럼 달고 살았다. 작업 도중 쓰러지면 마른 우물에 시체를 던져 넣었다. 장례식 같은 게 전혀 없었다.

광부들 사이에 "죽으면 천국 대신 우물 속으로 간다"는 말이 퍼져 있었다. 노조가 두 개나 있어 처우 개선을 끊임없이 요구해도 회사는 수익성만 따졌다.

수시로 갱도에 소요 사태가 났다. 회사는 눈도 끔쩍 안 했다. 한번은

• 죄인으로서 형벌을 받았거나 받고 있는 사람.

누군가가 안에서 불을 질렀는데 회사는 그대로 입구를 봉쇄해버렸다. 광부들과 석탄수레 운반용 말들이 모두 타 죽었다.

'죄수 광부' 감시가 아주 심했다. 경비가 삼엄한 죄수들 숙소에 이런 팻말이 걸려 있었다고 한다.

'술, 담배, 여자 엄금.'

술, 여자는 당연히 구경도 힘들었다. 죄수 광부들은 어떻게 해서든지 담배꽁초라도 주워서 나눠 피우려고 눈에 불을 켰지만 미쓰이 회사는 그것마저 화재 위험을 구실로 철저히 막았다.

전쟁이 끝나면서 채굴량이 급격히 줄고 오무타 인구도 줄어갔다. 석탄산업 사양화의 서막이었다. 피와 땀과 한숨, 끔찍한 사고 다발지역 오무타 탄광은 1990년대 들면서 완전 폐광되었다.

우리가 알고 싶은 것은 폐광보다 강제 동원된 조선인들이다. 소설을 쓰려고 오무타 일대를 현미경 답사를 한 인기작가 '우치다 야스오(內田康夫)' 씨는 『알 수 없는 바다』에서 이렇게 분명하게 적고 있다.

"메이지 22년에 미이케 탄광은 미쓰이에 불하되었다…죄수들 동원도 계속되어 1930년까지 이어졌다. 그것만 보더라도 탄광 노동이 얼마나 열악한 환경 속에서 행해졌나 추측할 수 있다. 이것은 이후 조선인 강제 노동으로 이어져…"

탄식의 오무타 탄광은 그렇게 전설 속에 묻혀 갔구나 했는데, 알짜배기 후일담이 남아 있었다.

그곳이 폐광되고 얼마 후(1995)년 여고생 '나카가와 마사코(中川雅子)'가 우연히 숲속 잡초들 사이에서 이름도 없고 번호만 있는 볼품없는 비석들을 발견한다. 죄수 광부들 무덤이었다. 어떤 것은 숫자도 희미해 알아볼 수도 없었다.

비상한 호기심의 마사코는 그날부터 분주히 발품을 팔았다. 여러 곳에서 관련 기록들을 열람, 그 무덤들이 절망 속에서 죽어간 이름 모를 죄수들이었음을 알아낸다.

어떤 이는 병으로, 어떤 이는 사고 혹은 영양실조로 죽어가면서 마지막 유언이 "담배 한 모금"이었다고 한다.

마사코는 집으로 달려가 냉장고 속 술과 아빠의 담뱃갑을 몰래 가지고 나와 무덤 위에 정성껏 올려놓아 주었다.

광부들의 처절했던 날들을 글로 재현한 메모가 정리되어 책으로 출간되었다. 상당한 반향을 불러 일으켰다. 잊혀져 가던 오무타시는 다시 한번 일본 국민들 입에 오르내렸다. 지금은 중년이 되었을 그날의 여고생 나카가와 마사코도 책에 "강제 동원된 조선인들도"라고. 분명 "조선인들도"라고 썼다.

나는 오무타 일대를 어슬렁거렸다. 그 옛날의 광부는 아니더라도 혹시 친척이나 후손을 만날 수 없을까 해서다. 역시 쉽지 않았다. 그 동네에서 몇 달쯤 살면 모를까. 겨우, 고작 하루 이틀 이방인 나그네가 7, 80년 전 일을 캐묻는다는 게 그야말로 묻기조차 힘든 일이었다.

기적적으로 만난다 해도 이미 백 살 전후의 노인…. 그래도 나는 행여나…혹시…운이 좋으면…했는데.(이게 웬 재수!)

그 지방이 아니고 엉뚱한 시마바라 선술집에서 오무타 탄광 근처에 살았다는 노부부를 만났다. 직접 본 것은 아니고 탄광촌에 떠돌던 이런저런 이야기들이 기억이 난다고 했다. 나는 그 집에서 제일 비싼 사케와 말고기볶음, 고래 고기까지 시켰다. 노부부는 감사하다면서(내가 감사하지) 주워들은 당시 얘기를 아끼지 않고 다 해주었다.

"조선인들 꽤 있었대요, 그럼요. 바다 건너에서도 오고 시모노세키에서도 오고… 이지메요? 아니요, 괴롭히기는요. 다들 똑같이 허리가 휘게 일하고 하루하루가 기진맥진 녹초 상태인데 무슨 힘으로 누가 누구를 괴롭혀. 없었어요. 일본 말은 서툴러도 눈치가 빠르고 싹싹했대요. 특히 자기보다 나이 많은 사람한테 공손하고 인사성 밝고…. 가끔 조선에 두고 온 엄마와 동생들이 보고 싶다고…. 그럼요, 눈물을 주르르 흘리더래요. 그 먼 남의 나라로 돈 벌겠다고 와서… 잘 모르죠, 그건 잘 모르죠. 아, 그럼요. 시키면 탄광 누군 거기 들어가고 싶겠어요. 강제로 잡아끌려 오기도 하고…병 안 들고 다치지를 않아야 하는데…고향에서도 얼마나 걱정하겠어요."

"할멈 말 맞아요. 조선 젊은이들 고생 많았지요. 그럼요. 병 얻어 죽기도 하고… 제대로 못 묻어줬지 아마…. 염불은요. 절에서 안 와요. 노조가 두 개나 있었다는데…. 미쓰이(회사) 놈들, 일본 광부들은 꼬박꼬박 돈 줬대요. 그거 갖고 여자랑 살고 애도 낳고… 그럼요, 학교 보내고. 당연히 죄수는 돈 안 주죠. 담배도 못 피게 했다는데요, 뭐…. 조선인들은 채권으로 주니 쓸 수나 있나, 창녀들이 조선인이라서 쳐다도 안 본 게 아니고 돈이 없는데 그런 남자, 그 애들이 쳐다나 보겠어요. 받은 채권 전쟁 끝나고 휴지 됐을걸, 아마. 전쟁이 죄죠. …아 그럼요, 일본 광부들이 더 많이 죽었죠, 훨씬 많으니…. 주로 기관지… 영양실조도 문제고, 미쓰이 놈들이 나빠요. 인간을 그런 식으로 부려먹을 수가…. 조선에서 삼 형제가 같이 왔는데 막내가 사고로 죽고… 형제 둘 다 다리를 절룩거리면서…하카타항에 가서 부산 가는 배를 탄다고 갔다는데…아마 잘 갔을 거예요. 그런데 뱃삯을 어떻게 조달했을까…."

이야기는 더 길었지만 내용은 대충 그 정도였다. 또 생각나면 들려준다고 꼭 다시 오라고 했는데 그 정도만으로 눈물이 나도록 고마웠다. 걸핏하면 조센징을 때려 죽였다, 쏴 죽였다 하는데, 적어도 오무타에 사고사, 병사는 있어도 그런 일은 없었다. 밑도 끝도 없는 오래된 노인들의 기억을 100퍼센트 단정할 수는 없지만, 노부부 눈빛이나 여러 정황으로 보아 '조센징들'은 무사했다. 나는 확신했다. 확신하고 싶었다.

다음에 기회가 되면 여고생 '마사코'가 찾아냈다는 죄수들 무덤에 가볼 생각이다. 내 멋대로 상상이지만 죄수 광부 중에도 억울한 조선인이 몇쯤 있지 않았을까. 분명 있었을 것이다. 그들을 위해, 그들을 괴롭히지 않은 일본 죄수들을 위해 술과 담배를 한가득 싸안고 갈 것이다.

그 여고생처럼 비석 위에 올려놓지 않고, 같이 퍼질러 앉아 같이 마시고 같이 피울 것이다.

와타나베 수병을 추모하며

일본을 30년이나 헤매고 다녔지만 안 가본 데가 훨씬 많다.

유럽이나 미국을 돌아다닌 적도 있지만 그냥 지나가 본 것이지 제대로 봤다고 할 수 없다. 가본 것과 지나간 것은 전혀 다르다. 정말 가본 것은 가서 자고, 음식도 먹고 골목길을 살펴보고, 여러 사람과 이야기를 해봐야 한다. 말이 안 통하면 손짓 몸짓이라도 해보아야 진짜로 가본 것이 된다. 그렇게 따지면 내가 일본을 본 것은 극히 일부다. 대부분 그냥 지나갔을 뿐.

그러고 보면 나는 우리나라도 별로 많이 가보지 못했다. 반이나 될까. 반이 뭐야. 10퍼센트도 안 된다. 시·군·면·읍별로 엄밀히 꼽아보면 5퍼센트 혹은 그 미만일 것이다.

일본은 얼마나 될까. 역시 그 정도다. 어디 가서 일본을 잘 안다고 말할 자격이 못 된다.

자격까지는 몰라도 '일본을 골고루 다봤습니다' 하면 거짓말이 된다. 내가 그렇게 말하면 다들 시큰둥, 여행이란 게 원래 그런 거지 무슨 지리탐구도 아니고 인구 조사원도 아니고…한다.

하긴, 많이 알고 가면 편리하기는 해도 감동이 없다. 여행은 모르는 곳을 헤매는 게 고생은 돼도 재미있는 추억이 된다.

내가 만난 일본 사람들 중에는 조금 뜻밖에도 도쿄를 한 번도 못 가본 사람이 꽤 있다. 평생 못 가보고 죽는 사람이 꽉이란다.

내가 일본에서 아직 못 가본 스쳐 지나가지도 못한 곳은 대부분 일본 북단에 있다. '북해도' 하면 웬만큼 일본 여행을 해본 사람이면 삿포로, 하코다테, 노보리베츠… 줄줄 읊을 것이다. 그러나 나는 가능한 한 덜 알려진 곳을 좋아한다.

내가 늘 노리면서 아직 못 가고 있는 곳은 북동쪽 '아바시리(網走)'라는 일본의 땅끝 마을이다.

비행기, 기차 버스 다 있는데 너무 멀다고 계속 미뤄왔다. '미국, 캐나다도 가는데 조그만 일본 그게 무슨… 싶어도 미국보다 함경북도 끝 동네가 훨씬 멀 수 있다.

그러나 드디어 모월 모일.

조그만 보따리 하나 꿰차고 '센다이'로 갔다. 항구로 가서 배를 타기 위해서다. 진짜 여행은 배라는 말이 있다. 밥도 두 끼나 주는 페리 여행 1박(아주 싸고 식사도 호화). 요금이 싸면 괜히 더 재미있다. 배에서 내리면 시골 경치 원 없이 볼 수 있는 기차 여행, 책도 읽으면서 홀짝홀짝 캔 맥주….

계획은 그랬는데 뜻밖의 사태가 벌어졌다. 날씨 때문에 배가 어쨌다는 게 아니다. 취재를 위해 일본 전역에 쳐놓은 나의 정보 수집 그물에 괜찮은 월척급이 걸려든 것이다.

1945~1950년 그 시절, 요코스카 군항 근처 미군 상대 여성에게 방을 세주었던 사람을 드라마 같은 우연으로 만났다. 물론, 그 당시 집주인은 벌써 돌아가셨고 그 딸, 딸도 이미 머리가 새하얀 할머니였다. 그러나 나는 반드시 내 귀로 확인하고 싶은 것이 있었다. 나는 그것을 오래전부터 집요하게 추적해왔다.

나는 일단 할머니를 센다이의 유명 메밀국숫집으로 모시고 갔다. 고기도 파는 집이라 비싸다는 일본 쇠고기 '와규'도 주문했다.

'시즈코'라는 이름의 할머니는 또랑또랑 목소리도 젊고, 유머가 넘쳤다. 할머니는 그 오래된 일을 숙달된 성우처럼 술술술 회고록을 펼쳐 주셨고, 동시에 나를 흥분시켰다.

"내가 소학교 6학년 때니까…에그머니! 벌써 몇 년이야? 항구 술집마다 주둔군(미군)이 바글바글…엄마가 그쪽 길로 못 다니게 했어요. 우리 집이요? 폭격을 안 맞았죠. 안 맞았으니까 세를 주죠. 엄마가 나랑 동생이랑 한 방을 쓰게 하고 그 여자한테 방을…. 옆집도, 길 건너 집도 그랬어요. 다들 어려울 때니까요…. 이름이 '미에'라고 무척 늘

씬했어요. 얼굴도 예쁘고…. 시집을 가지 왜 저런 일을 할까… 엄마가 그랬어요. 그 여자 방은 2층이라 미군 손님이 오면 계단 삐걱거리는 소리가 다 들려…. 아, 미국 남자가 왔구나, 알죠. 꽤 인기가 있었나 봐요. 손님이 거의 매일… 끊이질 않았거든요. 군인도 근무 시간이 있을 텐데, 일요일도 아닌데 거의 매일….

콜라요? 그럼요, 미에상 덕분에 참 많이 얻어 먹었죠. 도짱은 '시즈코! 오늘 콜라 왔냐? 꼭 맡겨놓은 사람같이 콜라를 찾았고 어떤 때는 앉아서 기다려요, 콜라를. …그럼요. 하시(허쉬)초콜릿하고 가끔 머리핀…. 그런데 엄마가 그러는데 그 시절 화장품하고 손전등 배터리 정말 귀했잖아요. 그런 것을 미군이 가져오나 보던데, 우리한테는 전혀 안 줘요."

거기까지 듣고 있던 내가 미군 손님이 한 명이 아니고 한번에 둘, 셋이 줄 서서 올 때도 있더냐고 물었다.

"셋까지는 못 봤고 한 명이 2층 방으로 올라가고, 또 한 명이 골목에서 기다리는 것은 몇 번 봤어요. 겨드랑이에 조그만 박스 같은 거 끼고요. 그 안에 뭐뭐 들었나 진짜 궁금했어요. 그런데 지금 생각하면 미군들 진짜 웃겨요. 한 여자를 두고 차례로… 일본 남자 같으면, 볼일 끝나면 고개 푹 숙이고 얼른 지나 갈 텐데. 게네들은 골목에서 마치 바톤터치 하듯 서로 보고 씨익 웃어요, 꼭."

미군 손님 두 명, 겨우 두 명이었다고?

내가 왜 여기서 사람 수를 따지느냐면 이유가 있다.

시간 들여 돈 들여 '시즈코' 할머니를 만나본 이유, 바로 그 이유.

태평양전쟁 막바지, 필리핀 근해에서 일본 전함이 침몰하면서 구사일생으로 생존한 일본 병사가 있었다. 종전 후 꽤 알려진 '와타나베 기요시(渡邊淸)'(1981년 작고). 그는 농부의 아들로 태어나 천황을 위해 죽기 위해 해군에 입대했다. 그러나 일본 천황이 신이 아니고 인간이었음을 알고 와타나베는 큰 충격을 받는다.

전쟁이 끝나고 그는 책을 출간하고 이렇게 썼다.

"해전이 있던 바다로 천황을 끌고 가서, 이것이 당신 명령으로 시작된 전쟁의 결말이다. 보시오! 수십만 병사가 당신을 위해 싸우다 죽어간 것을 보시오! 소리치고 싶었다."

순교자의 삶을 꿈꾸었던 와타나베가 깨알같이 써내려간 수기 중에는 이런 '결정적' 구절도 있다.

"천황폐하께 바친 몸이니 깨끗한 육체로 죽어야 했다. 해병을 위한 위안부 시설에 고참병과 하사관을 위해 대신 줄을 서 주면서 나는 한 번도 위안부가 있는 방에 들어가지 않았다."

'한번도'가 중요한 게 아니다. '고참병과 하사관을 위해 대신 줄을 서 주면서….' 내가 그토록 집요하게 확인하고 싶던 대목이다.

나는 물끄러미 시즈코 할머니를 바라보며 생각에 잠겼다. 요코스카 군항 회고록을 펼치던 할머니 얼굴이 굳어졌다. 그리고 자기가 혹시 쓸데없는 얘기를 했냐고 물어왔다. 나는 몇 번을 망설였다.

"미군을 상대하던 할머니네 2층 방 미에 씨. 골목에서 차례를 기다리던 미군이 한 명이라고 하셨나요? 겨우 한 명이요? 태평양전쟁 당시 일본군 위안소에는요, 강제 동원 여성의 방 앞에는요…20명, 30명이 줄을 섰답니다. 심할 때는 조선인 여성 한 명이 하루에 일본군 4~50명을 상대했답니다"라고 말하고 싶었지만, 할머니가 부끄럽고 미안해할까 봐 나는 꾹 참고 아무 말도 못했다.

거기까지였다.

음식점을 나와 할머니를 택시에 태워드렸다. 택시비와 약간의 사례금이 든 봉투를 억지로 할머니 손에 쥐여드렸다. 시계를 보니 무려 두 시간 넘게 연로한 할머니를 괴롭혔다.

나는 한참을 상점가 나무 의자에 우두커니 앉아 있었다.

어… 그런데, 깜빡 내 정신. 홋카이도행 배를 탈 시간이 유유히 지나가고 있었다. 그러나 나는 별로 신경 쓰지 않았다. 예약을 안 하고 늘 현장 박치기를 하는 나쁜 버릇 때문에 선박 회사나 나나 아무 손해가 없다.

결국 '아바시리'를 또 못 가고 말았다. 왜 그리도 아바시리, 아바시리? 그곳 국립공원이 그렇게도 아름다운 곳인가요? 할지 모르지만 숲과 바다와 갈매기가 있는 땅끝마을에는 교도소도 있다. 일본에서 가장 악명 높은 최고 흉악범들이 거기 다 있다는 소리를 들었다. 오래된 정보라 지금도 계속 그런지 모르지만 그래도 꼭 한번 가보고 싶었다.

현지에 지인도 없고 면회 신청을 할 수인(囚人)도 없지만, 멀리서라도 땅끝마을 감옥을 바라보고 싶었다. 그 차가운 벽 안에는 어떤 사연과 곡절이 숨죽이고 있을까.

수십 년 타관 객지 일본을 헤매면서 부족한 내 자신을 백 번, 천 번 돌아보았다. 죄를 지어 갇힌 자와 외롭지만 자유롭게 떠도는 나그네와 무엇이 다를까.

그들은 한순간 잘못된 선택으로 발이 묶였고, 나 또한 평생을 잘못된 선택들로 힘겹게 살아왔다. 나보다 더 힘든 이를 도울 기회가 있었음에도 그만 모두 놓쳐버렸다. 신이 그것을 만회하라고 내 발목에 사슬을 걸지 않았을까.

수인들 얼굴을 볼 수 없어도 나는 시간이 나면 꼭 아바시리를 가볼 것이다.

여성으로서 입에 담기 거북한 이야기를 해준 '시즈코' 여사께 감사드리며, 와타나베 씨의 명복을 빈다.